# 文化传承与现代文学研究

田 频 杨 帆 刘应莉◎著

吉林出版集团股份有限公司
全国百佳图书出版单位

图书在版编目（CIP）数据

文化传承与现代文学研究 / 田频，杨帆，刘应莉著
. —— 长春：吉林出版集团股份有限公司，2021.3
ISBN 978-7-5581-9867-0

Ⅰ．①文… Ⅱ．①田… ②杨… ③刘… Ⅲ．①中国文
学－现代文学－文学研究 Ⅳ．①I206.6

中国版本图书馆 CIP 数据核字(2021)第 056175 号

WENHUA CHUANCHENG YU XIANDAI WENXUE YANJIU
## 文化传承与现代文学研究

著　者/田频　杨帆　刘应莉

出　版　人/吴文阁
责任编辑/朱子玉
责任校对/王　红
封面设计/博健文化
开　　本/787mm×1092mm　1/16
字　　数/250千字
印　　张/11.75
版　　次/2022年8月第1版
印　　次/2022年8月第1次印刷

出　　版/吉林出版集团股份有限公司
发　　行/吉林音像出版社有限责任公司
地　　址/吉林省长春市净月区福祉大路5788号出版大厦A座13层
电　　话/0431-81629660
印　　刷/三河市嵩川印刷有限公司

ISBN 978-7-5581-9867-0　　定价/50.00 元

长期以来，中国现代文学研究注重与西方现代文学的联系，而忽略与本国传统文化精神的联系，甚至导致中国文化传承的迷失。中国现代文学不是西方现代文学，它的根就应该在中国，我们应该注意中国传统与西方的差异。鉴于此，从文化传承角度审视现代文学就显得极其重要。文学作为历史长河中形成的各民族核心文化和情感纽带的体现，它所承载的鲜明民族个性起着非常重要的文化传承作用，对传统文化精华的保留和糟粕的摒弃也体现了文学的现代性特征，为文学的发展和创新提供更为充足的力量。

本书以文化传承为主线，分别从现代文学的启蒙发展，现代文学的艺术与理性考量、现代文学色彩传承与嬗变，文学图像以及在文化传承角度的现代文学发展展开深入研究，分析我国现代文学对优秀传统文化的传承与创新，探讨在对优秀传统文化和社会主义文化认同的基础上的文化自信的建立。基于文化传承对现代文学进行深入研究，不仅可以让读者了解国内现代文学的启蒙，也可以感受现代文学的传统色彩，分析文化传承视角下的现代文学图像风格和特色，并受人文主义的熏陶，最终实现综合阅读能力和提升文化认知的双重作用。

本书内容充实，通俗易懂，不仅包含文化传承的主要内容，也注重分析研究现代文学，对所涉及的知识点都进行较为详细的论述。并且试图构建较为科学、完善的知识结构。这对文化传承与现代文学研究的学习具有非常重要的意义。

本书的撰写得到了许多专家学者的指导和帮助，在此表示诚挚的谢意。由于笔者水平有限，加之时间仓促，书中不足之处在所难免，欢迎各位积极批评指正，笔者会在日后进行修改完善。

前言

目
录

# 第一章

## 现代文学的文化启蒙

### 第一节　中国现代文学的意识形态

中国现代文学是指 20 世纪初至 20 世纪末这一时期的中国文学。中国现代文学中的"现代"一词，既是一个时间概念，更是一个性质概念。从时间来看，"现代"是相对 20 世纪以前中国"古代"和"近代"文学而言的；从性质来看，"现代"是相对于"传统"中国文学而言的。"现代"作为时间的标志，表明了中国现代文学与中国传统文学的联系性，直观地显示了文学史的这样一个事实，即中国现代文学是中国文学发展到 20 世纪出现的一种文学形态；"现代"作为性质的标志，则表明了中国现代文学是与中国传统文学有着重要区别的一种新型文学。这种区别的根本之处，就在于意识形态特征的不同。

中国现代文学和中国传统文学作为"文学"，同属于以社会存在为基础的特殊的社会意识形态。不过，由于制约它们的社会存在很大的差异，所以，同为特殊的社会意识形态，它们在性质上也就有了很大的不同。传统的中国文学是在一个相对封闭的政治、经济和文化系统中发生、发展的，每一个发展阶段的文学，虽然在风格、面貌、价值方面各具特色，形成了先秦、两汉、魏晋南北朝、唐、宋、元、明、清的分期，产生了汗牛充栋的文学作品，尽管花样翻新，但说来说去，大多是一套伦常的把戏，其思想"无非推衍孔二先生一家之说"，各个时期文学的性质基本相同。这是因为它们都是在基本相同或相似的社会存在的基础上兴起和发展的，它们的历史和逻辑基点、指导思想等也大致相同或相似。与中国传统文学相比，中国现代文学是在新的社会存在的基础上兴起和发展的，其历史和逻辑的基点、指导思想与中国传统文学大相径庭。

中国现代文学的历史基点是"人的发现",其逻辑基点是"人的意识"。周作人在《人的文学》一文中曾经指出,"中国人从来就没有人的观念","人的问题,从来未经解决"。周扬在《新文学运动史讲义提纲》中认为,新文学的"新精神、新内容"就是"人的自觉的思想,在文学上就是'人的文学',这是民主革命精神在文学中的爆发"。人的发现及人的意识,正是中国现代文学与中国传统文学分道扬镳的标志,也是中国现代文学性质的重要内容。不过,这种人的发现和人的意识,在中国现代文学发展的各个阶段,其内涵是有差异的。在五四文学革命阶段所发现的"人"主要是"个人",人的意识也主要是个性意识。

随着时代的发展,中国现代文学的人的意识也是不断变化的。其发展的路向是从"个人"意识到"群体"意识,从"人性"意识到阶级意识。鲁迅曾经指出:"最初,文学革命者的要求是人性的解放,他们以为只要扫荡了旧的成法,剩下来的便是原来的人,好的社会了……大约十年之后,阶级意识觉醒了起来,前进的作家,就成了革命文学家。"尽管这种人的意识在不同时期有不同的内涵和形态,但它们都是中国现代文学实现现代化的基础,都符合20世纪前半叶中国社会的历史需求。正如周扬在《对旧形式利用在文学上的一个看法》一文中所说,五四新文学"'人的自觉'是正符合于当时中国的'人民的自觉'与民族自觉的要求的"。同样,20世纪30年代兴起的阶级意识和40年代出现的民族解放的意识,也正符合当时中国的阶级解放和民族解放的历史需求。

正是在人的意识的基点上,中国现代文学形成了自己具有现代性的社会价值追求,这就是人的解放、阶级的解放、民族的解放。这种价值追求,在中国现代文学的思想倾向上就是启蒙和彻底的反帝反封建。启蒙,是人、阶级、民族解放的第一步工作,也是中国现代文学在兴起之初最重要的文学宗旨。当时思想最深厚的创作,就是含纳了这一宗旨的创作,鲁迅的小说和杂感是其代表。20世纪30年代,这一宗旨在叶紫、吴组缃、张天翼等一批新人的创作中得到了体现。20世纪40年代,萧红、丁玲、赵树理等也在自己的创作中不同程度地表达了启蒙的思想。至于反帝反封建,更是中国现代文学最普遍的主题,无论是小说、戏剧,还是散文、诗歌,每一种体裁都表现过这类主题,每位具有进步思想的作家都涉及过这类主题。这类主题,往往直接与人、阶级、民族的解放相联系。从逻辑上讲,帝国主义和封建主义,是与人、阶级、民族解放直接对立的反动因素,只有扫除了这些反动因素,人、阶级、民族才可能获得解放。从历史现状讲,当时的中国人、中国的劳苦大众、中华民族之所以未解放,就是因为有这两座大山压在头上,反帝反封建是当时中国政治革命的主要任务,它们也就自然成了诞生于这样一种社会存在基础上的中国现代文学最热门的主题。反帝，主要是反对日本帝国主义对中国的侵略；反封建，在中国现代文学中是全面展开的，其姿态是中国文学史上从未有过的彻底的姿态，它超越了中国传统文学只不满封建制度，而不触动封建意识形态的倾向，不仅集中批判了封建政治制度的罪恶，更深刻地揭露了以礼教为核心的中国封建文化"吃人"的本质。鲁迅既是这一主题的开拓者，也是将这一主题表现得最充分的集大成者。其他作家则从不同方面在不同领域丰富了这类主题。

中国现代文学之所以在思想倾向上能形成全新的价值追求，还与其全新的指导思想分不开。这些全新的指导思想作为观念形态的东西，既是在崭新的历史背景下产生的，也与中国现代文学人的发现的历史基点和人的意识的逻辑基点密切相关。中国现代文学的指导思想虽然各个时期有一定的差异，但都是中国文学史上从未有过的新思想，如五四时期的民主与科学思想、20世纪30年代的阶级论思想、40年代解放区的毛泽东思想等。这些思想，有的是直接从西方引进的，有的则是中国化的，但不管其形态和来源如何，它们都是不同于中国传统圣贤之道的、具有现代性质的新思想。这些新的思想，有效地保证了在人的发现与人的意识的历史和逻辑的基点上构建和发展中国现代文学的现代化品质，也使中国现代文学有效地形成了自己的意识形态特征。

至此，我们可以从中国现代文学的意识形态特征出发，对中国现代文学的性质做一概括了。中国现代文学是在中西各种先进的现代意识的指引下，以人的解放和民族的解放为深层内涵和中心主题，以启蒙、反帝反封建为直接价值目标的中国新文学。

# 第二节　中国现代文学启蒙

历史已经证明，西方文化在翻译或传播的过程中，会受到中国文化的独特阐释。

首先，西方文化（意识）进入中国，肯定会受到中国文化环境（染缸）的熏染或影响，这是接受的必然程序，即碰撞摩擦；其次，具有中国传统文化意识的中国人在运用西方新文化的时候，有意无意地将其归化，所谓中学为体，西学为用，这是几千年的经世致用、实用理性思想所决定的，难以摆脱；再次，中学为里（心思），西学为表（皮毛），以西方遮蔽中国传统，导致传统观念被西方遮蔽的现代化，从而使西方获得了合理化的生存表象；最后，将西方意识"化为济私助焰之具"，成为"进身之阶"或"谋私之具"，这是功利化的心态，却也是典型的中国文化心态。

众所周知，中国现代文学的启蒙思潮是炙手可热的研究领域，但是学界对于"启蒙"概念内涵的解释却无法令人满意，存在着一种浮躁、泛滥、随意的倾向。在中国期刊网上输入"启蒙"，以西方意义上的"启蒙"为基础的概念林林总总，五花八门，可谓泛滥。而西方的《启蒙运动百科全书》和《启蒙运动与现代性》等书籍，所收入的包含"启蒙"字眼的概念不多，如启蒙主义、启蒙运动、启蒙文学、启蒙主义文学、启蒙思潮、启蒙文学思潮、启蒙现代性、启蒙精神、启蒙意识、启蒙传统、启蒙情结、启蒙反思、启蒙悲剧性、启蒙性、启蒙意义、启蒙英雄、启蒙哲学、启蒙美学、启蒙权力、启蒙知识分子、启蒙境界、启蒙困境、启蒙立场、启蒙视域、启蒙价值、启蒙时代、启蒙批判、启蒙策略、启蒙诉求、启蒙话语、启蒙语境、启蒙修辞、启蒙叙事、启蒙派、启蒙现实主义、启蒙浪漫主义、启蒙理性主义、启蒙激进主义、启蒙主题、启蒙城市文学、启蒙的文学、文学的启蒙、思想启蒙、民俗启蒙、人道主义启蒙、文化启蒙、理性启蒙、理念启蒙、现代性启蒙、诗意启蒙、新启蒙、后启蒙、反启蒙、主体性启蒙、性别启蒙、伦理启蒙、身体启蒙、欲望启蒙、精神启蒙、情感启蒙、女性启蒙、生态伦理启蒙、科学启蒙、道德启蒙、救亡启蒙、大众启蒙、阶级启蒙、民族启蒙、个人启蒙、五四启蒙、人文启蒙、政治启蒙，诸如此类。只有启蒙运动、启蒙世纪、启蒙哲学、启蒙哲学家、启蒙学说、启蒙时代、启蒙态度、启蒙浪漫主义、政治启蒙等少数术语比较严谨。长期以来，学界有几个问题都未能理清，如西语的"Enlightenment"被翻译为汉语"启蒙"，它们的概念原初内涵是否相同？"启蒙"一词被中国现代作家运用的轨迹如何？中国现代作家在运用"启蒙"的过程中，该概念和西方的原意有何区别？是否反映了中国现代作家与传统文化的联系？鉴于此，有必要从词源学和中西文化比较的角度进行重新审视，以求正本清源，使得中国现代文学的启蒙思潮研究能够真正深入进去。

## 一、中西"启蒙"词源内涵

### （一）中西"启蒙"词源

何谓"启蒙"？按《辞源》的解释是开导蒙昧，使之明白贯通。按《现代汉语词典》的解释，"启蒙"则具有两种基本词义：一是使初学的人得到基本、入门的知识；二是普及新知识，使人们摆脱蒙昧和迷信，如"启蒙运动"。而《说文解字》则将"启蒙"在文字学上的原初意义解释为"启，教也，从支，启声"。而"蒙"则指"蒙昧"。"启""蒙"二字联系起来则意味着对蒙昧者进行教化。除了《现代汉语词典》的释义与特指的西方"启蒙"有关外,其余皆是泛指的"启蒙"。而这正是汉语"启蒙"的本色。按以上词典,汉语"启蒙"一词的总词义是"教导蒙昧""开导蒙昧",它具有两个鲜明的特点:一是强烈的教育他人的意味,所谓"教育童蒙""教导初学";而另一个则带有工具、功用性质,所谓"示人门径"。而这正是汉语文化思维的特征。从中国古代的童蒙教育也可以略窥中国"启蒙"一词的堂奥。按传统的说法,"蒙学"即属"小学",是指 8~15 岁少儿的启蒙教育,所以古人有云"八岁入小学,十五入大学是也"。但是,"二十岁以上的成人在农闲时节,到私塾或村学中接受启蒙教育的极其普遍"。换言之,启蒙教育的对象既包括年龄上的"童"(儿童),也包括知识上的"童"(如未掌握文化知识的成人)。总之,除了已经受过相当教育的知识阶层,其他人皆属于"被启蒙"之列,由前者来"启蒙"后者,这就是启蒙主体(谁在启蒙)和启蒙对象(启谁之蒙)问题,此其一。从内容来说,启蒙教育一方面倾向于知识性,包括识字、历史知识、生活习惯等,"小学,教之以洒扫应对进退之节,礼乐射御书数之文",即"教之以事";另一方面注重伦理性,包括人生与道德训诫,如"孝悌忠信之事"。古代启蒙教育往往偏重于后者,"蒙学的核心内容和主要目的是向人们灌输儒家的价值观念,传播道德伦理",只有在"大学"(十五入大学)阶段才"教之以理","小学是事,如事君、事父兄等事,大学是发明此事之理"。换言之,是重道德而轻科学,重精神而轻物质,重集体而轻个人,此为启蒙内容或功用(启什么蒙)问题,此其二。

日本福泽谕吉用古代汉语"启蒙"来对译英语"Enlightenment",以此介绍西洋文明。"启蒙"的法语是"Lumieres",原义是"光明",这是由 17 世纪法国知识分子从古代借用来的象征,每个人都有权拥有光明;而英文的"启蒙"词汇是"Enlightenment",它是法语"Lumieres"的英文翻译。简言之,几个西文词语都关乎"光明"。就英文"Enlightenment"而言,它的词根是"light",名词为"光",动词为"点燃"和"照亮",无论词性如何,都与光明有关。它的词源不是一般的"光",也不是智慧之光,而应溯源至《圣经》法典,应看作是"上帝之光"或"信仰之光"。《旧约》首篇《创世记》开章明义:"起初,神创造天地。地是空虚混沌,渊面黑暗……神说'要有光',就有了光。神看光是好的,就把光暗分开了……这是头一日。"全书以极具启示的开头吸引了历代人们的眼光,尤其是西方社会的眼光,从此亦可推断法语与英语"启蒙"的词源与上帝之光的隐秘联系。翻译更为完整权威的《不列颠百科全书》(国际中文版)则将"启蒙运动"解释为"17、18 世纪欧洲的一次思想运动,把有关上帝、理性、自然和人等诸种概念综合为一种世界观,得到广泛的赞同,由此引起艺术、哲学及政治等方面的各种革命性的发展变化"。

简言之，"启蒙"一词与信仰（上帝之光）密切相关。在中国现代文学史上，能把英文"启蒙"（Enlightenment）追根溯源到"上帝之光"或者"光"，并且据此做翻译基础的，除了留学美国和德国的陈铨之外，似乎并无第二人（德国更信奉《旧约》）。他于1936年由商务印书馆初版的《中德文学研究》一书中提到"孔子哲学在十八世纪'光明时期'受欧洲人崇拜""光明时期德国最有名的哲学家莱布尼茨""光明运动时期的人"。另外，他在1943年写作的《五四运动与狂飙运动》一文则更为明确地指出："十七世纪以来，欧洲有一种思想潮流，叫光明运动。"综上所述，陈铨从词源学意义上把"启蒙运动"翻译为"光明运动"，把"启蒙"翻译为"光明"，无疑是一种甚为正确和高明的做法。

### （二）西方将启蒙看成信仰与思想运动

正是鉴于"启蒙运动"（Enlightenment）的词根"光"（light）与《圣经》的"上帝之光"的深层联系，以及对"启蒙运动"追源溯流的历史的、理性的分析，《不列颠百科全书》把"启蒙运动"定义为"思想运动"。

这是"上帝之光""信仰之光"启发下的"理性之光"发生作用的结果。如柏拉图的洞穴之喻：在黑暗中的人们被光所引导摸索着走出了黑洞，就是理性之光的很好证明。"启蒙运动的思想重点是对理性的运用和赞扬，理性是人类了解宇宙和改善自身条件的一种力量。具有理性的人把知识、自由与幸福看作三大目标。"在这种重视理性的思潮冲击之下，出于对理性的深刻思考，康德的《对这个问题的一个回答：什么是启蒙》成为理解启蒙运动或启蒙的一个经典文本："启蒙就是人类脱离自我招致的不成熟。不成熟就是不经别人的引导，就不能运用自己的理智。如果不成熟的原因不在于缺乏理智，而在于不经别人的引导就缺乏运用自己理智的决心和勇气，那么这种不成熟就是自我招致的。'Sapere Aude！'（敢于知道）要有勇气运用你自己的理智！这就是启蒙的座右铭。"从这段话可以看出，以康德为首的西方先哲对启蒙的两个基本的意义解读：一是强调理性，所以呼唤要有勇气运用你自己的理智；二是认为启蒙最终是自我启蒙，所以要运用理性脱离自己所招致的不成熟状态。法国启蒙主义思想大师卢梭深有同感：学习就是为了认识自己，而不是教育别人。哈贝马斯也大声疾呼启蒙是一种自我反思的主体性原则。因为在西方文化语境下的"启蒙"一词，是人对"光明"的自我寻找，强调主体自我的思辨能力，而非"智者"对"愚者"的思想教化，人与人之间的关系是绝对平等的，人并不具备对"他者"施教的权利与义务，只有万能的上帝才是指引光明的智慧源泉。所以，以上说英文的启蒙词汇"Enlightenment"（照亮）是源于《圣经》法典"上帝之光"，就是这个道理。

## 二、中国现代文学"启蒙"的内涵

### （一）中国现代文学"启蒙"使用内涵

与西方启蒙主义思想大师不同，中国现代作家由于深刻的私塾教育根底和传统文化的熏陶，往往更强调"教化意识"，而不是"自我启蒙"。故此，中国现代作家往往在中国传统的意义上运用"启蒙"一词。如鲁迅在《连环图画琐谈》提到"'启蒙'之意居多""借图画以启蒙""但要启蒙，即必须能懂；在《门外文谈》中谈到"在开首的启蒙时期，和地方各写它的土话……启蒙时候用方言"。郁达夫在 1922 年的《艺文私见》中提及"文艺批评……在庸人的堆里，究竟是启蒙的指针"。沈从文在 1933 年的《知识阶级与进步》中谈及一则古代故事的时候，说它可以"为后世启蒙发愚之用"。

不少学者认为西方意义上的启蒙概念在五四时期十分陌生。但据现有资料，五四时期提到西方意义上的"启蒙"的作家不少，至少有傅斯年、郑振铎、郁达夫、缪凤林、吴宓等人。傅斯年 1918 年 11 月写作、1919 年 1 月发表在《新潮》第 1 卷第 1 号的《人生问题发端》，就提到"这类的人生观念，是科学哲学的集萃，是昌明时期的理想思潮和十九世纪物质思潮的混合品"，其中的"昌明时期"乃"启蒙时期"之意。

如果说前述"启蒙"言论只是西方知识的点拨，那么以下"启蒙"言论就是对中国现代文学启蒙的评价：1936 年王统照在《春花·自序》中提及"五四"是一个"启蒙运动的时代"。瞿秋白写于 1931 年 10 月、发表于 1932 年 4 月的《普罗大众文艺的现实问题》，提到五四运动是"资产阶级的自由主义启蒙主义的文艺运动"。1935 年 8 月郑伯奇的《中国新文学大系小说三集·导言》指出"绝望逃避"和"反抗斗争"这两种倾向都是"五四""启蒙文学者所没有预想到的"，并且提醒五四运动即"中国的启蒙文学运动以后，创造社的浪漫主义和文学研究会的写实主义的对立的发展是值得注意的有趣的现象"。另外，陈咸森 1935 年发表的《新时代的启蒙运动》（载上海《青年生活》1935 年第 1 卷第 6 期）和郑昕 1935 年发表的《开明运动与文化》（载《独立评论》1935 年第 163 号），都以"启蒙运动"来指称"五四运动"。而 1928 年成仿吾在《从文学革命到革命文学》中认为五四新文化运动是"启蒙的民主主义的思想运动"，是"知识阶级一心努力于启蒙思想的运动"，是"一种浅薄的启蒙"，以"革命"来否定新文化运动的价值。新启蒙运动理论家，如陈伯达、艾思奇、何干之他们在宣传知识的同时，更重视启蒙的政治向度，批判五四新文化运动的民主、科学、个人主义、怀疑的批判精神和人的解放，强调以政治视野来打造"新启蒙",也的确掀起了一系列的学生运动。1943年陈铨写作了《五四运动与狂飙运动》,将西方启蒙运动称之为"光明运动",但是否定了"五四"的个人主义,要求从个人狂飙发展到政治狂飙。这一切都反映了传统教化的重集体、重实用的特征。故此,虽然1941年胡风在《民族革命战争与新文艺传统》中认为"五四运动,一般地被称作中国的启蒙运动"。

而鲁迅则于1933年9月发表的《由聋而哑》强调中国文艺界"由聋而哑"这种现象"并不能全归罪于压迫者的压迫,五四运动时代的启蒙运动者和以后的反对者,都应该分负责任的。前者急于事功……后者则故意迁怒"。他在1933年的《我怎么做起小说来》中对中国现代启蒙运动进行了总结,并无意中将"启蒙运动"理论化为"启蒙主义"。

自然,做起小说来,总不免自己有些主见。至少包含了"启蒙"几方面的内涵:第一,鲁迅借用"启蒙主义"一词既是对自我创作和五四文学的反思,也是对此二者的整合、总结或命名,命名意味着确认和自信。第二,厌恶把小说(文学)作为"闲书"的游戏的态度,倡导一种严肃认真有补于世的文学态度。第三,鲁迅虽然并未深入分析启蒙主义的概念内涵,但从其后的夫子自道中,可以发现鲁迅式的启蒙主义是一个近似递进式的命题,他不仅要以文学来"为人生"(有目的),还要改良人生(有理想),更要揭出精神的病苦来呼唤疗救的注意(有忧患),因此,他可以说是兼人生的教师与精神文化的医生多重身份为一体。而且,"启蒙主义"一语加上引号,或者是强调,强调其作为一种主义、一种思潮而存在;或者是引用——鲁迅很可能留日时期受到福泽谕吉等日本启蒙主义思想家的影响,故引用之,但引用恰恰证明鲁迅对这种主义与思潮的认同。无论是强调还是引用,都表明"启蒙"有着一定的社会基础。第四,"主见"一词说明鲁迅的启蒙是主动的,并非被动的。

## (二)中国现代文学"启蒙"使用成因

从鲁迅的夫子自道中,不难发现他的"为人生"思想中包含的"教化意识""功利意识"与传统"启蒙"思想的血肉联系,以及与西方"启蒙"的天壤之别,而这也是中国现代文学启蒙思潮的共同点。中国文化以儒家文化为基础,在这种源远流长深入人心的传统影响之下,中国现代文学的"启蒙"包含着功利意识与教化意识,从一开始就类乎"发蒙"和"我给你启蒙","其本质则在于'教化'",而不是西方以宽容为根基的"对话"。原因在于:第一,中国的"启蒙"缺乏西方的信仰维度。第二,中国的"启蒙"理性与西方的理性存在较大差距,后者表现为人文理性与科学理性,前者则更多表现为道德理性，或如梁漱溟《中国文化要义》所言西方是"物理"，中国是"情理"。究其原因，除了受传统文化的深刻影响外，中国现代作家由于不精通西文而对西方的"启蒙"思潮精义所知甚少，产生误读，或者貌合神离，或者知其然而不知其所以然，此为语言维度所造成的差异。还有一个原因是现代中国的启蒙与西方的启蒙存在着极大的时间差距和文化差异，如果从启蒙运动算起是 300 年的差距，如蔡元培所言"欧洲的复兴，普遍分为初盛晚三期……人才辈出，凡三百年。我国的复兴，自五四运动以来不过十五年，新文学的成绩，当然不敢自诩为成熟"。如果从文艺复兴算起则是 500 年的差距，如周扬的文章说"把五四称为人的发现的运动，而比之于欧洲的文艺复兴，这个比拟，在两者同属资产阶级文化的开花期这一点上，是正确的。但是从文艺复兴到十九世纪末，西欧资产阶级文化有近五百年的繁荣的历史，因此各方面达到了辉煌的成就，树立了深广坚实的基础"，但中国在欧战结束后，民主主义的文化停滞退后，"不但没有树立下根基，连运动开始时的那股'浮躁凌厉之气'也很快地消失"。所以，现代中国的启蒙一方面可以说是狂飙突进、急功近利，"以十年的工作抵欧洲各国的百年"的飞快速度去进行启蒙的"赶路"（胡风）；另一方面则委实是"欲速而不达"（理论传递大于扎根、融合）以及"欲速而不达"后的回归传统。换言之，无论是从词源学与文化源流（"启蒙"更多是智者对愚者的教化），抑或从中国现代文学启蒙思潮的发展历史，都可深味汉语"启蒙"的教化意识与功利意识，以及其与西语"Enlightenment"的信仰和理性维度的差异。这不仅是语言的差异，也是文化的差异。

因此，中国现代文学的"启蒙"是西方的"启蒙"之名与中国的"启蒙"之实的结合。鉴于此，我们可以断言：把西方的"Enlightenment"翻译为中国的"启蒙"在一定程度上是貌合神离的，是不够恰当的，这两个词的内涵差距较大。

## （三）"启蒙"的民国批判与研究声音

其实早在新文化运动的初期，就有学者指出新文化运动诸人重西方之名而轻西方之实。吴宓指出："盖吾国言新学者，于西洋文明之精要，鲜有贯通而彻悟者。""吾见近年国中报章论述西洋文学之文，多皆不免以人名、地名、书名等拉杂堆积之病……此通人所不屑为也。"就对"启蒙运动"的认识而言，在某种程度上的确存在弊端。例如在五四时期，除了傅斯年、郑振铎、郁达夫等新文化运动参加者和缪凤林、吴宓等新文化运动反对者提到类似"启蒙"的术语，当时新文化运动的中坚一般在该说"启蒙运动"的地方，称其为"欧洲近世"或"近代欧洲"，并且陈述启蒙运动所蕴含的民主、科学、法兰西革命、个人主义、人道主义、自由平等之类观念。但是，他们忽略了占据启蒙运动的基础与核心的理性、自然、自然法（自然与法）等的重大意义，也忽略了启蒙运动的重要概念"宽容"。就理性而言，中国现代作家关注理性中的怀疑与批判，而忽视理性中的自我启蒙、宽容与最高理性亦最高感性即信仰。就"民主"来说，也存在着认识偏颇，因为"民主"主要受罗伯斯比尔等激进革命者拥护，"在启蒙运动的启蒙哲学家中，很少有人赞同直接民主"，"大多数法国革命者倾向于建立一种间接的民主制或共和制，推行代议制政体"，民主"毁誉参半"，在某些欧洲国家，民主"几乎一直带有贬义"。就"个人"而言，也很快从个人的发现走到重视集体主义否定个人主义。这种对西方启蒙的认知程度与兴趣，彰显了当时新文化运动知识分子"在启蒙性与学理性之间，他们更关注的是观念的启蒙功能和作用，对于复杂的义理探求兴趣不高"。例如从整体上说，陈独秀等人把"民主"作为《新青年》的一面旗帜，但对民主理论本身显然缺乏系统研究，大都没有意识到"自由"比政治"民主"更重要。而重功能轻义理也折射出传统教化的实用理性色彩。

而当代的中国启蒙文学文化思潮研究者，对于中国现代文学"启蒙"的内涵，就代表性观点而言，或注重其理性，认为启蒙是以"现代知识"来"重新估定一切传统价值"的一种新态度。但是，他们或多或少忽略了占据西方启蒙话语基础与核心的自然、自然法（自然与法）、宽容，也忽视了理性在中国现代文学启蒙运动中其实地位不稳甚至被边缘化，当现代作家从整体上反传统、反个人主义的时候很少提及"理性"，其态度本身就不够理性；而法治更是被忽略，这从现代文学作品中律师形象的缺乏就可略知一二。这一切大概是重人世轻信仰的传统教化精神的曲折体现，只是强烈的"现代"心态或多或少地遮蔽了这种"传统"精神罢了。到目前为止，一般人心目中的"启蒙"含义就是传统的含义。在人文学者中，西方意义的"启蒙"中信仰的重要地位往往被忽略。故此，启蒙—教化的文学史意义之研究便显得尤为必要。

## 三、中国现代文学启蒙—教化的意义

### （一）中国传统教化的文化特征

从中国期刊网和相关图书资料查询，论述中国现代文学与教化关系的文章不多，而且基本上是讨论古代文学的"教化"特征，论及现代启蒙文学"教化"特征的少之又少。这大概是因为学界过于注重中国现代文学的"现代"（西方）色彩，而有意无意或多或少忽略了其"中国"（传统）内涵。

中国教化的传统，按其特征而言，主要有三：历史源流、实用理性和精英意识。究其历史源流而言，按照朱熹《大学章句序》的说法，从夏商周开始，就以君师"行其政教"化育万民。教化是以政治礼教为目的内容，以文艺（文学）教化为手段，让君师对"民"实行教化："非礼勿视，非礼勿听，非礼勿言，非礼勿动"（《论语·颜渊》）；"子以四教：文，行，忠，信"（《论语·述而》）；"有天爵者，有人爵者。仁义忠信，乐善不倦，此天爵也；公卿大夫，此人爵也。古之人修其天爵，而人爵从之"（《孟子·告子章句上》）。而以文艺文学为教化手段，目的不变，例如"诗可以兴，可以观，可以群，可以怨"，目的在于"迩之事父，远之事君"（《论语·阳货》），而"游于艺"也必须以"志于道，据于德，依于仁"为先（《论语·述而》）。简言之，是"尝谓文者，礼教治政云尔。其书诸策而传之人，大体归然而已……且所谓文者，务为有补于世而已矣"（王安石《上人书》）。长此以往，便形成了源远流长影响深远的教化传统：文以载道，诗以言志，志与道谐，人世精神。就其精英意识而言，朱熹《大学章句序》有言，生民"其气质之禀，或不能齐，是以不能皆有以知其性之所有而全之也。一有聪明睿智能尽其性者出于其间，则天必命之以为亿兆之君师，使之治而教之，以复其性"。

可知"师"的精英地位与精英禀赋，故此使之或多或少形成一种精英意识，"使先知觉后知，使先觉觉后觉"（《孟子·万章章句上》）。古有士农工商四民，士为四民之首，立德于心，建功于世，宣德功于言，泽被后人；而天地君亲师的崇拜，则在自然崇拜（天地）、君权崇拜（君）、祖先崇拜（亲）之外，特列圣贤崇拜（师），祭师即祭圣人，源于祭圣贤的传统（师因此具有权威性质），具体指作为万世师表的孔子，也泛指孔子所开创的儒学传统，"古之学者必有师。师者，所以传道受业解惑者也"。师者，不仅是民之师，也可做君之师，所谓"王者师"即此之谓。而就其实用理性而言，执行教化的"士"（知识分子）连接上层阶级与下层阶级，而"学而优则仕"，士一旦当官，便进入统治阶级，修身齐家是为了治国平天下，充分体现了一种济世情怀，穷则独善其身，达则兼济天下。教化的内容如上所言强调伦理性，"小学是事，如事君、事父兄等事，大学是发明此事之理"；或"教之以穷理、正心、修己、治人之道……皆本之人君躬行心得之余，不待求之民生日用于伦之外"，摒弃一切"无用""无实"之道，以求"化民成俗"，即使"不得君师之位以行其政教"，也要将王道圣道"诵而传之以昭后世"。可以说这种教化传统、教化意识对中国现代文学启蒙思潮影响甚巨。

（二）中国现代作家的教化身份、心态与方式

1. 中国现代作家的教化身份

中国现代作家从小进入私塾接受教育，并且熟读古代经典，深明教化之理。本来，作家就是教化者，况且中国现代作家中很多人都曾担任教师：鲁迅曾任教于浙江两级师范学堂、绍兴府中学堂、绍兴师范学校、北京女子高等师范学校、北京大学、北京师范大学、厦门大学、中山大学；胡适曾任教于北京大学、中国公学；陈独秀、李大钊都曾任教于北京大学；钱玄同曾任教于嘉兴府中学堂、海宁中学、北京高等师范附中、北京大学、北京师范大学；周作人曾任教于北京大学、燕京大学、北京女子师范大学、中法大学、孔德学校；刘半农曾任教于北京大学、北平大学、辅仁大学；林语堂曾任教于清华大学、北京大学、北京女子师范大学；郭沫若曾任教于中山大学；茅盾、蒋光慈曾任教于上海大学；闻一多曾任教于北京艺术专科学校、国立第四中山大学、武汉大学、青岛大学、清华大学、西南联大；郑振铎曾任教于上海大学、燕京大学、暨南大学；梁实秋曾任教于东南大学、暨南大学、复旦大学、青岛大学、北京大学；老舍曾任教于南开中学、伦敦大学、齐鲁大学、山东大学；曹禺曾任教于河北女子师范学院、国立戏剧专科学校；沈从文曾任教于中国公学、武汉大学、青岛大学、西南联大、北京大学；钱钟书曾任教于西南联大、暨南大学、上海震旦女子文理学院；郁达夫曾任教于安徽公立法政专门学校、北京大学、武昌师大、中山大学；夏衍曾任教于立达学园、上海劳动大学、暨南大学。诸如此类，不一而足。如此，中国现代作家在无形中形成了一种"先生意识"，把"民主"称为"德先生"，把"科学"称为"赛先生"便不足为奇了。如有的学者所言，"science"来到中国，由"赛因斯"音译而成为汉语文化的"赛先生"；中文"先生"的基本定义是"老师"，并且潜藏着"师道尊严""劳心者治人"式的权威与神圣，换言之，先生意识是与权威意识、精英意识和话语权力紧密联系的。

2. 中国现代作家的教化心态

对于中国现代文学启蒙思潮，除关注作家的教化身份之外，还须注意其教化心态，简言之，是实用理性与精英意识。所谓实用理性，以飞快的速度进行急功近利的"启蒙的赶路"。按照傅斯年的说法，当时中国学界"去西洋人现在的地步，差不多有四百年上下的距离。但是我们赶上它……若真能加紧的追，只需几十年的光阴，就可同在一个文化的海里洗浴了……不必全抄，只抄它最后一层的效果。它们发明，我们模仿"。其中的"赶""追""抄""模仿"就是实用理性的显著证明。新文化运动短短几年就迅速退潮，以狂飙

突进的力量攻击传统、宣扬西化的人文启蒙效果不大，于是更加激进地崇尚政治启蒙。这很明显是积极入世、经世致用的儒家教化精神的体现。故此，以西方来遮蔽传统的启蒙最终还是回归传统。而所谓精英意识，有意无意或多或少倾向于"使先知觉后知，使先觉觉后觉"，现代启蒙作家是先知先觉，大众与落后知识分子是后知后觉，前者有必要对后者进行启蒙教化，类似传统"大学之道"的"亲民"（新民）。

新文化运动时期是教化大众，以精英意识来改造国民性，同时以精英意识来反传统，批评保守主义知识分子，高举"德先生"与"赛先生"旗帜。简言之，同时视民众和知识分子为被教化、改造的对象（学生），一副"会当凌绝顶，一览众山小"的精英姿态，但落得"高处不胜寒"的寂寞悲凉，这种寂寞悲凉正是精英意识（高处）的反衬。而20世纪30年代革命文学时期是大众化，但大众化只是表面现象或者口号，实质上很多革命文学作家在经济上和教育上都是精英（资产阶级、小资产阶级），倡导革命文学的作家对"五四"那一代作家的"革命"教育与"文学"改造，表现出一种盛气凌人的精英架势和与集体主义革命理念相比个人主义、人道主义高人一等的优越感。20世纪40年代抗战时期是战士化，将文人的教化特征与战士的救亡责任相结合，在老舍的《国家至上》、陈铨的《野玫瑰》、郁茹的《遥远的爱》、夏衍的《法西斯细菌》等作品中都有表现，也因此排斥自由主义的文艺，彰显出一种唯我独尊的气势。

3. 中国现代作家的教化方式

我们必须关注中国现代启蒙作家的教化方式，这是教化传统、教化身份和教化心态的外在表现。

这一方面体现为教化的话语方式，出现一系列包含"告""怎样""质问"之类词语的题目，如《敬告青年》《告恐怖白话文的人们》《告研究文学的青年》《为抗日救国告全体同胞书》，如《怎样做白话文？》《我们现在怎样做父亲》《现代的中国怎样要孔子？》，如《质问〈东方杂志〉记者》《再质问〈东方杂志〉记者》等。这种话语方式在正文中更多，轻一点的是言必称"必须""务必"，发挥到严重地步就是语言暴力。

另一方面，教化方式则体现为缺乏对话的教化的姿态，这是教化的话语方式（语言暴力）的根源所在。中国现代文学的"启蒙"包含着教化意识，从一开始就类乎"发蒙"和"我给你启蒙"，"其本质则在于'教化'"，而不是西方以宽容为根基的"对话"。正如胡适所说，当时的先驱者都十分喜欢讲，而没有人喜欢听别人的意见，所以一个个变得很偏执，甚至走到"启蒙的末路"——"以一种主义或主张去教化别人，而不懂得帮助人们形成一种独立思考的能力和自觉自重之精神"。按照陈独秀《近代西洋教育》的说法，当时的启蒙—教化是被动的、灌输的，而非主动的、启发的。按照学衡派吴宓的说法则是当时的启蒙精英"到处鼓吹宣布，又握着教育之权柄"，使得"群情激扰"。例如鲁迅的《狂人日记》《药》《长明灯》《孤独者》《伤逝》等，之所以教化者与被教化者难以对话，每一时代的"新"知识分子对"旧"知识分子盛气凌人，大概就是缺乏对话精神的深刻表现，而这也正是当时时代苦闷孤独的原因之一。因此，教化的主体由知识分子（圣贤）变成了20世纪40年代的政治家（王者），但这正是教化的特征，因为汉代郑玄重"王者设教"，宋代程颐重"圣人设教"。

虽然中国现代文学的启蒙（教化）内容与古有异，但不可否认作为中国现代文学启蒙重要内容的"为人生"，以"言志"诗学的"诗教"传统为底蕴，构成了现代启蒙文学理论的中心话语，它一直维系着中国作家救亡图存的战斗精神。虽然中国现代文学的启蒙（教化）的价值目标从立人走向立国，与古代教化做顺民尊朝廷的政治目标不同，但是不可否认中国现代文学。几乎一个世纪，就其主流而言，文学都是作为工具的存在而服膺于政治使命。换言之，现代的启蒙与古代的教化是貌合神似、血脉相连，从现代作家的教化身份、心态和方式等就可知究竟。

# 第三节　中国现代文学的传统与学科性质

## 一、中国现代文学的传统

中国现代文学的传统主要有两个：一个是思想传统，一个是艺术传统。

### （一）中国现代文学的思想传统

中国现代文学的思想传统是中国现代文学在思想内容和社会价值追求中形成的一贯倾向，这个倾向就是：坚定地与时代联姻，紧密关注中国现实和历史的重大课题，如反帝反封建，为时代提供内涵丰富的思想资料。这一倾向，从中国现代文学诞生之日起即已出现，五四新文学时期既是这一倾向形成的最初时期，也是这一倾向表现十分鲜明的时期。这一时期的新文学，紧扣反封建、启蒙的时代主题，以科学、民主的精神关注社会、历史的事实，一方面揭露封建制度、封建礼教文化的本质，另一方面呼唤人的觉醒与人的解放，无论在创作形态还是在理论形态中，都直接地显示出与时代紧密联系的倾向。

　　进入20世纪30年代，中国现代文学的主导思想倾向仍是与时代紧密相连的，关注时代的重大问题，关注劳苦大众的命运和他们作为推翻旧世界的主要力量的新主题，将反封建的时代课题在创作中具体化为反对国民党新军阀的宗旨，一方面继续揭露和批判社会的黑暗，另一方面表现人民的觉醒，显示出紧跟时代步伐的鲜明意识倾向。抗战爆发后，一切有良知的中国现代文学作家，都密切关注中国人民反帝的民族大业，在歌颂民族抗击外来侵略的伟业的同时，对一切阻碍民族复兴的势力因素给予了不留情面的揭露。在解放区，这一时期的文学创作侧重表现人民翻身解放的重大主题，也显示了紧跟时代、表现时代重大主题的思想倾向。综观中国现代文学的思想内容，我们可以发现，20世纪前半叶中国所发生的一切重大的政治事件，所出现的各种重要的思想论争，以及所形成的各种文化思潮，都在中国现代文学中得到了生动形象而全面的反映，有些反映所提供的思想资料，甚至比社会学家、哲学家等所提供的资料还要丰富，如鲁迅的小说和杂文对关于中国历史、现实、文化的认识，关于中国国民性的表现；《子夜》对中国社会性质和中国何去何从的昭示，等等。这正是我们今天回头审视中国现代文学的思想倾向时，所发现的中国现代文学留给我们的十分明显也十分宝贵的思想传统。

　　（二）中国现代文学的艺术传统

　　中国现代文学的艺术传统主要有三方面：首先是自觉地以开放的眼光和胸怀汲取外国文学的艺术营养；其次是努力发掘民族文学的传统；最后是在汲取外来营养和发扬民族传统的基础上，根据时代的需要创造崭新的中国文学。

　　如果说中国现代文学是以创造崭新的中国文学为最终目的的话，那么，中国现代文学创造的艺术基础，则是中外文学已有的艺术实践。这既是中国现代文学在构造自己艺术世界的过程中获得成功的重要经验，也是中国现代文学的个性特征，当然也是中国现代文学留给我们的宝贵的艺术传统。这个传统告诉我们，学习中国现代文学，就不能不了解外界，尤其是西方文学，也不能不了解中国传统文学。否则，我们就很难理解中国现代文学中的众多现象和作品，如"浪漫主义"文学思潮、"现代派"文学思潮、"革命文学"思潮、鲁迅的《狂人日记》《药》等，也很难解说中国现代文学的很多重大问题，如现代化与民族化的问题。

## 二、中国现代文学的学科性质

　　中国现代文学在自己的发展中所形成的思想和艺术传统，在一定意义上也决定了中国现代文学的学科性质。概括起来说，中国现代文学的学科性质既是历史科学，又是文学。

作为历史科学，中国现代文学具有自己的历时性特征，这个特征就是，它是在中西文化和文学大碰撞大融合的历史背景下诞生和发展的新文学，它既积极汲取了外国文学的营养，并自觉地将外国文学的营养转化成了自己的艺术品格，又努力继承了中国传统文学的积极成果，并在新的时代背景下，给予发扬光大。因此，从历史科学的角度看，它作为在中西文学的碰撞、交会中构造的新文学，既有不同于中国传统文学的内容和形式，又与中国传统文学有割不断的血脉联系。同时，它的面貌和特征既与西方文学有着千丝万缕的联系，又与西方文学有着显而易见的不同。这正是历史赋予它的独特面貌，也是它作为一门历史科学所具有的历史规定性。

作为文学，它与古今中外的文学有共时性特征，在文学的规律方面，它也包含了一般文学所应有的各种特征，如形象性特征、意识形态性的本质等。所以，从这方面看，中国现代文学仍是文学，特别是中国文学这一大家族中的一员。这也就决定了，在学习和研究中国现代文学时，我们既要注意它的历时性特征，又要注意其共时性特征。只有这样，我们才可能有效地把握它的个性内涵，也才能客观地分析它的种种规律，得出较为公允的结论。

# 第四节　中国现代文学的总体艺术方向

中国现代文学的总体艺术方向就是现代化与民族化。这"两化"犹如两个支点，支撑着中国现代文学健康地向前发展。

## 一、艺术原则的现代化与民族化

中国现代文学从它诞生之日起，孜孜追求的艺术原则就是现代化。它批判了传统中国文学"文以载道"的艺术原则，而在人的发现与人的意识的历史和逻辑基点上，将文学的艺术镜头对准了人——这个文学的真正本体，在大胆地引进西方文学，学习西方文学优秀的艺术经验的过程中，确定了自己的艺术原则，这个原则的基本内涵是："文学本非为载道而设"，文学是"人"的文学，不是"道"的仆从，应当描写的是人的生活，负载的应当是人的思想、人的情感、人的意志。中国现代文学大多遵循这一根本的原则，写出了人和人生的血和泪，唱出了人的悲歌、哀歌、壮歌、欢歌、颂歌，从而在文学的根本点上，与世界文学的现代化契合了，实现了中国现代文学由传统向现代的转型。

在走向现代化的同时，中国现代文学又在不自觉和自觉中继承了民族文学的各种艺术原则。不自觉的阶段主要是五四时期，自觉的阶段是五四新文学运动之后。五四时期是一个猛烈的反传统的时期，批判中国传统文学"文以载道"的艺术原则，又是反传统的重要内容。五四新文学先驱们对"文以载道"这一传统艺术原则的批判和否定，其着眼点并不是这个命题形式，而主要是对"道"的含义的否定。陈独秀认为，"文以载道"之"道"，在主张"载道"者的眼中"实谓天经地义神圣不可非议之孔道"，而孔道，又正是新文化运动和文学革命批判的对象，所以在艺术原则上反"道"是顺理成章的。但是，否定了"道"，并不等于否定了"文以载道"这个命题形式。新文学先驱们否定了"道"的内容，却保留了曾装载这一内容的形式，也就是继承了中国传统文学一方面的艺术原则，即文学总应该有所"载"。

从中国现代文学创作的实际来看，不仅"自觉阶段"的中国现代文学遵循了中国传统文学的这样一个艺术法则"文以载×"，而且"不自觉"地五四时期也仍然没有丢掉这一法则。这正是中国现代文学民族化的重要表征。

## 二、文学用语的现代化与民族化

文学的第一要素就是语言。语言既是文学民族化的重要标志，也是文学现代化的直接标志。一个民族有一个民族的文学，当然就有一个民族文学特有的用语；一个时代有一个时代的文学，当然也有与那个时代相一致的文学用语。在源远流长的中国传统文学中，正宗的文学用语是文言。中国现代文学从诞生之日起就彻底地突破了这种"正宗"的观念，提出了白话为中国文学的正宗用语，"又为将来文学必用之利器"的主张。中国现代文学的创作，也都抛弃了中国传统文学所使用的文言文，而采用白话——这种白话也有别于传统白话文学的那种文白夹杂的古代白话，从而在文学的"第一要素"语言形式上与传统正宗的中国文学分道扬镳，即在最显然的形态上显示了自己现代化的面貌。

### （一）文学用语上的现代化

中国现代文学在文学用语上的现代化，主要是通过两个途径实现的：一个是从现代人的日常口语中汲取营养，一个是从外语中借鉴用语。

1. 从现代人的日常口语中汲取营养

从现代人的日常口语中汲取营养的结果，是保证了中国现代文学用语的生命活力和现代性的品格，因为日常口语与人的生活密切相关，直接而又生动地负载了人的情感、意识以及人生的种种形态，并且是随着社会、时代的发展而发展的。以这种具有"活性"的口语作为文学用语的重要源头，就在根本上保证了新文学用语的生命之树常青，也保证了新文学用语的现代性。正是从文学用语现代化的角度考虑，五四新文学的先驱们在高举文学革命大旗，倡导白话为文学正宗用语时，就提出了"引车卖浆之徒所操之语"是能产生优美的白话文学的主张，胡适在解说新文学所使用的白话时更直接地说"白话即是俗语"。20 世纪 30 年代和 40 年代，进步的文艺界自觉地开展了关于文学用语大众化的讨论，毛泽东 20 世纪 40 年代在《反对党八股》一文中也号召作家"向人民群众学习语言。人民的语汇是很丰富的，生动活泼的，表现实际生活的"。中国现代文学的创作，也都努力地遵循用现代的白话，用与日常口语接近的白话写现代人的生活、情感，于是就产生了鲁迅、茅盾、巴金、老舍、赵树理等创作的各具现代风采的小说，郭沫若、徐志摩、闻一多、臧克家、艾青、李季等创作的现代意味浓厚的白话诗歌，以及田汉、曹禺等创作的现代化的话剧。

2. 从外语中借鉴用语

在文学用语现代化的追求中，从外语中借鉴用语是又一条重要途径。借鉴的结果，是丰富了汉语的词汇，使现代中国文学能更有效地记事写人，表情达意。在新文学用语上的"欧化"一直是中国现代文学中一个引人注目的问题，也是中国现代文学的众多作品在形式方面现代化的重要标志。五四文学革命时期，新文学同人在文学用语的现代化方面就在努力地"一面大胆地欧化，一面大胆地方言化"。胡适认为"只有欧化的白话才能够应付新时代的新需要"，"能够传达复杂的思想、曲折的环境"。再加上，"现代生活里边的事物……差不多全是西洋出产，因而我们造这词的方法，不得不随西洋语言的习惯，用西洋人表示的意味"。20 世纪 40 年代，朱自清甚至认为新文学（尤其是新诗）在形式（包括用语）上学西方，与其说"这是欧化，但不如说是现代化"。文学用语的"欧化"，一直是中国现代文学创作中的倾向。五四新文学的小说、诗歌、散文、话剧中"欧化"的用语比比皆是，郁达夫的小说、郭沫若的诗歌、田汉的戏剧是典型。20 世纪三四十年代的"现代派"诗歌、"新感觉派"小说，更是集中体现了这种倾向。即使是以民族化为主要目标的解放区的文学创作，对外来语的使用也没有完全拒斥，丁玲、周立波的创作是其代表。"欧化"的用语不仅因为能有效地表达现代的事物而使中国现代文学显示出现代化的面貌，而且因为"欧化"的用语与中国现代文学人的发现与人的意识的历史和逻辑的基点相一致，在更深的层次上表明了中国现代文学的现代化特征。由此我们也就能更清楚地理解为什么中国现代文学在文学用语上自觉地"欧化"，也能更进一步地明了为什么新文学所使用的文学用语是"现代化"的文学用语了。

### （二）文学用语上的民族化

中国现代文学在文学用语现代化的同时，也在民族化。这种民族化也主要是通过两个途径实现的：一个是向民间学习，一个是向中国传统的文学用语学习。

#### 1. 向民间学习

向民间学习大众的口语充实文学的用语，既是中国现代文学用语现代化的途径，也是其民族化的途径。说它是现代化的途径，主要是相对中国传统文学的正宗用语——文言而言的。这一点上文已做了论述。说它是民族化的途径，则主要是就语言的本质而言的。语言是一个民族最具民族性的文化符号，大众所操的口语，也具有这样的属性。对文学来说，语言是文艺作品的第一个因素，也是民族形式的第一个标志。在向民间学习大众口语，使中国现代文学用语民族化方面，20 世纪 40 年代的解放区文学做得最自觉，赵树理是其代表。从中国现代文学发展的过程来看，这种向民间学习大众用语的工作，也从来就没有停止过。五四时期新文学倡导者提倡的"不避俗语俗字"和文学研究会关于"民众文学"的讨论中提出的要使用"听的语言"做新文学的用语的主张，就已经敏感地涉及了这个问题。20 世纪 30 年代左联关于文艺大众化问题的三次讨论，更自觉地涉及了这一课题。"中国诗歌会"还在创作方面进行了实践：鲁迅也发表了《门外文谈》，认为"方言土语……于文学，是很有益处的"。由于环境的限制，这几个时期虽然在创作中还没能结出灿烂的果实，但理论上的自觉已显示出中国现代文学在这一方面进行民族化的努力。20 世纪 30 年代末和 40 年代产生的"抗战文学""工农兵文学"，则直接地体现了这一种努力的创作成果。虽然中国现代文学中所使用的大众语是经过了锤炼的文学用语，但仍然是具有民族性的文学用语：向中国传统文学的用语学习实现中国现代文学用语的民族化，不仅是一条更切实的途径，而且也是更有价值的途径，所以取得的成就也更大。

向中国传统文学用语学习包括继承和借用两方面。继承的是中国传统文学中的白话文学的用语，借用的是中国传统文学中的文言文学的用语。中国现代文学全部是白话的文学，而其所使用的文学用语，与传统白话文学，如《水浒传》《西游记》《红楼梦》中的用语，尽管由于历史和时代的不同而有一定的区别，但在基本词汇方面却大致相同，甚至其语法规范也相近。在中国现代文学兴起之初，新文学同人倡导白话文学的理论依据是文学的"进化论"，而其文学史的依据则是中国文学中早已存在的白话文学。"自从《三百篇》到于今，中国的文学凡是有一些价值有一些儿生命的，都是白话的，或是近于白话的"，而"我们今日居然能拿起笔来作几篇白话文章，居然能写得好几百个白话的字……不是从《水浒传》《西游记》《红楼梦》《儒林外史》等书中学来的吗？"他们不仅常常以传统的白话文学为自己的历史依据，说明"白话文学为正宗"的可行性，而且，常常将自己提出的白话与传统的白话相提并论。如胡适在《文学改良刍议》中就说，"与其用三千年前之死字……作不能行远，不能普及之秦、汉、六朝的文字，不如作家喻户晓之'水浒'、'西游'文字"。这就表明，中国现代文学的白话与传统文学的白话在性质上属于同一个言语系统，它们都是民族母语的产儿，都是具有民族特点的文学用语。

2. 向中国传统的文学用语学习

在实现中国现代文学用语的民族化方面，借用文言用语是又一条重要途径。借用文言用语，既表现在理论上的有意提倡，也表现在创作中的自觉而为。在五四新文学之初，先驱们就提出了"言文合一"，"以文词（文言）之长，补白话之缺"的主张；20世纪30年代鲁迅在《人生识字糊涂始》中也认为，"至于旧语的复活，方言的普遍化，那自然也是必要的"。毛泽东20世纪40年代在《反对党八股》中也提倡借用传统文学中有生命力的词汇丰富现代文学的用语。鲁迅在谈自己的创作时就说过，当其感到白话不能表达时，宁可用古语。现代文学的其他作家也都在自己的创作中自觉地运用了各种文言词汇。这种自觉借用文言词汇创造新文学的结果，不仅直接丰富了中国现代文学白话的表现力，而且也赋予中国现代文学用语以民族化的特色。

## 三、文学体式和技法上的现代化与民族化

文学体式上的现代化是很明显的：中国现代文学的文学体式主要有四类，它们是小说、散文、诗歌、戏剧。在这四类文学体式中有些体裁本身就具有现代性，是中国传统文学中没有或发育不全的，如小说中的短篇小说，散文中的美文，诗歌中的自由体诗和散文诗，戏剧中的话剧，还有综合性体裁如电影文学剧本等。这些体式多是中国现代文学的创作者们从西方引进的具有现代性的文学体裁，它们在丰富了中国现代文学体裁的同时，也直观地显示了中国现代文学艺术世界的现代化面貌。与此同时，在文学的艺术技巧上，中国现代文学的现代化倾向也十分明显。如小说创作中的心理刻画，现代小说创作的一个重要特点就是心理刻画的精细。中国现代文学的各类小说，无论是现实主义的，还是浪漫主义的，特别是"新感觉派"的小说，都引进了这种现代化的刻画人物的方法。在诗歌创作中将情与理结合起来表达思想的方法，也突破了中国传统诗歌情景交融的表情达意的方

法，其中"现代派"诗歌中"以丑为美""化丑为美"的方法，则在文学思潮和文学流派的意义上，显示了中国现代文学在艺术方法上的现代化追求。话剧中完全用人物的语言塑造人物、讲述故事的方法，也是从西方引进的具有现代意义的方法。至于电影文学中的蒙太奇手法，更是新颖的现代化的艺术手法。

中国现代文学在文学体式和艺术技巧上的民族化倾向，也是明显的。如小说的体式，从鲁迅开始就注意从中国的章回小说体式中汲取营养，用讲故事的形式塑造人物。鲁迅的《阿Q正传》是其代表。通俗小说家们，更是致力于运用这种体式，尽力发挥这种体式的特长，如张恨水。到了20世纪40年代，赵树理又在民间文学的基础上，很好地发挥了这种体式的优势，创作出影响深远的民族化、大众化的小说。在小说的技巧方面，如"画眼睛"的描写方法，通过人物的语言和动作刻画人物的方法，中国现代小说也行之有效地继承了民族小说的传统并在新的历史时期给予了创造性的发扬。在诗歌和散文中，虽然格律诗的体式没有了，赋的体式不见了，但情景交融的意境构造方法，不仅在现实主义和浪漫主义的诗歌和散文中被发扬光大了，而且在"现代派"诗歌中，如戴望舒的诗歌中，也得到了一定程度的继承和发扬。

中国现代文学在追求现代化和民族化的过程中，成就是巨大的，但失误也是常有的。例如，五四时期在追求文学现代化的时候，由于相对忽视了对文学民族化的追求，所以出现了过于"欧化"的倾向，这突出地表现在艺术形式和技巧方面。这种过于"欧化"以及怠慢文学民族化的倾向，直接影响了文学的艺术质量。五四时期，除鲁迅的创作外，包括郭沫若在内的众多优秀作家、诗人、戏剧家都有这种问题。之后，随着对过于"欧化"倾向的自觉纠正，随着关于文学的民族化问题讨论的展开，随着创作上对"两化"的重视，20世纪30年代，中国现代文学终于迎来了丰收。但是到了40年代，当解放区文学兴起的时候，过于强调文学的"中国作风和中国气派"（民族化），相对忽视了文学的现代化，而使文学走上了较为狭隘的民族化的道路，极大地影响了中国现代文学的新收获。今天，当文学的"新时期"来临的时候，当我们重新回到鲁迅二创的"两化"结合的道路上时，我们的文学园地又开始出现了喜人的景象，尽管还未达到理想的境界，但毕竟出现了良好的"开放"的新势头。历史的事实已经说明，什么时候中国现代文学只偏于"一化"，我们文学的质量就会受损。反之，当中国现代文学坚持"两化"时，就会有满园优秀的文学之花盛开。因此，从历史的角度考察，我们完全可以说，现代化与民族化，是中国现代文学自身发展的基本矛盾。

# 第二章

## 现代文学的艺术与理性考量

### 第一节 现代文学的理性话语与理性精神

在中国现代文学研究中，"理性"是十分重要而又极为复杂的问题，它既关涉中国现代文学自身的审美特征，也透露出研究者对中国现代文学的价值判断。

#### 一、现代文学理性话语

"理性"是阐释和评价中国现代文学的一个极为常用的概念，其使用频率之高、使用范围之广，已是一个无须指证的事实。在中国现代文学视阈内，不论是说到启蒙主义思潮，还是论及古典主义倾向，所有的研究者似乎都无法避开这一个重要的概念。"理性"这一有着奇特命运的哲学概念"牵一发而动全身"，可以说，它或隐或现、或远或近地关涉着中国现代文学中的一切重要问题。在近年来人们反复讨论或争辩的激进与保守、传统与现代、新旧、古今、中西、现代性等话题中，在民主、科学、人民、革命、人性等现代文学的关键词背后，"理性"无疑是一个潜伏得更深的尚需深究的"枢纽"。不仅如此，中国现代文学史上，围绕"理性"一词所展开的相关理论表述与创作实践，本身就构成了一个有迹可寻、延绵不断的话语体系——"理性话语"。而现代中国的这一个核心话语的构建历程，不仅凸显着中国现代文学的审美品格和价值取向，而且也有效地、结构性地规约着其生产动力、运作机制以及主题追求。

在现代中国的语境里，进化论的广泛传播、实证主义的巨大影响、新旧问题的论争和文学革命的发生，都参与了现代中国理性话语的建构，或者说，都是这种话语建构的具体组成元素。李大钊早就发现传统的"附属型""家畜型"人格的病根不仅在于"惰性太深，奴性太深"，尤为重要的是"总是不肯用自己的理性，维持自己的生存"。在鲁迅看来，强大清醒的理性无疑比怨激之情更为重要，煽动国民的激情是不可取的。傅斯年要求文学要有"逻辑""思想"，也是用"理性"这个词语来表述的。他认为理想的白话文应是"逻辑的、哲学的、美术的"，好的文学应"能引入感情，启人理性"。

当西方世界大呼"理性破产""科学破产"，并由此而导致各种非理性主义哲学盛行并成为现代主义文学的思想理论基础之时，中国的先驱们几乎是异口同声地大力倡导理性精神。启蒙者以科学、实证、批判、改造社会为内涵的"理性"话语，顺应了时代的要求，回应了社会现实生存的需要，因而具有无可比拟的衍生扩展的能力。由胡适首倡的白话文运动是这一理性话语在文学领域的最初实践，"理性"观念以义无反顾的姿态在中国现代文学史上大踏步前行，在其影响下形成了一股占据主导地位的文学潮流。人们普遍认为，五四时期，启蒙者用理性的眼光去观察一切问题，评判一切现象，衡量一切价值，在文学创作中就必然表现出自己独特的主题追求。

19世纪初的欧洲文坛上，随着理性之霾愈来愈浓，曾出现过一种作为反拨力量而出现的浪漫主义思潮。这一派的作家把理性视为套在文学脖子上的沉重枷锁，认为理性阻碍了感情的自由发展，他们要求解除理性的束缚，解放情感，回归自然，并倡导表现人的内心情感，人的主观感受。类似的情形也在中国现代文学史上重演。创造社对新文学初期文学理性化的倾向深为不满，他们提出了反对"哲理""理智"的主张。

在文化倾向与《新青年》明显相异的《东方杂志》上，也高高飘扬着理性的大旗。科学并不等于理性，其所推崇的理性包含着对物质主义、功利主义的深深忧惧，从而形成了与启蒙理性相颉颃的另一个思想文化维度。与之论调相近的还有稍晚的学衡派。《学衡》通过对白璧德新人文主义的介绍，广泛涉及西方自古希腊以来的理性观念，并谋求西方理性观念与中国传统文化的沟通。

杜亚泉强调理性，多在社会文化的角度展开论说，和文学还保持着较远的距离；学衡派所主张的理性，则是与其文学观紧密联系在一起的。学衡派没有留下很多文学作品，但其对于文学的思考是深刻的，其推扬的文学观对后来的理论和创作均有深远的影响。学衡派受新人文主义的熏染，倡导文学的理性精神，强调文学的道德意义，注重"和谐""节制"，但又并不排斥感情。这样，学衡派以和谐为指归的重视"理性"的文学观就明显地与唯理主义观念之间形成了巨大的理论分野。

新月派作家也将理性作为其理论和创作的重要标尺。新月派以理性的名义，对浪漫主义文学思潮发动了阻击，这种努力试图将中国现代文学从浪漫的热血提升到理性的清明，深蕴着艺术规律之真谛。它尽量避免赤裸裸的抒情，使得理性和节制成为自己醒目的流派标记，新月派文学也因为理性节制的美学风貌而成为中国现代文学史上一道抹不去的风景线。

周作人常提倡理性，这种理性就是"明净的观照"。他跟陈独秀一样，把爱国主义认作一种非理性的情感的东西，因此他郑重宣布，要"保持理性的清明"，不"裹到群众运动的涡卷里去"，表现出对"群众专制"的倾向的担忧（《谈虎集·关于儿童的书》）。在《看云集·中年》中他说道："以后便可以应用经验与理性去观察人情物理，即使在市街战斗或示威运动的队伍里少了一个人，实在也有益无损，因为后起的青年自然会去补充。"周作人在艺术上也是极其强调理性的。后来接着周作人批评海派的沈从文也很重视理性，而且更多地在文学评论文字中直接使用这个词。他在论及徐志摩的诗歌创作时，认为其《灰色的人生》《毒药》《白旗》等作品"并不是完全无疵的好诗"，而另有一个《无题》，则"由苦闷，昏瞀，回复了清明的理性"。他认为周作人"充满人情温暖的爱，理性明莹虚廓，如秋天，如秋水，于事不隔"，表现出对文学理性精神的充分肯定。

京派提倡理性与情感的谐调，其理性并不排斥情感，而是针对当时文坛上情胜于理的普遍状况，针对情感过分外露的感伤主义倾向，要求和谐与恰当，其着眼点在于艺术的完整。他们所要求的，是对赤裸裸的情感宣泄的适当节制，是一个艺术家所需要的平静的心境。京派的其他人士朱光潜、萧乾、李健吾、废名、叶公超、常风等，他们也提倡理性，反对文学中过分的热情。从容高蹈的京派作家力图超越急功近利的政治化和商业化的文学选择，疏远于国家意识形态，他们强调文学的独立性，注重形式和技巧，专注于纯正的文学趣味，默默地建造自己的"希腊小庙"。他们的创作浸润着冷眼看人生的"秋水"一般的智慧，呈现出和谐、节制和恰当的美学风貌。

综上可见，在中国现代文学史上，"理性"始终是一个关键词，甚至可以说，中国现代文学史上的任何文学现象都直接或间接地与之相关，一部中国现代文学史就是围绕着"理性"而展开的话语建构的历史。因此，从"理性"这与中国现代文学有着复杂而深刻联系的关键词入手，勾勒出它在现代中国的历史语境中内涵与外延的不断调适和不断转变的行进轨迹，辨析它在不同的言说主体之间的联系和差异，梳理其中具有元话语、元观念性质的价值准则，进而探求现代中国理性话语的丰富内涵，总结这一话语体系在现代中国文学中的形成原因，这必将有助于深入探索那些深掩于中国现代文学流脉中的普遍意识结构及其原生性的发展逻辑。同时，也将构成对现代中国文学发展、流变过程的一种整体观照和全新阐释。更重要的是，如果将对现代中国理性话语的考辨和对中国现代文学理性精神的考量这两个目标综合起来，就会形成一个极富张力的阐释空间，不仅能解决以往的研究在相关问题上的认识误区，而且也将有助于我们更清晰地触摸到现代中国文学的律动，也是对以往研究方法的一种有益补充和新的尝试。

## 二、现代文学理性话语相关研究

就世界范围来看，发动于19世纪下半叶的欧洲文学现代主义运动，表现出了对理性的强烈反感，可以毫不夸张地说，抗拒理性，乃是这一场运动的主要诉求之一，它的影响一直延续到了今天。现在，人们已经不再相信理性是人类历史发展的动力，而怀疑理性的普遍适用性，倾向于抛弃理性。就算人们承认理性是人类各门科学中具有某些有限价值的一个观念，那也不一定意味着它与文学有多大的关系。理性概念似乎特别不适合带到文学里去讨论：当下流行的倾向，乃是把文学与疯狂、梦和激情，而不是与理性联系在一起。欧美现代主义以及后现代主义对理性反感的原因也许是多种多样的，比如，在波德莱尔那里，陈规陋习与道德教条的老账都一股脑儿算在了理性的头上，而马拉美从作为文学媒介的语言之本质上的任意性和武断性出发，宣告了理性对文学的无效。更重要的是，在这样的语境里，理性已经被当作典型的科学技术的思想方法，它被理解成与推理、分析、公式、定理毫无二致的机械死板的东西，它意味着不可争议的清晰结论，而文学不是用这种方法来思考和叙说的，这就必然要招致文学的反感和排斥。人们怀揣着对理性的偏见，不愿意把理性概念带到文学领域中去讨论，从文学现代性的普遍诉求这一点来看，是可以理解的。而事实上，在文学和理性的交叉地带展开学术探索，尽管会十分艰难却很有必要。想要合乎学理地谈论文学，又打算始终避开"理性"这一哲学元话语的纠缠，几乎是所有研究者最后都难以做到的。

自20世纪80年代以来，跟文化学术思潮的热闹景观相呼应，在中国现（当）代文学以及文艺理论等研究范围内，出现了数量可观的运用理性概念来进行文学阐释和评论的著述。"理性""理性精神""理性品格"和与之相关的"非理性"等词汇，均成为人们在研究活动中使用频率颇高的"关键词"。在这些研究的背后，隐匿着来自各种立场的或者是回归理性，或者是告别理性，或者是重建理性的驳杂呼声。这些把理性观念跟文学交叉混合的学术研究作为"叙事"，表现了各自的叙事动机，它提供叙事活动的基本动力和合法性。一方面，这种关于现代文学的理性精神的探讨，有着重新呼唤文学的属人性质和试图确立文学自主性的双重目标。另一方面，这种关于现代文学的理性精神的探讨，也往往包含了叙述者干预社会现实生活的意识形态的考量。

在文艺理论界，关于文学的理性与非理性问题的学术讨论也一直在紧锣密鼓地进行，而这些讨论不仅经常会涉及中国现代文学史上的作家作品，而且也反映出一些值得思考的问题。1986 年，许明发表了《理性的自由——文学主体意识界说》一文，提出要积极肯定文学中的主体意识，特别是个人意识的觉醒。他认为文学的审美意识本质上是一种进入高级精神阶段才能达到的理性的自由。许明对理性寄予厚望，后又在 20 世纪 90 年代与钱中文联手，倡导"新理性精神"。他所称的"新理性"，乃是融科学主义与人文主义、科学理性与工具理性为一体的文化哲学的思路，是以提升人的全面素质为核心的理性。这种理性优先的看法与他对当时中国的文化思潮的理解不无关系。与此相反的论点则是为文学的非理性摇旗呐喊。刘晓波在后来发表的《再论新时期文学面临危机》（《百家》1988 年第 1 期）中进行说明，他认为西方的实证理性、思辨理性、道德理性分别对科学、哲学和信仰具有积极的作用，值得肯定。从这个角度看，中国的传统是没有理性的，但如果从屈服于权威、政治来看，中国的传统中，理性又是最为发达的。所以，在中国，就是要在文学的领域内大力提倡"非理性"。除了上面两种迥然相异的看法之外，也有论者持折中的立场，兼顾二者的理论诉求，认为"文艺复兴以来日趋强盛的理性权威固然压抑了人的自由本性，但如果任凭非理性本能的自由泛滥，也注定不可能给人类带来幸福"，因此，有必要"在理性和非理性之间寻找一种和谐与平衡"。这些来自文艺理论界的观点都产生过一定的影响，它跟现代文学研究领域目前的状况一样，都存在着值得深入思考的亟待解决的问题。

首先，是概念的不确定性甚至自相矛盾。人们谈到中国现代文学的理性精神的时候，就不得不面对现代中国理性话语建构中的两个基本问题：作为指称用法的理性和作为评价用法的理性。也就是说，这里不仅有一个什么是理性的问题，也有一个如何看待理性即理性观的问题。在一般情况下，两者密切相关，对前者的理解与对后者的把握具有较为稳定的对应关系。在认定一个作家或一部作品具有理性精神时，人们大都会认为这是一个正面的、肯定的评价，很少有人愿意承认自己不理性，而这似乎是不言自明的。但事情并不会总是如此，因为有时候，人们把理性和进步、现代性联系在一起——理性是正当的，值得大力弘扬的；有时候，却又把它当成了保守、说教甚至封建主义的代名词——理性是专制的，面目可憎。更不用说，要想解决这两个基本问题，对理性这一关键概念做出界说最为重要。要想对一种理论以及这一理论有关的所有概念做出可靠的解释，就必须先从解决一个中心问题着手，即先从确立一个关键概念的确切含义着手。遗憾的是，要确立理性这一关键概念的确切含义是一件特别费力的事情，大多数人似乎都不太愿意干这种傻事。如果稍微留意一下目前学术界对于相关问题的论述，我们就会在对学术的繁荣状况备感振奋的同时，又产生深深的困惑。现在，"理性"这一词语大有对中国现代文学史上所有的文学现象一网打尽的势头。不仅几乎所有著名作家的思想和创作是"理性"的，而且这个在实际运用中越来越意义含混、所指空洞的标签，已经贴满了诸如《新青年》《学衡》等杂志，文学研究会、创造社等文学社团，现实主义、浪漫主义等文学思潮。理性在这种滥用中渐渐变成了一个包罗万象而又干瘪虚空的符号。作为一个关键概念，它不仅在不同的论题中有着不同的内涵，甚至就在同一篇论文中，也被做着完全不同的运用。它一会儿被用来反对封建的愚昧主义，一会儿又被用来反对启蒙者的激进主义。于是，在道德理性、政治理性、科学理性、启蒙理性等内涵各异的概念的分割与组合之下，中国现代文学被抹上了浓烈而难以认清的"理性色彩"。理性概念不是凭空而来的，它有西方学术的来源，也受中国语境的制约，合理的探讨需要在对概念的来龙去脉有所了解的基础上做出反应。而目前可以看到的许多相关论述表现为一种自说自话式的随意发挥，把自己认为"正确的"，就指为"理性的"，对概念的内涵和外延不做任何理论上的规约，单凭各人的需要而即兴开讲，这就难以具备学理上的有效性，不能形成学理层面上的对话。与此相关，人们对文学的理性精神的立场也常常表现得闪烁其词、莫衷一是。

其次，是学理逻辑的缺失。由于概念的含混不清，人们在谈论中国现代文学的理性精神时，难免顾此失彼，在学理逻辑上陷于矛盾的境地。比如，刘纳的论文里新文学的理性精神的内涵大致包括"思索"的、"议论"的、"哲理"的，等等。有"思索"的痕迹就是其文学理性色彩的一种表征。同时，理性的观念又跟进步、革命联系在一起，甚至有被后者完全吞没的危险。又如目前有些论者对西方非理性主义哲学很有兴趣，认为中国现代文学缺乏非理性精神，于是希望看到中国文学的非理性倾向。持这种观点的人大都不能认识到西方非理性主义哲学对狭隘的工具化的理性的攻击和对理性主义一统天下的反抗实际上意味着对文学理性的维护，他们用"理性"的方式提倡着"非理性"，似乎相信可以通过这种方式指导作家的创作。

最后，是视野的狭隘和思维方式的僵化。在很长一段时间内，人们习惯于把启蒙主义思潮范畴内的文学纳入理性精神的名下，把符合某种政治标准的文学现象框定为合理的、可以选择的考察对象。所谓中国现代文学的理性精神，似乎就是作家的创作有值得肯定的思想内涵、有改造国民性的特征或倾向，或者干脆就是符合了执政党的文艺政策。因此，诸如学衡派、新月派、京派等作为中国现代文学史上不容忽视的巨大存在，就一直难以被纳入中国现代文学理性精神的考察范围，虽然那种一两句话轻轻带过的贴标签式的评论并不少见，但深入的、系统的分析论述至今尚未看到。而在这种先入为主且其正确性值得怀疑的前提之下，要探究一个作家的理性精神，只要能够证明他是启蒙思想家或与启蒙主义有或多或少的瓜葛、他秉承着某种有正当性的或正确的思想观念就行了。比如，要说沈从文创作的理性品格，那就先竭力证明他坚持了自己的启蒙理想，或者证明他的创作是有"进步的"思想追求的。要是说到其他作家，从茅盾到徐志摩到赵树理，也一律可以采用这种思路加以解决。这样做的结果必然导致相关的讨论丧失深度，而沦为一种社会政治话语的附庸、一种榨干了文学灵气的机械化的学术生产。同时，相关研究的价值和意义也将被僵化的思维模式自身消解一空。其实，从学理上讲，启蒙主义并非简单意味着理性精神；相反，从某种意义上说，它一开始就在对人们许诺一个美妙理想的同时，又埋下了将理性工具化、实用化、狭隘化、独断化的祸根。即便是按照目前常见的是把理性仅仅与创作主体的思想捆绑在一起来考察，在中国现代文学史上，作家们的思想倾向也绝不是只有启蒙思想一家而"别无分店"，没有必要勉为其难地把一些事实上与通常意义上的启蒙主义距离甚远的作家拉进来。从这一点看，许多论者完全是在主流意识形态的维度上发言，而不是在学理建设的维度上说话的。当然，有的人也许没有意识到自己在讨论问题之前，就已经宿命般地拥有了一个可能连他自己都不想拥有的立场。

鉴于以上种种现状，必须找到适当的研究方法来厘清这些复杂的问题，以便对中国现代文学的理性精神做出重新考量。当务之急是要切实地认清理性与文学的关系，通过对理性概念的界定为考察中国现代文学的理性精神提供一个逻辑前提、一种理论方案。把理性概念当作可以不断调整的动态的思维工具，去适应丰富善变的认对象是无可厚非的。但是，任何概念或术语终归不是供人任意捏弄的思想泥团，它总有自己特定的背景、特定的内涵，在一定的范围内具有较强的稳定性。在细究概念的内涵及背景的基础上确立它的含义，讨论问题时才具备学理性，而不至于沦为无效的空谈。

我们还应该注意到，在中国现代文学史上，"理性"本身就是一个频频出现的词汇，现代中国的思想者和作家赋予了这个词汇极为丰富的意义。避开作家本人对"理性"的叙述而谈论其理性精神，多少会显得有点勉强，而考察"理性"这个关键词在不同作家那里的不同运用状况，描述它在现代文学史中的流变过程，就可以更有说服力地揭示中国现代文学的理性精神。因此，应当把"理性"话语放置于现代中国的历史语境中，进行历时性和共时性的考察，并分析"理性"话语内部、外部的发生机制，"理性"话语不同陈述者的言说动机，在作为指称用法的理性与作为评价用法的理性之间的张力场中展开论述，由此而获得其内在的规定性和实质内涵，这无疑是考量中国现代文学理性精神的一个很恰当的视角，一种行之有效的方法。

## 三、中国现代文学的理性精神

在谈到中国现代文学的理性精神时，研究者大都习惯于把理性看成一个与作家的主体性或作家的创作意图紧密相关的概念。人们倾向于把理性理解成正确的、清晰的思想，这种正确的思想既体现在作家的理论表述里，又可以从文学作品中挖掘并概括出来。对中国现代文学理性精神的考察，不管论者将研究对象的思想如何朝着某个预定的方向引申、归纳，最终难免变成老套的激进与保守、现代与传统、新与旧的思想冲突的重复表述。这种讨论因为缺少一个共同的学理的平台，所以要么只能自言自语，要么陷入意气之争，很难形成深入的对话与探索。在很多情况下，这个令人困惑的现象与理性概念本身的复杂多变有关。要精确地描述这个概念是一场理智的冒险，甚至是永远不可能遂愿的事情。但是，无论我们怎样理解理性，实际上，对理性的理解都不可能脱离理性的传统。因此，应当从概念史中寻找理性（reason）一词的基本含义。在此基础上，才能看清楚文学与理性之间究竟有何关系。这不仅关系到理性概念的合理使用，而且有望为深入探究中国现代文学的理性精神提供一个逻辑原点和一种理论方案。

从词源上看，中文所用的"理性"一词广义上涵盖了两个不同的英语词"reason"和"rationality"，或者说涵盖了这两个词所包含的两组系列词。"reason"和"rationality"均直接来自拉丁语"intellectual"和"ratio"，因此它们似乎是拉丁文化的产物。据考辨，理性概念的一个来源是"努斯"，其本义是"心灵"。第一个把努斯作为哲学概念来加以讨论的是阿那克萨哥拉。在他看来，努斯是精神性的，它无处不在，但又不与任何东西相混同，它是无限的、自立的，是推动和规定世界的精神性力量。理性的这一含义表明，人类早期的理性意识已具有了能动和超越的意识。"逻各斯"一词的最古老含义是"言说"。言说是对所遮蔽的东西的展示和表达，它既是人的主观意愿的展示，又是表达出来为人们所认可的公共的东西。"logos"由动词"legein"演化而来，"legein"意为"计算"。古希腊哲学家赫拉克利特在寻求世界本原的过程中引入"逻各斯"一词，以对不可规定的"变"本身加以规定。在赫拉克利特看来，逻各斯是变中之不变，是变化的尺度和根据。在这里，逻各斯初步具有了"规律""尺度"的含义。在康德那里，理性是一种高于知性的、以无条件的综合为特征的思想功能，其目标是上升到无限，求取最高的统一和整体性，在实践方面，理性成为一种以最高原则来规定和要求行为的内在律令；而知性是理性在认知领域的应用，它仅止于以概念和范畴对感性经验对象做出判断和概括，是一种从客观现象中求取知识的功能。

可见，"理性"是一个比较容易产生歧义的概念，而要准确把握理性概念的丰富内涵，就必须从广义与狭义两方面来把握。广义的理性即"intellects"及与之对应的系列词，它指的是与感觉相对称的精神活动，是一种较高的整合性思想，既是抽象思维，又有直接洞见事物本质的功能。它的思维功能除了逻辑和推理外，还包括直觉。在人与世界的关系上，它把人包容在他要理解的世界中，隶属于世界，并不以世界之主宰自居，因为作为一种比逻辑思维更高的、无限上升的整合性思维功能，它必然要涉及人的局限性、人的被创造，从而把人看作是更大世界的组成部分。同时，理性还具有看护性，它不仅接纳所理解的，也保护所不理解的，不以概念逻辑为接受的底线和标准。而"ratio"及与之相对应的系列词则指抽象、比较及区分的思维功能，它只注重逻辑和推理，是理性的狭义用法。狭义的理性总是把人和世界分开，以主体的身份对世界有所作为，因此它与世界的关系是对立的。作为一种应用性的工具理性，它热衷于逻辑推理，而拒绝逻辑思维所不能理解的东西。它具有明确性、工具性、功利性，而人总是利用它去"认识"世界，"开发"世界，让世界为人所用，从而激发人的狂妄，一次又一次地对世界发起进攻。

不能简单地把理性等同于主体性，因为主体性并不是理性与生俱来的性质，人并不是理性的创造者。可以肯定，理性虽在主体层面起作用，但它显然也具有受动性、接受性和倾听性。它之所以后来失去了自己的本来面目而成为一种消除差异的力量，因而遭到反理性主义者的严厉指控、围追堵截和全面拆解，乃是因为其受动性的一面被抑制和遮蔽，而其工具性的一面过度膨胀，片面发展了。

自古希腊直至今天，哲学家们从不同的角度对理性进行区分的热情从未中断。就我们要探讨的问题来说，德国当代哲学家 W. 威尔士（Wolfgang Welsh）对理性的区分尤为重要。在《理性：传统与当代》一文中，威尔士指出，在关于理性的哲学中，有一个谜。这个谜就是从亚里士多德赞美理性到费耶阿本德宣称"告别理性"，人们曾给理性以最高的赞赏，如今却鼓吹抛弃理性。怎么会发生这样的变化呢？威尔士首先开出了两个含义不同的"理性"的用语系列，指明理性与合理性在传统上的差别：在传统上，对于这两种本领或两种类型的活动或两种反思能力，人们一·直是加以区别的：第一种能力（理性，nous，reason），被认为比第二种（合理性，logos，ratio，rationality）层次高。在威尔士看来，对理性与合理性的区分，从希腊哲学时期就开始了。大多数哲学和科学活动都是通过逻各斯，或用现代术语来说，是通过合理性进行的。逻各斯的核心在于论证，在于给人们所持有的观点以理由。这就是逻各斯对于哲学和科学都具有根本性的原因。逻各斯是一种能力，这种能力不仅能做出陈述，而且能给出证明。论证性证明的范例就是三段论法，而陈述是由前提得出的结论来证明的。要确保知识的正确性，首先就要保证逻各斯论证的前提是正确的，然而，论证本身并不能确保它自己的前提的正确性，于是，必须用理性提供和保证第一原理。简言之，传统的模式是：理性对第一原理负责，而合理性的任务是在这些原理的基础上进行运作和论证。在理性与合理性之间有传统的差别和分级性，还有合作。按照威尔士的说法，理性的这种运作秩序从康德开始就被颠覆了。康德认为，理性不再为认知提供第一原理，它只能提供一个整体性的视角，促使我们不要满足于片面，争取对事物有全面的理解。其后果是人们在不同的领域建立起一套自足的合理性，这样，第一原理就变成是由合理性给出的了。因此，合理性已经变得比理性更有力量，理性所起的作用就是次要的了。看得出来，这也就是理性由广义转为狭义之路。需要说明的是，威尔士只涉及了康德的"知性"，在康德那里，理性超出认知领域后将大显身手，使得绝对命令和合目的性成为可能。

对这个问题的探讨还会引向对中国现代文学的考察。合理性取代理性之后，理性不再向上看，失去了原有的倾听性和接受性，失去了领悟和直觉等非逻辑功能，它越来越被视为无坚不摧的力量而致力于开拓进取，而在去魅的现代性和普遍的反形而上学思潮的凶猛追击之下，合理性用取代理性并将自身转换为第一原理的方式混淆了它跟理性的区别，这样一来，理性背了黑锅，承受着实际上应该派给狭义理性、工具理性的骂名，被拒于文学之外，就是完全可以理解的。哈贝马斯在马克斯·韦伯思想的基础上谈论现代性问题时指出，韦伯给文化的现代性赋予了实质理性的分离特征，即将一个统一的形而上学世界划分为三个自律的领域：科学、道德、艺术，使得每一领域在后来的发展中不断专业化和制度化。这三方面最终被区分开来，因为形而上学的世界观分道扬镳了。自18世纪以来，从这些古老的世界观中遗留下来的问题已经被人们安排分类以列入有效性的特殊方面：当作知识问题、公正性与道德问题以及趣味问题来处理。这就导致每一"特殊方面"均拥有了自己的合法性：科学使用认知理性，它的相关方面是真理；道德行为使用实践理性，其相关方面是规则与正义；包括文学在内的艺术则使用审美判断，其相关方面是趣味。三者各自为政，认知理性与实践理性无权干涉审美判断。因此，文学不屑于与理性（实际上是技术理性、工具性的理性）为伍，将后者归给科学和道德，而以突出审美的非理性特征的隐忍方式展开了自身的合法性论证；科学则以胜利者的姿态反唇相讥，高傲地给文学别上了一枚反理性的侮辱性徽章。

　　还可以看看尼采是如何激烈地反对"理性"的。他斥责理性是"虚假的""自相矛盾的";他揭露理性处心积虑地掩盖各种真相,充当欲望的幌子;他断言"人们不该向理性屈服,不该满足于理性"。按照雅斯贝尔斯的说法,尼采所指控的理性是一种企图将一切差异抹灭,用一个无所不包的结论涵盖世界的自以为是的想象。他指控逻辑不合理性,这一指控本身就包含了对理性的肯定。尼采所攻击的对象不是广义的理性,而恰恰是狭义的理性,也就是合理性。

　　可以肯定,合理性意义上的理性概念跟文学是对立的或者不相干的,那么接下来就要看看文学跟理性到底有什么关系了。康德的论断表明美的理想跟理性相关,相应地,文学就不能只是空洞的形式。当然,这种理性概念在文学中只能通过具体的、个别的形象显现,而不能直接由概念表达。亚里士多德认为可能发生的事比已经发生的事甚至更为可信,诗人的职责不在于描述已发生的事,而在于描述可能发生的事,即按照可然律或必然律可能发生的事。这就涉及诗的思想指向问题。从诗所具有的智慧和对宇宙世界的根本之思来看,诗有一种类似哲学的功能,这种功能当然是与理性有关的。进一步说,诗与哲学的关联意味着诗必须对各种材料加以思考、选择和组合,所以文学与理性的实践和操作的功能相关。文学是一种写作的活动,它不可能是自动的,它有目标,因而需要控制。在写作的过程中,理性的"控制"表现为一种看护的作用,它让聆听和体会伴随着写作,让诗人保持对语言的敏感状态,恰当地调适言说和不可言说者之间的微妙关系。

　　文学与理性的上升功能有关。而审美领域的合法性的最主要的基础,也正是上升。审美的对象是个别的,它却被设想为普遍可愉悦的。审美判断与概念无关,因此也不涉及具体目的,但它包含目的判断所具有的那种判断形式,即因果性联系的形式,所以它是"主观的形式上的合目的性"。正是因为理性具有这种上升的功能,文学才会一方面对合理性横眉冷对,另一方面又总是对理性难以释怀。

　　理性的上升性决定了文学的超越性特征,相应地,文学的理性精神可以理解为文学向上看的、寻找更高的普遍性的性质,而区别于用逻辑手段向下求取实用功能的做法。从这个角度来体察,一方面,文学类似于哲学,但毕竟不能等同于"思想"。另一方面,文学虽不脱离现实,但它不等于现实,它总是力图超越现实。由此可见,要求文学向现实低头,或者要求文学直接具有思想的功能,都是与理性的上升性背道而驰的。

　　此外,文学跟理性的道德应用相关。文学与道德的相关主要表现为作家通过诗性的思维,通过想象力的谋划,对人类的行为有所领悟,对未来有所设想,能提供一种有关善的社会的道德理想,一种乌托邦。文学不会包含一个具体的行动建议,它的道德实践意义就是通过提供乌托邦的方式实现的，所以，文学提供的不是一种社会问题解决方案，不是在现实中应当如何去做的具体建议或指令。这个界限必须引起特别的注意。

综上可知，文学需要的理性是一种广义的理性（大理性），而不是狭义的理性（合理性、小理性），文学的理性精神是建立在大理性的基础之上的。那么，因为合理性意义上的理性概念跟文学是对立的，或者是不相干的，它具有工具性，骨子里透着一股从文学中找寻解决社会问题的实用方案劲头，所以毫无疑问，谈论中国现代文学的理性精神时应该指向文学跟理性的关联，而不是合理性方面，否则相关论述迟早要把话题转移到社会政治或伦理道德的领域。从文学中搜索与政治实践相关的思想元素的思路，仍然在当今的学术研究中根深蒂固地存在，这可能也是现代中国文学的理性精神经常遭到误会和曲解的重要原因。中国现代文学的理性精神并不表现为文学充当了政治的工具，那种把自己跟政治的战车紧紧捆绑在一起的文学，显然是与文学的理性精神相抵牾的，对此我们只能从合理性方面去加以理解和评价。在合理性的意义上谈中国现代文学的理性精神，既体现出对理性的片面认识，同时也是对文学的误解。

文学活动不只是能指的游戏，它确实是有思想的，这种思想超越了现实计较，在本性上是与理性的无限性一致的。从康德的"合目的性"来看，对一个审美对象的审美判断，是从个别事物上要见出更高的东西，审美愉悦来自这更高的东西的联系性。在鲁迅、沈从文、曹禺、周作人等人的许多作品中，总有一种令人难以忘怀的意蕴从文字中溢出，它以一种来自极其高远之处的神奇的魅力，引起读者形而上的迷恋。这些作家作品的意蕴不是直观的，它处在形而上，被其故事、人物、所排列的语句赋予了某种可理解性，人们饶有兴趣地尽力朝意蕴的深处不断前进，但又永远不能达到它。

中国现代文学有一种注重道德实践意义的倾向，许多作家在意识里，希望通过文学创作，提供一种有关善的社会的道德理想。适当重视文学的道德性，是文学理性精神的题中应有之义。中国现代文学的理性精神还表现在对文学形式问题的适度关注。就文学的写作实践来看，作家不得不面临一个对文字进行操作的问题，这就有了对于操作理性的需要。在文学形式、创作中的技巧等方面，现代中国作家有较多的探索，留下了丰富的经验，富有启示意义。要而言之，中国现代文学的理性精神主要表现在文学与理性的相关性方面：①文学具有深度思想的功能；②文学写作过程需要被看护；③文学具有向上超越的性质；④文学提供乌托邦，为人类保留理想。只有在这一个合法的范围之内进一步开掘，才可能真正把握中国现代文学理性精神的具体内涵，发现和总结中国现代文学的规律性经验，为当下的文学创作提供有益的启示。

# 第二节　现代文学艺术的理性话语实践

作为西方哲学中一个充满丰富内涵的基本概念，"理性"贯穿整个西方的文化史，它既明白无误地提示了西方文化的精髓与活力，又曾被认为是终将会导致西方文化僵硬和没落的罪魁祸首。而在现代中国的历史文化语境中，"理性"一词同样没有一个确凿无疑的所指，它自西方引进之后，经由了无数次的使用和陈述，实际上已远非一种透明的概念工具，而更像一个变幻莫测的魔方。进一步说，现代中国的理性并不是一种孤立的存在，它具有强大的衍生性和扩展性，通过与特定时期的文化心态、价值取向、知识构成、政治制度等所纠合而成的复杂迷离的建构性关联，它使自己成为连接各种观念和各种问题的枢纽。显然，如果要探寻现代中国理性话语的实质内涵，并在此基础上勘探中国现代文学的理性精神。那么，梳理现代中国理性话语的话语实践就成为首先必须面对的课题。

## 一、"理性"的西方文化史

1870年，日本人西周以汉语词"理性"对译了英语词"reason"，这可能是"理性"一词作为"新汉语"的首次出现。西周（1829—1897）是最早系统接受并译介西方哲学的日本学者，有"日本近代哲学之父"的美誉。作为汉语新词的"理性"的意义与同一个古典词汇比较起来，是完全变化了。对于日语而言，以古汉语词汇翻译英语概念是一种双重借用：英语概念是借用的，中国古典词汇也是借用的。在这种情况下，翻译时采借中国古典词汇，往往要将汉字古典词的原义加以引申，令其义项发生改变，以对译西洋术语。这种转化，在中国文字学上称为"引申"。而词义的"引申"大致包含了三种情况：词义扩大，即概念的外延扩大；词义缩小，即概念外延缩小；词义转移，即概念内涵变化。因此，西周创制的新汉语"理性"的词义转移了，不再与《后汉书》中的那一个"理性"有什么意义上的牵扯。1904年，王国维专门撰文引进并阐释了西方哲学中的"理性"概念，从此，这一贯穿整个西方文化史的词汇正式开始了它在中国的"语际旅行"。

在西方哲学中，理性是一个多维的概念，它既明白无误地提示了西方文化的精髓与活力，又曾被认为是终将会导致西方文化僵硬和没落的罪魁祸首。随着历史的变迁，各种哲学学派对理性有不同的理解，不同的哲学家在实际运用的时候往往各有侧重。总的说来，同古希腊时期相比，近代西方的理性概念显著地张扬了理性的主体性。理性成为一种特殊的认识能力，越来越凸显了其逻辑思维功能。一切都是可以怀疑的，唯一不可怀疑的就是人的理性，现实的一切都要在理性的法庭上接受质询和审问。同时，近代日益发达的科学技术使人的理性从形而上学的纯理论形式转化为工具理性的可供操作的实践形式，它所带来的物质财富的急遽增长，使理性充满了扬扬自得的优越感，获得了无可比拟的权威性。

认知理性所具有的可证实性、可计算性、可操作性以及确定性、有效性成为一切理性形式必须遵循的尺度。认知理性无疑强化和巩固了人类的中心地位，它是现代工业文明的催化剂，给社会生活带来了历史性的进步。但是，必须看到，工具主义理性观在自我中心主义的立场中，隐含着鲜明的功利主义的价值取向，暗藏着强烈的控制意识，而且具有天然的扩张倾向。

马尔库塞在《理性与革命》中注意到"在法国启蒙运动对专制主义的攻击中，在自由主义和重商主义之间的辩论中"做出重要贡献的理性概念没有确定的定义和含义，于是特意考察了这一概念的内涵：①合乎理性的世界首先是指可以通过人的认识活动而被人理解和改变的世界，由于主体和客体在理性的中介中得到统一，自然界的结构才被认为是合乎理性的；②理性并不一劳永逸地被局限于一个预先建立起来的秩序，它的实现意味着诸如使人的生存与自由思维标准不一致的一切外在权威的结束；③强调理性，就是说人的活动即是一个受概念认识指导有思维能力的主体的活动，有概念作为自己的工具，有思维能力的主体就能洞悉世界的偶然事物和令人难以捉摸的构造，并获得支配和安排无限个别客体的普遍的、必然的规律；④思维不仅统一了自然界的多样性，而且统一了社会历史世界的多样性；⑤理性概念受技术进步的支配，实验方法被当作理性活动的模式。

通过简要的梳理可知，作为认识方式的理性在西方哲学中曾长期占据至高无上的地位。关于这一点，还可以从几个哲学家的思想中窥见一斑。这种对于理性语义的概括，有其思想史的背景，更有着西方近代以来的现实生活语境，因而有着广泛深入的影响。

因此，在很多情况下，"理性"一词被理解为人的抽象的逻辑的思维运作能力和认识活动方式。与这一个义项相关联的，通常是概念分析、逻辑推理、构建范畴等。显然，这一义项与康德对"知性"的规定性较为接近。在康德看来，感性就是通过我们被对象所刺激的方式来获得表象的能力，所以，借助感性，对象被给予我们，且只有感性才给我们提供出直观；但这些直观通过知性而被思维，而从知性产生出概念。进一步说，既然我们可能有的一切直观都是感性的，那么，通过一个纯粹知性概念对某一个对象思维，只有当这个概念与感官对象发生关系时才成为知识。知性思维具有一种规则的能力，它借助规则使诸现象得以统一。因此，只要正确地使用知性的范畴来统一直观的杂多，就能够认识真理。应当指出，仅仅从认知领域看待康德的理性，或者说看不到康德的理性暗含的上升性即它的"无限向上"的综合功能，至少是对康德哲学的不全面的理解。不过，把理性当作一种认知的逻辑方式是一种常见的情形，这种看法在中国也很有市场。不少学者认为理性是人的一种思维形式和认识能力。此外，理性还是划分认识能力或认识发展阶段的用语。而用这个界定与西方具有代表性的工具书《简明不列颠百科全书》的相关内容比照可以看出，东西方在把理性理解为人的一种认识能力和思维方式上基本趋于一致。

## 二、"理性"的中国传统

因为"理性"一词不是中国本土的固有词汇，而是沿用了日本学者对英语的音译（也包含意译的成分），所以有学者断言"理性本身就是近代西方的舶来品，并非西方以外的民族的传统文化所共有"，这种看法显然是有道理的。不过也有人持相反的观点，把理性看成中国思想史中的重要传统。

有意思的是，西方历史上不少哲学家受到过中国哲学的影响。比如，莱布尼茨终生都在研究中国哲学，直到他逝世前一年还在询问有关中国哲学的问题；康德本人也阅读过中国资料，被尼采称为"哥尼斯堡伟大的中国人"。有些欧洲人把中国的"理"误认为"理性"。对于中国朱熹哲学中的"理"，传教士最初有两种译法：一是音译"li"，再者就是"reason"。欧洲人看不懂音译，传教士便用意译："li"就是"reason"。中国哲学的"理""太极""道"在欧洲一些哲学家那里曾被诠释为reason。不过，不能因此就简单地得出中国的"理"等同于西方的"理性"的结论，更不能因此就把中国的"理"看成西方"理性"的来源。欧洲人是从欧洲固有的"理性"来接受、理解宋明理学之"理"的。这里同时也提出了一个问题，即中国的"理"跟西方的"理性"到底有何共通之处。中国的"理"与西方的"理性"相重合的部分，即王国维在《释理》一文中所谓的"种种分析作用"，由此而推及"分析作用之对象，即物之可分析而粲然有系统者，亦皆谓之理"。至宋明理学将之与"道"打通成为"天理"，则指自然万物（包括人的心性）之规律。不过，它们的重合到此为止。

从词源学的角度来考察，中国的"理"最初的含义是分解、离析的意思，来源于按玉石的纹路（纹理）将其从石头中分离出来，是一个动词而非名词。"理"指的是一种分析的作用。后来，"理"又从原本的动词用法中演化出名词用法，"理"用来指称分析作用的对象，也即可分析的事物，于是有了条理、纹理、道理和法则等义项。对"理"的含义进行探源之后可知，中国的"理"与西方哲学中的"理性"的初始语义有很大的差别。

而"道"虽然在日常生活中也有"说道"和表述之意，但那是"道路"（或"行走"）的派生义，在中国哲学中，并没有人把"道"理解为"言说"。

中国古代是没有"理性"这一概念的。中国古代"理"与"性"分开讲，到宋明理学，"性""理"连用比较普遍（如朱熹的"性理大全"），而"理""性"连用的情况不多见，且一般不把"理性"作为一个专门名词连用。中国古代典籍中，大致而言，"理""性"连用时，其意义可以归纳为以下三种：第一，用作并列结构的短语，是"理"和"性"的意思。第二，用作动宾结构的短语，"理"是治的意思，"性"指品性，"理性"就是修养品性的意思。第三，"理性"是"穷理尽性"的省略表述。

"理"是中国哲学史上的重要范畴，它作为哲学概念出现于战国时期。事实上，虽然中国传统哲学中的"理"与西方哲学中的"理性"有着很不一样的内涵，但在现代中国的理性话语的发生和流变进程中，作为重要的思想资源，中国的本土文化仍然发挥着潜在的制约性作用，"理性"一词进入中国之后，它与中国固有的文化观念也有一个碰撞与融合的历史过程。

## 三、"理性"的实践运用

大体而言，"理性"一词在实际运用中还包括以下四种情况：其一，理性所涉及的是一种主观能力，它是人判断和思维的一个基本出发点，因此，它是一个关于人的概念。亚里士多德称"人是理性的动物"，如果从理性总是以人的主观能力的方式起作用这一点来说，这个命题是能被人们广泛认可的。大理性与小理性、理性和合理性，都把理性归属于人。其二，作为人的心意功能的理性，意味着清晰的思考和领悟。它既可以体现为积极主动的、可被控制的思考，也可以是被动的领会和观照。其三，因为理性出自人的理解功能，所以有时它的意思就是"理由""可理解的""正常的""正确的""明智的""讲得通的"。但由于可理解性往往是相对的，王先生认为理性的东西，也许李先生并不赞同，就被视为非理性的了，所以，在这一层含义上，"理性"一词经常引发争论。其四，还有人将"理性"理解为与情绪、感性、冲动、感情用事等相对立，而与秩序、规范、教条式的认识等相近的意思。

梁实秋最初将"理性"理解为与科学理性、认知理性相关的分析、推理、判断等逻辑形式，梁实秋认为认知理性缺少想象与情感，文学不是以分析、判断和推理作为自己的思维方式的，所以诗人应该远离理性。后来他又极力倡言理性，以反复论证他的"人性论"。在梁实秋看来，理性制约情欲才是理想的人性，而文学要表现的正是这理想的普遍的人性。这里的"理性"其实就是人的伦理道德意识，当然，它并不指向任何具体的道德规范。梁实秋反对现代中国极端浪漫主义的滥情倾向，要求文学既具有审美性，又具有道德性，他的观点受到过他的美国老师白璧德的影响，在"理性"一词的运用上，也可看出一些端倪。白璧德在《卢梭与浪漫主义》一书中对"理性"概念做过梳理与分析，他看到了"理性一词所隐含的多义性"，认为"理性一词在18世纪要么变成抽象的和几何学式的理性（或者像某些人所说的笛卡儿式的理性），要么就被称作毫无想象力的正确判断的过程"，而这种理性显然是文学所不需要的。由此可见，梁实秋等新人文主义者虽然没有系统地考辨过"理性"一词的语义，但在其实际运用这一概念时，白璧德的理性观对梁实秋等人有着不容低估的影响，总的说来，他们使用"理性"一词的背后所潜伏的价值立场是趋于一致的。

"理性节制情感"是中国现代文学史上一个重要的美学命题。对此，《学衡》作者如吴宓、胡先骕、吴芳吉等以及新月派、京派的主要成员都曾反复论及。在这里，"理性"显然并不是指概念、判断和推理等逻辑形式和抽象思维能力，而是一种适合文学创作的静观默察的心意状态，它指向一种和谐优美的美学风貌，既关涉着文学作品的道德性，又联系着创作主体对写作过程的恰当的把握和操控。沈从文在《论徐志摩的诗》中的评语"清明的理性"和《从周作人鲁迅作品学习抒情》中所说的"理性明莹虚廓"，说的就是这个意思。

## 四、中国现代文学的理性思维

对现代中国理性话语的考辨表明，尽管在具体的语用层面上，"理性"的意义相当复杂，但人们大都是从认识论的角度来加以接受和运用的。而在文学和理性的关系上，文学与大理性相关，而与小理性（合理性）无涉。换言之，合理性是文学的，因而文学的理性精神就不在于认知理性方面。以这个原则为讨论的逻辑前提，那么，从工具性的、功利性的狭义理性出发去探究中国现代文学的理性精神显然是不合适的。需要指出的是，目前人们可以见到的相关研究，恰恰多以对现代中国产生巨大影响的"科学理性"为坐标，竭力爬梳整理中国现代文学史中与改造社会、推动社会进步有关的思想材料，并试图由此抽绎出一个清晰的"思想"系统。这样的研究也许符合很多人对"理性"和"文学"的看法，因为长期以来，人们习惯于把理性仅仅跟概念、判断、推理等逻辑功能联系在一起，或者进而对之加以引申，把"理性"理解为某种关乎社会政治生活的"正确"认识。与此同时，又倾向于将"文学"看作是一种直接参与社会变革的形式或手段。而在这种思维的掌控之下，就难免要把中国现代文学的理性精神归结为创作主体和文本自身对社会政治问题的某种"积极"回应。不过，这中间无疑包含了深深的误会，把文学的思想意蕴或批判精神跟现实的政治实践混为一谈是荒谬的。基于此来探究中国现代文学中"不用之用"的康德式命题所透射的理性精神。

王国维反对文学上的功利主义，强调文学的独立性，把文学当作人类形而上之思的合法领域，因而在对文学的理解上表现出与理性的超越性、上升性特征的高度恰适。这使得中国现代文学在凸显着强烈的合理性冲动的同时，又在王国维美学思想的烛照之下，延绵隐现着一种以超越性为特征的理性精神。王国维的理论努力使得中国传统的文学观念发生了一个历史性的大转折，其美学思想开启了中国现代文学的理性之维，从这个意义上说，王国维是中国现代文学史上当之无愧的真正起点。

目前常见的中国现代文学史教材大都把中国现代文学的起点定在 1917 年的文学革命，这是颇值得商榷的。因为即使用重视文学社会政治功用的陈旧眼光来打量中国现代文学史，其起点也至少应该上溯到梁启超关于利用文学"新民"的论述。而 20 世纪初，王国维在其文学批评与诗学著作中表达了一种与工具论迥异的文学观，这可以视为中国现代文学的另一个源头，另一条重要线索。王国维的文学观念开启了中国现代文学的理性之维，这使得中国现代文学在凸显着强烈的合理性冲动的同时，又在王国维、温儒敏把中国现代文学批评史的上限从文学革命发难的 1917 年提前至 20 世纪初，理由就是当时大批评家王国维"在从事现代批评的垦拓与奠基工作，并取得了不可忽视的成果"。在指称用法上，王国维的"理性"概念是工具性的认知理性，而实际上他的文学观却是重视理性精神的，这与他认为认知理性与艺术无涉的认识并无矛盾之处，其美学思想体现出来的对文学理性精神的重视正是其反对将文学做合理性理解的逻辑延伸，尽管他并没有直接对此进行专题的辨析和论证，但从他的一系列美学论文及其背景中可以清晰地分辨出来。

王国维美学思想的主要理论来源可追踪至康德、席勒、叔本华这三位德国古典美学家，而受叔本华美学的影响最深。考虑到叔本华与席勒一样，其哲学、美学思想都来源于康德，而王国维对三者均有较深的研究，所以应当留意此三者在王国维美学思想背景中的互相渗透。1904—1907 年间，王国维发表了一系列论文，在中国文学史上，第一次比较系统地以西方美学理论为学理依据，用审美的深邃眼光考察了文学的本体、价值、功能等问题，形成了一个由美的性质论（游戏说）、审美范畴论（古雅说）、文艺价值论（解脱说）、文艺理想论（意境说）、创作主体论（天才说）等组成的初具规模的体系。而这其中最为关键、贯穿始终的，是王国维对文学理性精神的体认和肯定，以及相应地对文学工具论的批判。

如果说梁启超的文学观是中国现代文学合理性冲动的滥觞，那么，王国维则以其纯粹、超然的态度开启了中国现代文学的理性之维。文学所表现的人生的最终指向不是个人的现实意欲，而是人类共同的普遍的人性。这一点很关键，在个别和普遍的问题上，康德认为审美判断是一种反思判断，它与推理或逻辑判断相反，要从已被给予的个别上寻求普遍。这就意味着，文学要在所表现的对象即个别事物中见出更高的东西，而这就是理性在审美领域的能力的一个展现。那么，作为表现人生的形式，文学的价值何在？王国维直接运用了叔本华的哲学观念，认为生活本质，即在于人的欲望。欲望的特性在于贪得无厌，而它之所以产生的动力乃在于一种不满足的状态。当有不满足之感时，人就会觉得痛苦，而某种欲望得到满足之后，其他欲望又会接踵而来，所以无法获得最终的满足感。即便是各种欲望全部得到满足，再也没有所欲的对象了，这时又会兴起厌倦无聊之情。因此，人生就像钟表之摆，在欲望不能实现时的痛苦和欲望实现后的厌倦之间，永远做着来回摆动。其实，厌倦无聊也可看作一种痛苦；为求取快乐、摆脱痛苦而拼命努力，努力也是一种痛苦；即使求得快乐，也会更觉痛苦之深。而且"文化愈进，其知识弥广，其所欲弥多，又其感苦痛亦弥甚"，所以，人生就是痛苦的渊薮，生活必有欲望，欲望必生痛苦，"欲与生活，与痛苦，三者一而已矣"。

基于此，王国维提出了文学的"解脱"功能说。他认为科学、知识的功效在于探求物我关系，以图"趋利而避害"能使人超然于利害之外的东西，它本身应该是与我们没有利害关系的才行，换言之，这个东西注定不能是实物。既然如此，只有文学艺术才是这超越利害、与实用无涉的东西，它作用于人的心灵，足以解脱苦痛，慰藉人生。

文学何以与实利无涉？王国维主要借鉴了席勒的游戏说来做解答，认为作为审美创造物的文学艺术是一种游戏的事业。值得注意的是，王国维所谓的游戏强调的是其与艺术相通的自由和超然，但也并非对康德、席勒美学观点的机械搬用，他考虑到了中国自身的文化语境。在中国古代文学史上，作为"经国之大业"的主流文学总是顽固地"板着严肃僵硬的道德面孔"，游戏的文学向来不登大雅之堂，顶多只配充当街谈巷议中的谈资。游戏之作往往被认为是轻率的、不慎重的，"游戏"一词带有鲜明的贬义色彩。但另一方面，有时它也意味着对正统的高雅文学的反抗。特别是明清两代，由于人们本来就认为戏剧、小说等通俗文学具有"游戏"的性质，而随着市民文化的逐渐繁荣，通俗文学地位迅即攀升，于是，"游戏"一词又被赋予了某种合法性，人们甚至对之抱有几分敬意。清末民初，与社会文化市场的通俗化审美需求相适应，"游戏"的文学盛极一时。王国维引进席勒的游戏说，是考虑到了中国当时重视休闲的本土语境的。认为游戏须兼具"诙谐"与"严重"两个要义，这是对当时仅仅注重消遣娱乐倾向的低俗"游戏"的一种有意识的矫正，表现出对"游戏"之中难免会有的轻慢放肆态度的审慎警惕。而且这里同时可看出王国维并不完全反对将文学与休闲联系在一起，因为在某种程度上，视文学为休闲，本身也就包含了对文学自身价值的肯定。

王国维对文学做了多层次的阐释，同时又深入探讨了文学创作主体的态度问题。王国维对文学的独立性价值有着高度的理论自觉，而这种卓尔不群的识见委实难能可贵，堪称空谷足音。这种理论自觉一方面体现在包括前述的表现人生说、解脱说、游戏说在内的理论体系的正面建构中，这之中贯穿着一条强调文学非功利性的清晰理路；另一方面又体现在他把批判的矛头直指中国为政教服务的传统文学观念，乃至当时红得发紫的梁启超的改良主义的文学观念，在痛快而又细致的学理分析中对之加以亵渎与消解。

在对中国古代文学史的独特理解的基础之上，王国维对晚清文化中拿文学做政治、教育之手段的情形颇为不满，对当时普遍存在的工具论倾向进行了批判。他指责国内学校目光短浅，只教授实用的课程；而"留学界"或抱政治之野心，或怀实利之目的，不肯坐冷板凳研究没有现实功用的思想问题。所以王国维大声呼吁学术界抛弃成见，大力引进西洋思想，走出以学术为政论之手段的怪圈，以促成中国学术的发达。

那么，就文学而言，在创作主体没有功利考虑的前提下，文学应当怎样表现好人生，从而去慰藉人生的痛苦呢？王国维拈出了一个"真"字，要求"自然"真切地表现真切的人生经验。

的确，无论从哪个角度去看，王国维都强调文学的独立价值，反对将艺术当作实用的工具。王国维把文学视为人类形而上之思的一个领域，它不涉及社会行动，而它的价值正在于它超越了实用的范围。而作为形而上之思的文学与理性的本性是高度恰适的，因为在这个领域，理性能够合法展开其无限上升的本性。因此，对王国维美学思想的理论概括，一言以蔽之，就是倡导文学的理性精神。王国维反对文学上的功利主义，将"理念"作为文学的本源，把文学当作人类形而上之思的合法领域，这些无疑都是理性的超越性、上升性的表现。现代中国的主流文学不注重这种理性精神，而具有明显的"合理性"倾向。合理性强调有效性，是工具性的，诸如科学理性、认知理性等，它在本质上来讲外于文学的，甚至是与文学对立的。常见的中国现代文学史著述一直比较突出文学的合理性倾向，从文学革命到现实主义思潮到无产阶级革命文学；而不少具有理性精神的作家、作品曾经长期备受冷落。形成这种局面的原因除了文学史的写作受制于强调合理性的现代中国的知识语境和社会语境之外，另一方面也因为中国现代文学的合理性冲动确实与诸多社会政治的重大事件关系密切，其推动社会变革的功用甚大，影响甚巨。不过，上帝的归上帝，恺撒的归恺撒，将这些"功用"和"影响"放到思想史或革命史领域，在合理性的层面上去谈可能会更合适些，而文学史理当还要在"文学"领域、文学理性精神的层面上谈得更多一点、更深一点。

应当承认，王国维确实以其贯通中西的宏阔视野，前无古人地为中国美学贡献了一个思辨色彩颇为浓厚的初具规模的体系，功不可没；而且，他率先倡导了文学的独立性，强调文学的理性精神，对文学的合理性倾向保持警惕，开启了现代中国具有强烈的合理性冲动的主流文学之外的另一个文学维度。从纯粹的文学眼光加以考察，王国维不失为中国现代文学的一个不容忽视的理论源头，正是他的理论努力，使得中国传统的文学观念发生了一个历史性的大转折。在这个意义说，只有王国维才是中国现代文学史理性当之无愧的真正起点。

## 第三节　现代文学合理性冲动与情感艺术

### 一、现代文学合理性冲动

合理性是一种开拓性、工具性的理性，它追求确定性、可控性、有效性、功利性，所以它在本质上是不合于文学的。现代中国的主流文学表现出了强烈的合理性冲动，这种冲动经历了五四文学革命、写实主义思潮和无产阶级革命文学三个历史阶段。其历史渊源可上溯至梁启超的改良主义文学观，其现实依据是对社会政治情势的关切与回应，其学理动因则是科学理性对文学领域的骚扰和入侵。文学的理性精神本应展现出理性的超越性、上升性的一面，因此，现代中国的主流文学之呈现明显的合理性冲动也就意味着其理性精神的严重缺失。

1915 年，陈独秀在《敬告青年》一文中强调了"理性"的重要性，要求重视科学法则。在陈独秀看来，这种"理性"是与"科学""实证""实利""常识"等概念相联系的，而其倡导理性的意旨乃在于批判传统文化中的封建迷信、愚昧盲从等思想意识："凡此无常识之思维，无理由之信仰，欲根治之，厥维科学。夫以科学说明真理，事事求诸证实，较之想象武断之所为，其步度诚缓；然其步步皆踏实地，不若幻想突飞者之终无寸进也。宇宙间之事理无穷，科学领土内之膏腴待辟者，正自广阔。"新文化的倡导者以科学理性为武器，对传统的思想观念不仅直接展开了猛烈的攻打，在某种程度上，他们还有意无意地把自己开辟的新文学领地看成了思想革命的第二战场。正如蔡元培在《中国新文学大系·总序》中说的，初期新文化运动的路径是由思想革命而进入文学革命的，"为什么改革思想，一定要牵涉到文学上？这是因为文学是传导思想的工具"。罗家伦也说，"思想革命是文学革命的精神，文学革命是思想革命的工具"。推崇科学理性和强调文学的功利性、工具性之间，凸显着一个十分清晰的现实性目标，即改造社会，推动社会政治生活的变革。新文化的先驱们希望改变中国一潭死水的现状，他们打出民主和科学的旗帜，肯定人的欲望，强调人的个性，张扬反抗精神，攻击传统文化，都是根源于民族生存的危机感。历史已经证明，他们确实抓住了时代的症结，尽管因可以理解的偏颇而付出了某些历史代价，但他们的所为所思具有显而易见的历史合理性，这是每一个尊重历史的人都不可否认的。不过，我们这里要探讨的是，在五四时期极力提倡科学理性的文化语境中，文学是如何受到自身之外的科学理性的影响，因而表现出强烈的合理性冲动的。

中国社会与西方科学的接触可以远溯至 17 世纪，但是，引进真正意义上的现代科学并使之产生广泛的社会及思想效应，主要还在于 19 世纪之后的被动努力。在维新运动冲击、淡化了"中学为体，西学为用"的传统精神框架以后，通过严复等人的译介与传播，西方的现代科学知识、概念及各种哲学、社会思想纷纷进入中国，于是在中国思想界逐渐形成了一种全新的价值体系。出于对现实的社会政治问题的高度关注，五四新文化运动的发动者急切地渴望把西方的科学理论直接运用到对中国社会的认识中去。当时的社会精英大都受到 17—18 世纪的西方思想家的影响，所以统治自然界的自然法则常被他们简单化地等同于描述有机秩序并可分析实证的人类社会的自然法。就这样，来自西方的自然科学理论在现代中国不断地被转化到社会文化思潮中去，它不仅被用来指导现实的社会政治运动，而且也引起了文学观念的演化、更新。

五四时期，新的文学观的出现，与达尔文生物进化论的影响，有着紧密而直接的联系。陈兼善在《进化论发达略史》中描述了进化论对现代中国思想文化界的巨大影响："我们放开眼光一看，现在的进化论，已经有了左右思想的能力，无论什么哲学、伦理、教育，以及社会之组织、政治之设施，没有一种不受它的影响。"在《新青年》《新潮》等当时引人注目的几种刊物中，进化论思想占据着主导地位，因此，当时人们对文学的理解就难免不被进化观念所统制。可以看出，科学理性作为文学的外在因素，对现代中国主流文学观念产生了强有力的影响，五四新文学因为这种外在的影响而必然表现出强烈的合理性冲动。由此，不难想象当时人们对自然主义的热情介绍，因为自然主义的写实特色有着科学化或准科学化的意味。

茅盾的文学观念受进化论的影响颇深。他宣称"进化的原则普遍于人事，文学艺术自然也随时迁善"，新文学就是进化的文学，既然文学在这进化的图谱中只能依次序朝前行进，而中国文学尚未摆脱古典主义，那就根本不可能去触碰处在进化链条最高端的"新浪漫派"了。不过，在新旧对立的时代气氛中，一切"新的""进步的"事物都是值得肯定的，这同样体现着进化论的价值预设。他不无忧虑地说，现在新思想一日千里，中国翻译的小说实在是都"不合时代"，而且西洋小说已经发展到新浪漫主义了。虽然茅盾此时在选择哪种"主义"上颇有些举棋不定，但不久之后就在《为新文学研究者进一解》中指出了，"能帮助新思潮的文学该是新浪漫的文学"，"能引我们到真确人生观的文学该是新浪漫的文学"，今后的新文学运动"该是新浪漫主义的文学"，而"不是自然主义的文学"。到了1921年12月，原本倡导新浪漫主义的茅盾却在《小说月报》上编发了晓风的《文艺上的自然主义》一文，而且在为该文撰写的"附志"中肯定了自然主义在文学上的地位，认为向"国内青年"介绍自然主义是"对症发药"。也就在这一期杂志上，还载有茅盾本人的《一年来的感想与明年的计划》，文章提出了对中国现代文学未来走向的判断。在茅盾看来，中国文学不能"进步"的主要原因来自两方面：一是国人历来对文学的旧有观念，即以文学为游戏为消遣；二是国人历来相传的描写创作的方法，即但凭想当然，不求实地观察。而"要校正这两个毛病，自然主义文学的输进似乎是对症药"，因为自然主义的输入从读者方面来说，"可以改变他们的见解、他们的口味"；从作者方面而言，"得到了自然主义的洗练，也有多少的助益"。所以，"不论自然主义的文学有多少缺点，单就校正国人的两大病苦而言，实是利多害少"。既然从"文学进化的通则"来看，"现代文艺都不免受过自然主义的洗礼"，那么中国新文学之自然主义的出场就是不可避免的了。为了扩大自然主义的影响，茅盾发表了《语体文欧化问题和文学主义问题的讨论》《自然主义与中国现代小说》《文学与人生》等文章，不遗余力地为他的自然主义的文学主张寻找理论依据。

如果说《新青年》倡导的文学倾向是以思想革命为着眼点，要求文学成为新思潮的工具，那么，以茅盾、郑振铎等为代表的文学研究会则构建了以紧贴时代、讨论人生问题为基本诉求的现实主义理论，两者前后相承，其文学观念有着内在的共通性。郑振铎对文学研究会的主要文学倾向的概括是符合历史实际的，但是，这只是一种整体性的粗略把握，并不意味着文学研究会的每一个成员都整齐划一地持有相同的看法，具体细节是相当复杂的。就郑振铎本人来说，他的文学观不是一个凝固的意见，而体现在一个动态的过程中。他把文学看作是人类感情在文字上的倾泻，认为文学的伟大价值，就在"通人类的感情之邮"，显示出一种力图把自己的观点跟"载道"的和"消遣"的文学观区别开来的理论自觉。

与《新青年》提倡的文学革命的观念一脉相承，茅盾看重文学在宣传新思想方面的功效。茅盾不但倾向于将文学看作宣传新思想的手段，而且他本人还十分关注以至于直接参加了现实的社会政治运动。他的政治活动日渐频繁，其文学活动也就与政治活动逐渐融汇到一起去了。一方面是视文学为传播思想的利器，另一方面是投身社会政治斗争，因此在阶级矛盾空前激化、阶级斗争日益激烈的时代面前，利用文学维护阶级利益、促进社会革命，就成为茅盾理所当然的文学选择。

事实上，对社会革命的现实性目标的急切关注，使得许多直接投身实际的政治活动的人在新文学问题上不断地提出功利性的要求。将文学直接当成革命的工具，邓中夏对令他失望的新诗人提出了三条意见：第一，"须多做能够表现民族伟大精神的作品"，以便"警醒已死的人心，抬高民族的地位，鼓励人民的奋斗，使人民有为国效死的精神"；第二，"须多做描写社会实际生活的作品，彻底露骨地将黑暗地狱尽情披露，引起人们的不安，暗示人们的希望"，这样，就可以"迅速地圆满地"达到"改造社会的目的"；第三，"新诗人须从事革命的实际活动"，如果一个诗人对革命活动不亲历其境，其作品就总是揣测或幻想，难以做到深刻动人。这种文学观显然把实际的革命活动看得比文学本身更重要，文学本身处于从属的卑贱地位，是实际的革命活动手里一件开展具体的革命工作的武器。沈泽民对文学的认识同样也是特别注重其功利性，他认为作家只不过是"民众的舌人""民众的意识的综合者"，作为民众意识代言人的作家，要用"锐敏的同情"，用"有力的文学"渲染出"被压迫者的欲求、苦痛，与愿望"；文学的功用不仅在于可以慰藉"民众的痛苦"，而且，还能"使他们潜在的意识得到了具体的表现"，并"把他们散漫的意志，统一凝聚起来"。因此，结论就是，"一个革命的文学者，实是民众生活情绪的组织者"，"这就是革命的文学家在这革命的时代中所能成就的事业"。文章在对郑振铎所提出的"血与泪的文学"的概念的批评中，扬弃了抽象的人道主义观念，要求注意社会的阶级结构。可见，由倡导写实到对阶级立场的凸显，中国现代文学的合理性冲动越来越强烈，从这里，似乎可以听到后期创造社狂风暴雨般的革命文学到来之前的隐隐雷音。

1927 年 10—11 月，后期创造社成员冯乃超、朱镜我、彭康、李初梨等人从日本回国。1928 年 1 月，他们出版了激进的理论刊物《文化批判》。与此同时，《创造月刊》复刊，太阳社也创办了《太阳月刊》。这些刊物对文学的工具论的提倡趋于一致。《创造月刊》第 2 卷第 1 期载有王独清的《新的开场》，文章宣称"我们曾经把艺术当作了一个泥塑的菩萨，在所谓艺术至上主义的声浪中我们曾经做过些无意义的膜拜"，现在的看法则完全变了，"那不是解剖刀而是武器"，这句话就是"我们今后艺术的制作的唯一信条"。刊物集中发表了许多有影响的文章，如郭沫若的《英雄树》、成仿吾的《从文学革命到革命文学》、钱杏邨的《死去了的阿 Q 时代》等，对五四新文学和新文化运动进行历史性的清算和批判，并展开了理论宣传和斗争，明确和积极地倡导无产阶级革命文学运动。

革命文学理论充满了雄心勃勃的合理性冲动，它要求把文学直接当成革命的器具。既然要求文学必须配合社会革命，丢弃它向上看的功能转而充当阶级斗争的实用工具，那么，提出"文学是宣传"的口号就顺理成章了。

综上可见，"五四"以来，以实用性、工具性、功利性、清晰性为特征的科学理性，以其与历史需求正向呼应的姿态，对中国五四新文学施加了剧烈的刺激，这一刺激使得后者在自己的理论表述和创作实践中常常或隐或现地流露出难以掩饰的合理性冲动。从五四文学革命到现实主义思潮再到无产阶级革命文学，现代中国的主流文学中，合理性倾向是其十分抢眼的标志性特色。

中国现代文学之所以表现出强烈的合理性冲动，是有其历史原因和现实依据的。五四新文学高举文学革命的大旗，对传统的"文以载道"观念强攻暴打，自己却又在不知不觉中深受此观念的牵制，以致文学工具论在中国现代文学史上大行其道。因此，在探查形成中国现代文学合理性倾向之原因时，应当注意中国传统文化理念挥之不去的浸润影响。中国自古以来的重视实际功用的文艺观，待到有了紧迫的现实需要的时候，这种潜在的观念就可能以各种形式释放出来。当然，除此之外，更重要的是，应当仔细考量还有哪些重要的因素导致现代中国主流文学无法真正地割舍其自身宿命般的"载道"情结。

## 二、现代文学情感艺术

学衡派、新月派和京派都明确地将"理性"作为衡量、评价文学现象的重要标尺，他们的理论倡导和创作实践具有明显的家族相似性，而在其寂寞且艰难的美学建构中，节制情感和表现人性是贯穿始终的两个主要的构成要素。从文学、审美的视角去审察其理论和创作，而不是习惯性地将政治的标准误用在这里，这是进入其理性话语之前必须留意的重要问题。

学衡派受白璧德新人文主义的影响，对滥觞于卢梭的浪漫主义文学的滥情倾向极为不满，在他们节制情感的要求背后，是对文学的道德性的呼唤与探求。

学衡派对新文学滥情倾向的指责并没有引起广泛的关注，这或许与他们"假古董"的尴尬地位不无关系：虽然周作人多次将学衡派定性为中国新文学的一个分支，但人们更多地将它视为新文学的对立面。1926年，同是受到白璧德影响的新人文主义者梁实秋发表《现代中国文学之浪漫的趋势》，对新文学的滥情倾向进行了全面的清算。由于梁实秋本身来自新文学阵营，也因为梁实秋还写有《文学的纪律》《文学批评辩》等颇具分量的论文对同一问题进行多角度的系统论述，现代中国浪漫文学的"理性"缺失问题这才引起人们较为广泛的关注。新月派要求节制情感，除了呼唤文学的道德性之外，还出于对文学形式因素的重视，而后者是学衡派所没有深入探讨的。

与学衡派、新月派一脉相承，京派对新文学的浪漫感伤倾向也表示了强烈的不满。他们看不惯"五四"浪漫的一代作家"把精力放在诉苦上了"，而如果不能节制情感的泛滥，一意放纵作家情感，就必然会伤害到艺术的美，从而影响文学的道德性。京派要求节制情感虽然同样指向文学的道德性，但已不只是比较简单地强调文学的伦理效果，而是自觉地追求艺术的完美，他们反对滥情倾向对文学作品完整性的破坏，希望用艺术的美陶冶读者的心灵，引导读者向上追求。

京派提倡节制情感，同样涉及文学的形式问题。因为情感的失控意味着创作主体在创作过程中难以恰当地运用操作理性，这就必然导致对语言、结构等形式问题的忽视。沈从文认为郭沫若的小说创作是失败的，其原因正在于他的情绪太热烈、太夸张，文字失去节制，作品没有艺术的分寸感。在沈从文看来，创作中一任情感的奔泻而不用理智的做法使得郭沫若的文章往往更像是一篇檄文，一个宣言，一则通电，而根本称不上小说。沈从文强调节制情感给文学的形式所带来的好处，因此他对闻一多的诗歌做了充分的肯定。沈从文反复强调节制情感对于艺术创作的重要意义，他认为只有节制情感才能实现有组织、有秩序的美，不仅如此，节制情感还是一种严肃的态度，只有用严肃的而不是儿戏的态度去创作，才能在文学作品中灌注深刻而高远的意蕴，产生能够"动人"的伟大作品。沈从文提倡用严肃的态度抵制现代作家中存在的轻佻浮浪的不良习气，希望通过严肃的创作纠正当时文坛流行的儿戏任性的病象，从而实现有价值的"组织的美"和"秩序的美"。

"人性"是中国现代文学史上一个重要的美学概念，也是一个聚讼纷纭的倒霉的名词。由于受特定历史语境的牢不可破的牵制，人们长期以来习惯于把它仅仅当作一个伦理学或社会学的概念加以阐释和理解，因此误会极深。总体而言，从学衡派到新月派再到京派，表现人性的文学观念一以贯之，虽然在不同的阶段这一观念的内涵和具体的理论诉求并非完全一致，但强调文学表现人性、强调人性的普遍性是其中极为明显的共通之处。

在文学本质论的意义上用人性论反对阶级论包含了以文学的理性精神对抗文学的合理性倾向的理论诉求，因为强调文学的阶级性，无论从逻辑上还是从事实上而言，都不可避免会导致艺术的功利主义和概念化的恶果。

# 第四节　现代文学道德性传承与理性变革的融合发展

中国现代文学中对文学的道德性关注较多的是新人文主义者和纯文学的倡导者。大体而言，他们所倾心的道德不是一种与现实社会生活直接关联的理念型的伦理规范，而指向一种理想。这恰恰是文学所需要的，是文学理性精神的题中应有之义。学衡派、新月派和京派在与之相关的理性话语中，深藏着艺术之真谛。如果说对中国现代文学审美性和道德性之关系的研究仍然是一项"未完成的工程"，那么，作为一笔难能可贵的精神财富，对于当下的中国文学来说，他们在这一问题上的深邃思考仍然具有重大的参考价值和指导意义。

## 一、新旧对立文学中的道德理想

学衡派较为成功地实现了自己的理论构想，即在艺术和道德方面超越新旧对立的理论误区，将人类的艺术和道德做共时性的观察和思考。他们在现代中国率先提出了文学的审美性与道德性的相关性这一重大的美学课题，并以极大的热情和韧性对之进行了初步的探索。在中国现代文学史上，学衡派对道德理想的向往和倡扬体现出对当时社会道德无序状况的忧虑，是对文学的道德性问题的严肃认真的学术考量，蕴含着从终极之处看待艺术和道德的深邃思路，具有重大的理论意义，理当引起人们更多的重视。

"提倡新文学、反对旧文学"和"提倡新道德、反对旧道德"是五四新文化运动中有着巨大影响的两个响亮的口号，包括文学和道德在内的一切传统被视为过时的偶像，遭到了严厉的盘诘和考问，人们破坏、攻打旧有的文化权威的兴奋而忙碌的身影，映现着新旧交替时代特有的历史景象。在"进化论"这一自然科学领域的概念对社会思潮的全面笼罩之下，胡适提出了"历史的文学观念论"，使得文学领域有了向旧文学猛烈开火的理论依据，加之旧文学本来就被认为是充斥着旧的道德观念的藏污纳垢之所，因此，旧文学和旧道德又被捆绑在一起而遭到严厉的清算。"破旧立新"成为广布于社会的一种思维模式，

"弃旧图新"成为知识分子非常普遍的心态；古文正统成了"妖孽""谬种"，旧道德也被视为禁锢人的自由发展、妨害社会进步的精神锁链。这样一来，旧文学和旧道德似乎已经威风扫地、无地自容。经历了五四时期对传统伦理道德的猛烈攻击之后，尽管当时不少学者仍然有意识地维护着文学的健康和尊严，但他们的态度大都比较谨慎，他们在使用"道德"一词时似乎特别小心翼翼，在谈及文学的道德问题时，也常常欲言又止，有所顾忌。

随着 19 世纪后期唯物主义思潮的"猖獗"，自然主义、写实主义热衷于描写人类的罪恶，这就使得人类心灵陷于怀疑、悲观与厌世。加之两次世界大战"留给世界的只有混乱、谎言、愚蠢，无理性"，就更使人们认识到了道德的虚弱与无力。的确如此，新旧对立的时代氛围、全世界范围内弥漫开来的精神信仰危机，都使得有关文学和道德的谈论显得不合时宜，强调文学的道德性似乎意味着苍白、无效、陈腐、保守、落后乃至反动。文学与道德的关系之所以成为一个敏感的话题，与在现代中国迅速传播的唯物史观的牵制也不无关系。当然，在这三个原因之中，新旧对立的语境是最为紧要的，它以风起云涌的社会和文化革新运动为标志，显而易见地为观察和理解现代中国文学发生、发展及流变提供了一个最为方便的视角。

不可否认，政治和文化的革新是必要的，现代中国知识分子所抱有的新旧对立的心态连接着他们唯恐民族落后的深切忧患，承载着他们追求国富民强的美好心愿，不仅其文化心态应当得到同情和理解，其正面的历史作用也是必须得到充分肯定的。但是也应该看到，历经新文化运动的暴风骤雨之后，旧道德的轰然解体难以避免地导致了现代中国普遍的道德混乱，一方面是旧的道德权威的动摇与倒塌，另一方面，道德虚无主义也随之而来。

学衡派的文化主张既没有政治上的私见，也并不反对文化的革新，但他们不赞同新文化先驱对传统的伦理道德的激烈批判，而是力求对其进行新的阐释和改良。反对将文学和道德做简单的进化论的理解，倾向于用超越新旧对立的眼光看待它们，是他们在这一问题上基本的思考路径。学衡派成员看重文学的审美价值与其道德性的普遍性、恒久性，坚持用超越新旧对立的眼光看待文学中的道德性和文学本身，这显然与文学革命提倡者那里新旧文学、新旧道德的尖锐对立状况迥乎不同。

钱钟书把吴宓看作"五四"后第一个强调文学的连续性的人，他认为"中国的批评家，只有他对欧洲文学具有对照的修养"，可见钱钟书对吴宓的文学观念是特别推崇的。当然，并非只有吴宓，事实上学衡派的多数成员都不同意"文学革命"的提倡者用进化论来看待文学的做法，因而对"历史的文学观念"不以为然。与注重文学的时代差异的主流意见相左，学衡派诸人强调的是文学的普遍性和永久性的一面。

钱钟书本人也曾以超时空的具有普遍性和永久性的价值作为建构、评价文学史的标准，其思考路向与学衡派十分接近，在其观点中可以清晰地看到审美与道德并重、超越新旧对立的理路。他从文学审美性的视角质疑文学的进化论，认为文学从古至今的变化，包括文体和文学的内容从简单到繁复、由单纯到错综的变化，并不意味着文学审美性的"进化"。

对文学进化论的质疑和解构是学衡派成员试图重新阐释传统道德、强调文学之道德性的学理基础，所以，他们在评估文学的价值时并不看重时间上的先后，其所运用的显然是共时性而非历时性的视角。他们在价值意识上深受白璧德新人文主义的影响。

应该看到，学衡派成员所强调的道德具有超历史、超阶级的性质，它无意于指涉具体的社会历史内容，因而表现出对道德的时代性和阶级性的忽略。这种作为理想而非具体行为规范的抽象的"道德"具有很强的乌托邦色彩，其现实的、直接的功用自然是微乎其微的。不过，正因为它是一种没有具体规定性、没有现实操作性的乌托邦，所以，它是文学需要的。文学的道德实践意义必须通过提供乌托邦的方式得以实现，这是理性在审美的领域起作用的一种方式。充斥着道德说教的东西只能看作道德教条，而不是真正的文学作品；但文学作品所具备的乌托邦式的道德意向，正是其理性精神的一种展现。吴宓在《大公报·文学副刊》发刊词中体现出他在文学和道德之间寻求联系的热情。他认为文学跟道德当然有区别，但文学的最高境界是真善美的统一，美和善是相互沟通的。学衡派成员大都认定文学是与道德相关的，他们在新旧对立的语境中，坚持自己的文学立场，对文学的道德性做出充分的肯定。胡先骕将文学分为"形"与"质"两个部分，认为从文学之质即内容方面来说，文学应当具备"修养精神、增进人格之能力，而能为人类上进之助"，强调文学"向善"的功能。吴宓在《文学与人生》一文中列出了文学的十大功用：涵养心性，培植道德，通晓人情，谙悉世事，表现国民性，增长爱国心，确定政策，转移风俗，造成大世界，促进真正文明。需要特别注意的是，吴宓一方面重视文学的道德性，但另一方面又是坚决反对文学中的道德教训主义的。与胡先骕一样，吴宓强调文学的道德性，却并不因此而否定文学的审美性，他认为好的文学家在道德与艺术之间不可固守于一端。吴宓虽然认为中国传统文化中的理想人格有着可贵的恒久价值，但并不赞同利用文学来做道德的宣传。他尊重文学自身的规律，认为在文学创作中，"作者之意旨，不待明宣，不可直示，而当寓于所描述之人物事实中，使作者受感动而能领悟"。吴宓所理解的文学的道德性与审美性并不矛盾，而往往具有超越于具体所指的普遍性，这种道德性和审美性并重的理路在学衡派其他成员那里也有体现。

正因为学衡派主要成员深受白璧德"伦理—美学"思想的影响，所以他们对中国现代文学中的滥情倾向和唯美倾向发动了坚韧的阻击。学衡派反对文学中的滥情倾向，与此同时，他们以新人文主义的理论眼光看待文学的审美性与道德性的关系，对现代中国作为"浪漫主义的遗绪"的唯美主义倾向持激烈的批判态度。虽然学衡派的文学观念和唯美主义在反对文学的功利主义方面有着太多的共同语言，但唯美倾向对文学道德性的抵抗和排斥让学衡派无法表示赞同。

综上所述，在新旧对立的语境中，学衡派对将文学和道德做进化论理解的流行理论质疑与批判，他们注重文学的道德性，认为文学的最高境界是与"善"相通的，文学虽然不等同于道德，但它引人向上，提升人的精神境界，提供乌托邦式的人生道德理想。学衡派这种对文学审美性和道德性并重的观念包含着鲜明的理性精神，由于它自觉地将传统意识中的道德观念做了泛化和超越性、普遍性的理论转换，因此它虽然与中国传统的重视教化的诗学仍然有着千丝万缕的联系，但已经与文学革命者所痛斥的具有鲜明工具论特征的"文以载道"不可同日而语。当然，我们在剥离出学衡派文学观念中的理性精神的同时，也并不否认其理论倡导中所具有的缺陷与偏颇。

学衡派从文学与人生的密切关联入手来解答文学的艺术性与道德性的关系问题，由于特殊的时代氛围和新人文主义的深刻影响，他们怀抱着浓重的匡世救弊的道德使命感，他们认定过去文学之弊在视道德过重过狭，现今之弊则是对道德过于轻慢，因此，他们在肯定文学的道德意义的同时，有时又不免失去了理论的分寸感，甚至把道德上的"善"置于文学标准的首位，让道德凌驾于审美之上。可见，在看到学衡派关于文学道德性之论述中所包含的理性精神的同时，也要注意到其难以克制的用伦理压制审美的工具论倾向，这两方面的胶着融合才是其美学思想的整体，当然，学衡派关于文学道德性之论述中所包含的理性精神倒是少有人加以重视，用伦理压制审美的工具论倾向则在以往的文学史叙述中得到较为充分的体现。

## 二、在审美与道德性传承之间的现代文学

以梁实秋和朱光潜为中心，通过比较分析以考察现代中国新人文主义者和纯文学提倡者对文学道德性问题的论证。在坚持文学的审美独立性的前提下把文学跟人生联系起来，进而肯定文学的道德性，是作为新人文主义者的梁实秋和作为纯文学倡导者的朱光潜两人文学观念中突出的共同点。不过，梁实秋和朱光潜关于文学与道德的关系的意见并不是完

全一致的，这种歧异主要表现在他们对文学的审美性与道德性的提倡各有侧重：梁实秋强调文学的道德性，但存在着站在伦理的立场上看待文学的审美性的倾向，他担心过分强调文学的审美性会导致文学走向颓废的歧途；朱光潜则担心对道德性的过分强调会伤及文学的美，因此要求将道德看作审美观照的对象，用美去包容善。

中国现代文学史上，对文学与道德问题涉及较多的主要有两方面的作家和学者：其一是受白璧德"伦理—美学"影响颇深的新人文主义者，如吴宓、胡先骕、梁实秋等；其二是受康德、席勒等西方美学家影响的纯文学倡导者，如王国维、蔡元培、朱光潜等。20世纪初，白璧德将理性作为评价文学的重要标准，对感性至上的情感主义美学进行了批判，其新人文主义理论将伦理摆放到了理论体系的核心位置。而德国的康德、席勒、黑格尔，意大利的克罗齐等西方美学家，在肯定文学的感性特征时，也都没有回避文学的理性基础及其与伦理学的关系问题。康德把美看作德行的象征；席勒的《审美教育书简》试图通过美育来恢复感性和理性的统一。在新旧对立的历史语境中，代表旧道德的孔家店作为虚伪的偶像被推倒，传统的理念型的伦理观念成为人们厌弃的对象，道德虚无主义悄然降临。当时由个性解放、情感大爆发而带来的混乱无序的道德秩序引起了人们的广泛关注和深深忧虑，怀抱着强烈的道德情怀的新人文主义者提出了将外在的具体道德规则转化为具有普遍性的道德意识的思路，纯文学的倡导者则大多倾向于以建立在情感基础上的美育取代传统伦理的劝善功能，以缓解理念型伦理原则的强制性和现实社会中普遍存在的道德无序性之间的矛盾。因此，对于现代中国的新人文主义者和纯文学的倡导者来说，不仅在现实依据上，他们有注重文学的道德性的理由，而且在理论资源上，他们也有重视文学的道德性的学理支持。在文学与道德的关系问题上，他们进行了细致的理论探讨，都主张文学既要具备审美性，又要具备道德性，其观点是非常接近的。不过，由于理论背景的差异和对文学的审美性、道德性各有偏重，新人文主义者与纯文学倡导者在这一问题上的分歧也值得细而察之。

作为现代中国新人文主义者的代表人物，梁实秋非常重视文学的道德性与审美性的关系，在中国现代文学史上，他是极力捍卫文学道德性的一位著名理论家。他的理论源自他留学美国时的老师白璧德，他曾反复表白自己深受其影响。诚如王集丛早在1935年就已说过的，"要了解梁实秋的文学理论，首先便须知道白璧德的人文主义学说"。白璧德的文艺思想是建立在对文艺复兴以降的西方文艺思潮的批判的基础之上的，在他看来，不讲艺术形式的写实主义、浪漫主义以及花哨恶伪的现代主义，都是以培根为代表的科学自然主义以及以卢梭为代表的情感自然主义在文学领域留下的恶劣后果，因此，他试图用"更高的意志"对文学加以调控，使之具备道德性质上的纯正。白璧德主张用普遍的人性规范文学，强调文学增进社会协调、融洽与维护人类道德的功能。这种文学思想有着鲜明的伦理意识和道德情怀，所以梁实秋不仅把它看成一种文艺理论，而且把它当作一种人生观。虽说梁实秋的美学思想并非白璧德新人文主义的机械照搬，他还在亚里士多德、贺拉斯、约翰逊等文艺思想家那里获取了理论养分，但就提倡文学的道德性这一点而言，白璧德对他的影响是很明显的。

梁实秋看重文学的道德性，同时坚持文学的审美性，为了在二者之间找到平衡，他曾经在系统研究西方文学的基础上，提出了"伦理的态度""伦理的经验""伦理的情感""伦理的想象""伦理的效果"等一系列概念。这些概念带有新人文主义的理论背景，梁实秋试图通过它们，使新人文主义理论话语深刻地介入对作家、作品、创作过程及作品鉴赏等各个方面的评价中去。

在梁实秋看来，文学因为取材于人生，"当然不能没有深厚的道德性"。文学所表现的道德"其范围至为广阔，既不限于礼教，更有异于说教"，"文艺与道德有密切的关系，但那关系是内在的，不是目的与手段之间的主从关系"。他在《现代文学论》中推崇英国维多利亚时代的小说，原因就是它的道德的严重性，认为只有这道德的严重性才能把现代小说从纤巧肤浅中挽救出来。总的说来，他既反对把文学当作工具，也反对把文学当作纯粹的艺术。他认为文学本是艺术的一种，不过，因为文学的题材是关乎人生的，它所运用的媒介是文字，所以它与音乐、绘画、建筑不一样：文学"特富于人生的意味"，也就是说，文学特别具有一种道德的意味。在梁实秋看来，王尔德的艺术独立论的最大缺陷是切断了艺术与时代、艺术与人生、艺术与自然、艺术与道德的联系，因为"无论什么样的主张，都有个分寸，我们不能赞成王尔德的主义，为了拥护文艺的纯粹性而趋于极端，以至于一方面替真正不道德的文字张目，一方面又否认了文艺中之伦理的标准"，所以，唯美派的艺术价值因为唯美的偏执而大打折扣了。

与梁实秋的观点较为接近，朱光潜作为现代中国文学史上倡导纯文学的有代表性的理论家，曾经推崇不带道德目的却能够发生道德影响的文艺作品，主张用"无利害性"的美、审美、艺术来消除国人心中的"私欲""物欲""利害计较"，以养成内心的和谐。朱光潜的看法与中国现代文学史上自王国维以来的纯文学提倡者的思路，是一脉相承的。

朱光潜在谈美时，也没有忘了谈"善"，在文学的审美性和道德性问题上，他同样是主张二者并重、不可偏废的。不过，朱光潜在这一问题的态度上有一个思考、调适的过程。应该注意到，朱光潜早年虽推崇克罗齐的学说，却在一些观点上与克罗齐有明显的不同，他对克罗齐的"直觉"说做了修改和补正。克罗齐的"直觉"是一种形象的凝神观照，是纯粹而独立的心灵活动，与名利、价值、判断无关，否认艺术活动关涉道德问题。但朱光潜不同意这种观点，他在《文艺心理学》中指出，形式派美学的"根本错误"在于以下三个问题：一是将美感经验划为独立区域，不问它的前因后果；二是用美感经验概括艺术活动全体；三是在美感经验的小范围里决定艺术与人生的关系。他认为美感经验仅仅是艺术活动的一个片段，虽则这一片段中只能有直觉而不能有意志及思考，但整个艺术活动却不能不用意志和思考，而艺术活动中直觉和思考的更迭起伏及进行轨迹可以用"断续线"表示。可见，朱光潜虽赞同克罗齐的"美感经验就是形象的直觉"，却不能同意克罗齐"以偏概全""不合逻辑"的观点，他认为在艺术活动中不涉及概念思考的"直觉"只是其中的一小段，而这片段的生成，"则有一个长期酝酿和斟酌的过程，有一个融入理性思考因素和实际人生经验的过程。这种关于美感经验的前因后果的理论，弥补了克罗齐直觉说的缺陷，为艺术活动中的判断思考和伦理道德留下了地位，是符合审美实际的，也富有他自己的创见"。在这里，朱光潜纠正了形式派美学将美感经验和整个艺术活动完全等同的理论失误，通过这样把美感经验和艺术活动区分开来，他为道德进入艺术活动开辟了道路。朱光潜这一理论的调整具有重要的意义，它一方面坚持了文学的审美性，另一方面，又为避免文学由唯美走向颓废提供了保证。

通过对中外文学道德与审美冲突的历史所做的系统考察，朱光潜曾得出一个重要结论，即古人在艺术与道德的关系上，"不是笼统地肯定其存在，就是笼统地否定其存在"，也就是说，要么将艺术与道德直接等同起来，要么走到另一个极端，将艺术与道德对立起来。正是这一原因，使得"文以载道"和"为艺术而艺术"两种观念两相冲突、难以调和。而这二者各有偏颇：前者虽有切近现实人生的一面，但情感和想象被排挤和压抑，艺术的独立性不能得到保证；后者偏激地强调艺术的纯粹的美，却割断了文学与道德的联系，容易流向颓废享乐主义。所以注重文学的审美性的同时，也不能排斥文学的道德性。基于此，朱光潜对文学有用无用的问题做了深入的考察。他注意到，一般人嫌文学无用，近代有一批主张"为文艺而文艺"的人却以为文学的妙处正在它无用。他认为文学和其他艺术一样，是人类超脱自然需要的束缚而发出的自由活动，它起于实用，要把自己所知所感说给旁人知道，但它超过实用，要努力使旁人在说的内容和形式上同时得到愉快。朱光潜所理解的文学的道德性与具体的行为规范、道德要求是不一样的，对这种道德性必须从超越性、普遍性上做考虑。在这里，朱光潜的观点与王国维、留日时期的周氏兄弟以及早期创造社成员所倡言的文学"无用之用"的康德式命题有着高度的契合，当然，较之后者，朱光潜在谈论文学的功用时显然有着更为清晰的道德意识。

注重艺术与人生的深切联系是以梁实秋为代表的新人文主义者的理论基点，也是以朱光潜为代表的纯文学倡导者看待文学道德性的重要视角。朱光潜认为艺术是人生世相的反照，离开人生便无所谓艺术，因而反对新文学作家接受 19 世纪以来忽视道德效果、趋于颓废的西洋文学。

在坚持文学的审美独立性的前提下把文学跟人生联系起来，进而肯定文学的道德性，是作为新人文主义者的梁实秋和作为纯文学倡导者的朱光潜两人文学观念中突出的共同点。在这一个相同的大原则下，他们在具体的看法上颇多吻合之处。首先，他们都反对现代文学中的"为艺术而艺术"的倾向，对西方唯美派的评价较为一致。其次，梁实秋主张文学有德、文人有行，对作家的人格有所要求，而朱光潜对作家的人品修养同样较为重视。最后，梁实秋和朱光潜都看重文学在培育道德中的作用，他们对儒家的美育思想都表示认同。

梁实秋和朱光潜关于文学与道德的关系的意见并非完全一致，这种歧异主要表现在对文学的审美性与道德性的提倡各有侧重：作为新人文主义者的梁实秋不满现代文艺与道德的截然分离，他试图在理论上重建文学与道德的联系，因此对文学的道德性有所偏重；作为纯文学的提倡者，朱光潜虽然关注文学的道德性，但其观点终归要向审美的一端倾斜。由于对文学道德性问题关注较多，难以避免地，梁实秋对文学道德性的重视也隐含着淡化文学的审美性的理论倾向。梁实秋强调文学的道德性，但存在着站在伦理的立场上看待文学的审美性的倾向，他担心过分强调文学的审美性会导致文学走向颓废的歧途；朱光潜则担心对道德性的过分强调会伤及文学的美，因此要求将道德看作审美观照的对象，用美去包容善。不过，虽然由于他们的立足点有所不同，具体的看法并不一样，但总体而言，他们的理论诉求基本上是趋于一致的。他们都重视文学的美与善的关系，其对文学审美性与道德性二者并重的态度显然包含着对极端经验主义和极端理性主义的双重抵制。

# 第三章

## 现代文学传统色彩观的传承

### 第一节　文学与色彩艺术

#### 一、文学色彩——有意味的艺术形式

当色彩作为一种艺术符号被纳入文学文本中时，就不断产生某些属于质上的改变，而且从色彩进入文学开始，就显示出从属于这一艺术形式的品格。

#### （一）文学色彩与美的传达

凡是知觉感知正常的人，都普遍地发生和发现过色彩的情感体验。红橙色令人心情激动，而蓝绿色则使人心情平静，色彩感觉、色彩感情、色彩想象属于人的本质。由于文本色彩与绘画色彩之间的源流关系，以及现代文学与现代绘画之间的相互影响，色彩在文本中的痕迹是显而易见的，属于造型艺术中所共有的品质。色彩在文本中的体现方式如下：

首先，文本中的色彩是"活动着"的色彩，是通过不断"运动"着的色彩来形成主题色调、展开对比、体现和谐的。其次，文本色彩形式的构成，同时也要依靠不同场面、环境空间、人物命运等文本内部之间的色彩蒙太奇形式，进行色彩配置与组合，突出内容事件及色调感的色彩视觉展示在文本总体关系中形成的情绪效果和象征意义，并以此形成文本色彩形式独有的审美感及作家个性化的色彩风格。作品的色彩结构、色调的形成等，都应表现出与作品内容相适应的完美与协调。在不少的文学作品中，可以发现让人感到具体真实、历历在目的色彩描写。如李白的《子夜吴歌》写道：

秦地罗敷女，采桑绿水边。素手青条上，红妆白日鲜。

在这首诗里，诗人运用色彩描绘了一幅春日甜美的农村图景：有桑林绿叶与白皙细腻的手臂肤色的对比，有绿色衬托下沐浴在阳光中的红装女子艳丽的色调。短短四句诗，"绿水""素手""青条""红妆""白日"等色彩词汇已将诗意描绘得像年画那样清晰明丽了。由此可见，色彩在文本中穿梭的魅力。

在茅盾的《子夜》中我们也可以看到以色衬托气氛，衬托人物心境的描写：

林佩珊在钢琴前伴奏，那音调异常悲凉，电灯的黄色光落到她那个穿了深蓝色绸旗袍的颀长的身体上，也显得阴惨沉闷……

人物的描写在这里完全沉浸在色调之中，与异常悲凉音调相对应的阴惨沉闷的色调是具体的：其中有钢琴的黑色或暗色被黄色电灯光亮浸染下的深蓝色调，黄光下的深蓝色暗而泛绿，给人以晦暗低沉的情绪感受，人物特有的命运，在色调的衬托下富有了视觉想象的空间。

在文字描写中，色彩可以获得时间的品质，可以跟随人物活动，一次次展开不同的空间环境色调，并依据主人公的主观感受来形成特定的色彩节奏。将色彩的描写提到突出地位，同样是文学语言描写的一个重要手段，在我国，这有着悠久的文学传统。色彩的描写紧密地与人物结合在一起，人物特点便凸显出来。因此，文本中色彩构思与文本中色彩作为一种精神气质的体现，二者之间有着特殊的关系。色彩不是文本中附加的东西，也不是可有可无的东西，色彩应成为文本观念中的一个部分，色彩只有参与到文本结构中来，才能具有文学色彩的特殊品格。

在绘画创作中，人们把作品的色彩处理形式分为两大类：其一是写实的色彩（如达·芬奇的画），指画面的色彩效果与人眼看到的客观色彩效果相似的色彩处理，讲求再现具体光色条件下物象色彩的真实面貌，强调色彩的真实感或纪实性质；其二是非写实色彩，或称装饰色彩、抽象色彩、表现色彩、象征色彩（如凡·东根的画），指画面强调纯色彩配合效果的追求，采用对客观色彩进行高度纯化概括，或是通过色彩的非现实表现来表达某种情绪效果或精神气质。在文学文本中色彩形式的分类，也大致沿用了绘画色彩的分类习惯。

（二）文学色彩与艺术思维

自然界和我们周围的现实生活是多么富于色彩变化，无论是色调浓重的秋日景色，还是含蓄明媚的春天；无论是绿荫下颤动迷人的光斑，还是沁人心脾的蔚蓝大海，都是自然界令人赏心悦目的色彩景象。在视觉世界里，不仅有各种激动人心、强烈粗犷的色彩对比，同时还有各种柔美流畅、充满诗意的色彩趣味。在自然界和现实生活中，色彩美是艺术家取之不尽的财富和激励他们进行色彩创作的源泉。

自古以来，艺术家们就不断地探索着色彩的艺术规律，力求在作品中展现自己所理解的色彩世界的真实印象。同时他们在感受与探寻色彩美的过程中，研究色彩与人们心灵之间的客观联系，承继着各个民族从远古以来就存在着的色彩的象征意义及其他品质，并力求在作品中独放异彩。艺术作品中的色彩，来源于自然与现实生活，但它又不是客观色彩的如实重复，艺术中的色彩是作品中的一种语言因素，是艺术家审美活动的结果，也是对客观色彩进行视觉纯化和心灵体验的结果。

艺术思维是人类一种独具魅力的精神现象，它告诉我们，在艺术范畴中，艺术地把握世界的独特方式，使所有被应用于艺术领域的思维方式改变了他们在其他领域的功能、性状和形态，如日常生活和科学研究方面，有时候简直可以说完全变成了另一种东西。艺术思维的本质是"人化"思维，这种思维在运作中，将主体投入对象中，以主体的本质力量和个性特征直接规定对象，使对象显示出的现象、本质和规律深烙上"这一个"主体的印记，它以积极的主体意识和情感撞击对象的现存结构，使对象的本质在主体极强的思维张力结构中获得多重、多样的性质。生活中色彩形象的本来面貌，是一种比较分散、比较消极的形象，在那里色彩美的属性表现为多方面性，而且不同的艺术家在不同条件下对客观色彩的感受因人的个性化而不同。艺术家只有通过对客观色彩的视觉纯化过程，通过积极的主体意识和情感撞击对象的现存结构，才能在自己的作品中最大限度地突出自己的感受，使纷繁的对象在主体极强的思维张力下呈现出多样的性质。由此，色彩才会真正获得意味。可见，艺术思维总是隐藏在精神深处，于幽冥中控制、引导、调度所有那些用来创造的材料，甚至控制、引导、调度艺术创造的整个思维过程。主体如果以观察作为心理结构，思维的对象就会被规定为物理性客体。反之，如果把领悟作为心理结构，思维的对象就会被"人化"成审美客体。

色彩与人类的生活息息相关，人们虽然经常陶冶其中，却很少有人去研究它的规律。当艺术家把这些景象再现到画布、银幕、文本中时，只停留在一般人的感觉上是不够的，唯有了解并掌握了色彩现象的形成规律，弄清形成具体感受的各个因素，并艺术地加以把握，才能更深入地研究，才能主动地对待展示色彩美的各种属性及它们之间的相互关系。当色彩成为艺术思维中必不可少的要素时，色彩就会在文本中真正具有言说的意味。

## 二、色彩艺术在文本中的艺术生成

### (一)色彩情结的存在

人对颜色的感觉和喜爱是人固有的色彩情结。

人眼看到五彩缤纷的色彩世界，从物理学和生理学的观点看，是由于光作用于我们的眼睛而产生不同色的感觉。人类在感受外部世界的活动中，各种感觉可以高度谐调，各种感觉之间可以相互连接的特性，可使色彩感觉的生动属性与人类机体的其他感觉形式发生联系，因而产生了色彩感觉与其他感觉在某种情况下相对固定下来的连接形式——色的感受。比如，色彩感觉与温度觉之间的联结，形成色的冷暖感；色彩感觉与重量觉之间的联结形成色的轻重感；色彩感觉与运动觉之间的联结形成色的运动感等。

众所周知，色彩可以起到传达信息、调节情绪的作用，其中色彩对人的情绪可以产生影响的特点尤为显著。人类在对色彩感觉特有形式的基础上所形成的色彩感受现象，正是色彩情绪作用的生理和心理基础。

人们对不同色的喜爱及对色的不同使用，都与审美心理、审美活动密切相关，也与某些社会的、个人的、传统的因素相关联。艺术中的色彩，既包含了被特定人物所喜爱及与特定人物相适应的服装、陈设与环境的色彩，也包含了艺术家本人对色彩从感情上的亲疏评估。当作家在文本中处理色彩时，总是直接或间接地通过形象、环境、空间来表现对不同色的喜爱与厌恶，并通过特定的色彩来凸显文本的精神指向。翻看现代文学的作品，我们总会感受到鲁迅作品浓重的"黑色调"、张爱玲小说所蕴含的"蓝色调"等。

对色的喜爱，还与人们不同的气质性格有关，与不同的文化水平与艺术修养有关，也与个人所处的社会环境、年龄大小、精神状况或经济状况有关。如鲁迅是以中年人的身份走入中国现代文学的，特有的凝重感、成熟感与他坎坷的经历相结合，他的文本总体上显现着凝重而严肃的色调，显现出他精神指向的黑色调，无疑是他最为钟爱的颜色。另外，人们对色的喜爱，在不同国家、地区，由于气候、民族的差别，或是由于时代变迁、审美趣味的改变而形成不同的色彩风尚。

作家在其创作中，根据题材内容进行色彩构思、色彩设计、色彩选择时，同时也表现出了对某类色彩特别喜爱的个性特点。有的作家喜爱暖色，描写起来很温馨（如沈从文、凌叔华）；有的则喜爱冷色，给人一种冷峻的感觉（如鲁迅）；有的不喜爱各种灰色调而热爱纯色对比中的激情（如萧红）；有的喜欢刺激的变异的色彩交配（如李金发）。成熟的作家则具备广泛的色彩趣味，他总是不断地进行探求，并形成自己灿烂多姿的色彩风貌。纵观中国现代文学，鲁迅黑白对峙的精神世界、张爱玲走向"没有光的所在的洋场仕女"、新感觉派小说"声、光、色"的炫耀、革命文学作家对红色的痴迷，都很好地证明了色彩与作家性格喜好、艺术修养、社会环境与文本精神指向的紧密契合。作家总是在表现同类或近似的题材中，来取得自己色彩趣味的追求和满足，并能生动地凸显自己所喜爱的色彩在文本中的作用。当然，作家对色彩的喜爱，并不是趣味的自由沉浮，而是与其哲学观念、精神追求、审美理想相暗合的。如何在作品中，在包括作家色彩趣味在内的色彩形式风格中，表现出不同人物、不同地域、不同审美理想的色彩喜爱与习尚、精神结构的变化，是取得文本色彩震撼人心、真实可信效果的重要因素。

可见，色彩情结与作家的性格类型、生命体验、色彩喜好密不可分，它昭示着作家审美理想的所指。这正如鲁迅对黑色的偏爱，郁达夫对灰色的痴迷，新感觉派对炫耀色彩的狂热一样。

## （二）色彩的本质特征

### 1. 审美性

当我们欣赏一部作品时，不仅会为其内容及形象所感动，同时也会被其确切、生动、优美完整的表达形式所吸引。在文学作品中，除了内容的美之外，尚有语言形式的美。色彩作为文本构成因素的重要部分，也具有其相对独立的审美价值。它不仅使文本内容的精神指向具有象征意义，而且使其语言形式因素具有独特"意味"，即在心理上色彩具有取悦于人的审美特性。

色彩的审美特性，往往是通过色彩的对比与节奏、和谐与表现等言说方式，契合文本主题的精神意象来完成的。色彩的节奏与旋律本是指色与色之间的组合关系与听觉世界声音组合间的联结现象。当我们观察画面中色与色之间的配合关系时，随着视线的移动所展示的色彩的起伏变化，就使得存在于一定空间中的色彩形象获得了时间的品质。音乐是听觉艺术，也是时间艺术，正如人们以色彩术语来解释音乐现象一样，在造型艺术中，也以音乐术语中的"节奏"与"旋律"来解释色彩感觉与时间艺术的联结现象。我们知道，具有鲜明强烈效果的色彩组合，其旋律起伏强烈，节奏变化急速，会让人产生激动有力的情绪感受；而色彩之间相互融合渗透、含蓄微妙的色彩变化则形成诗一般的柔和节奏，表现为梦幻般的旋律起伏。色彩在旋律与节奏上的变化，同样在文学文本中鲜明地存在着，并丰富着文本的表现形式和精神指向，具体指的是色的对比、联系、呼应、转化、疏密、虚实所形成的色调在文本中的起伏轮廓。从这个意义上讲，色的节奏与旋律同样是文本色调特征的一种表现形式，它又是作家对色彩与文本精神指向的审美情趣。

它在文本其他因素的协同作用下，依靠读者的想象，直诉人的内视觉，震撼人的心灵，使色彩在文本具有了特有的审美品质。结合作家的色彩感和审美趣味的文本，自然会别有一番意味，色彩在文本中的纵深节奏给人一种空间感，利用色的突出和退缩性质进行色彩布局，有助于色的深度感形成，文本的色彩空间更依赖于描写空间的转换。

作为文学文本的色彩与其他艺术种类的色彩运用有着很大的不同，这是众人皆知的。作家能够自如地使用色彩表现在文本中，不仅依靠作家的色彩修养、审美趣味，而且更在于色彩的布局、选择和与文本主题的有意味的结合。只有作家有意识地运用色彩，色彩在文本中才会具有独特的意义。文本中的色彩不仅仅是抽象的东西，它既有客观物象可用视觉感知的一种属性，又可通过它来传达信息与情绪含义，是文学作品中的重要造型手段。色彩在文本中，在作家有意识的选择下，应发挥其造型的职能，只有当它成为表现作家的心灵和生命体验的强有力的造型手段的时候，成为文本不可或缺的有意味、有组织的形式因素的时候，它才会真正获得文学艺术中色彩的审美品质。

色彩与文本中形象的结合，是色彩获得文本属性的重要表现手段。画面中的形与色彩是构成视觉效果的基本要素，它们也是相互依存的造型表现手段。在造型艺术中，形与色都可以起到形象识别、传达信息、形象塑造与情绪表露的作用。如果形与色相比较，形的作用更偏重于理智，而色的作用则更多地偏重于情绪。文学文本离开了形象便失去了作为一种艺术的内核，同绘画一样，色彩只有同形象紧密地结合在一起时，才富有艺术的品质。具体地讲，色彩在文学中的造型功能，就是指作家运用色彩塑造形象、刻画人物、烘托环境空间等，以此来加强文本的表现力、感染力，突出作家个性化的色彩感受能力，并成为主题深化的必不可少的因素。为了达到这个目的，作家根据色彩想象的各种可能性，使色彩象征、寓意的特性结合文本主题充分张扬，探寻并确定能够表现文本内涵的色调处理。在总体色调结构中，要借色彩深化人物形象、突出空间氛围。如若色彩在文本中不能发挥造型手段的作用，或是与作品所要表达的内容相互抵触，也就不是作品中存在的真正意义上的有意味的色彩。

色彩的审美价值，总是伴随着一定艺术形式特性一起显示出来的。中国传统戏曲舞台色彩处理就富于强烈的装饰色彩美；中国的传统绘画，一般讲求色彩的单纯美，主张"随类赋彩"，突出物体固有色之间的和谐与变化，大多以墨为主，色为辅，强烈明豁，自成情趣。当我们欣赏艺术作品时，不仅为其内容与形象所感动，同时也为其生动完美的表达形式所吸引。在文学文本中，极富形式美的色彩同样可以展示它特有的结构美。文本中的色彩，包含了不同场景色调或色彩主题之间的对比、联系，包含了色调情绪变化与文本情节起伏曲线的伴随、对位与分离，文本中色彩的节奏进程，同时显示了文本色彩在时空变化中的多样统一。而且文本中的色彩，首先便是构成主题色调的重要表现手段。当艺术家通过纯化过程使色彩在文本中发挥其造型职能的同时，必然也要让色彩展示自身对文本精神主旨的体验的特性。当作家面对特定的描绘对象时，由于长期的观察实践，对对象色彩的生命体验总会在作家心灵里产生一种情调感。作家依照色彩的节奏、对比、和谐等形式因素特有的表现手段，组织不同精神指向的色彩，结合语言形式美的特性，把作家的这种感受与体验表现在文本中。这种趣味不仅包含了作家对艺术精神的领悟，而且也是作家对色彩感的刻意追求与独特表达。

色彩的审美价值，扩展了色彩在文本中的想象、象征的寓意，使文本主旨的色彩精神指向更加丰厚深刻，更有魅力。色彩也只有在文本中成为吸引人的眼睛的诱饵时，才会具有相对独立的审美价值，并大放异彩。

2. 想象性

当人们闭上眼睛，也许立即就会发现自身还存在着活跃的色彩想象。一位作家在文本中一旦打开文本色彩的预示性想象能力，那么自然就使他的文本向更广阔的精神领域进发。色彩的预示能力主要来自色彩的想象，色彩的想象是艺术家发自心灵的主观色彩创造。

人的想象是最杰出的艺术本领，因为艺术美是由心灵产生和再生的美，心灵和它的产品比自然和它的现象高多少，艺术美就比自然高多少。艺术美离不开想象，色彩想象力的解放，使艺术家发现的不单是眼见的色彩表面，重要的是使艺术家感知到的由想象力引导的感情色彩的凸显。对于一个现代作家，色彩想象是与色彩感觉、感情密切相关的特殊心理活动。没有丰富想象的感觉称不上全面审美的感觉；没有想象的感情只能是低等的动物感情；没有想象参与就不会是真正的艺术创造。因此，我们有理由认为：色彩想象的实质是更深入地反映人的内在需要的创造活动。文本色彩想象是那些给人留下深刻体会的文本，一部具有色彩想象的文本不一定就是一部伟大的作品，但可以确定的是，一部伟大的作品，是一定不能没有丰富的色彩想象的。

色彩想象作为人类的内在色彩本质的需要发源于远古时代，当人类发现色彩的那一瞬间，想象便开始产生能动的力量。当想象理性地与其相关联的、相应和的事物相联系时，便有了强大的力量。毫无疑问，色彩在文学文本中便是想象的一个很好的帮手，正因为如此，色彩的想象性才会在文本中更有其广阔的隐喻与暗示空间，有更强大的直指人心的力量。色彩想象使艺术家拥有了创作文学文本的技巧，也同时使艺术家拥有了艺术中超越的想象。这种想象不是幻想，而是创作的艺术的想象。因此，一个充满想象的作家可以不是一个伟大的作家，但是一个伟大的作家必定是一个充满想象的作家，因为普遍的想象力包容着一切手段的理解和获得这些手段的愿望。这当中自然包含着色彩想象的能力。

从更广阔的艺术的精神领域看，色彩的发展一直徘徊在想象之间，并在其间进行着不同的选择。色彩想象证明人的色彩反应是多种精神因素的有机协调，是与特定时代精神发展相适应的色彩想象力。色彩想象活动，有些源于外在自然的某种直接刺激，如色彩的联想；有些产生于间接刺激，如色彩幻觉；有些则是由生命力的激发而产生的纯心灵的想象。

想象是无抉择的自由，想象色彩具有超时空的特点，这是感觉难以达到的自由，所以色彩想象引导着色彩感觉进行新的色彩发现。尽管作家对于想象色彩的显现最终还要借助感觉，但是想象色彩的表现比起感觉到的色彩再现明显地给人的色彩创造以更大的自由。

3. 象征性

象征色彩是色彩想象的一种方式。当人的感觉感受到色彩影响，并在感觉到色彩表面背后，还体验到有一种神秘的力量在产生某种启示时，为了表现这种神秘启示，人们使用了色彩的象征。象征色彩主要发生于人们用色彩的某种想象来表达某种启示的色彩形式时。色彩的联想，虽然与个人的因素有很大关系，但它已逐渐地社会化了，色彩的象征性，为文本的多义解读提供了广阔的空间。诗人认为，黄色取悦人的眼睛、舒展心情、振奋精神，并使人感到温暖；蓝色使一切出现悲惨的情境；红色可以使风景画带有恐怖的性质。可以将色彩分为两大类：其一是黄色的范围，其二是蓝色的范围。黄色的范围是阳性的、积极的、活跃的和奋斗的，其中包括黄、橙、橙红；蓝色的范围是隐性的、消极的、退缩的，其中包括蓝、红蓝、蓝紫等。

色彩的象征意义是指色彩作为某种理智或观念的表征作用，是在人们的社会生活中逐渐形成的。有时象征意义产生于特定色彩感受的联想，如红色象征革命，产生于红色与鲜血色调的联想，是无产者进行斗争的旗帜，并长期在人们的观念上固定下来，诸如"红太阳""红心"等；有时色彩的象征意义与特定的色彩感受并无多大联系，如用黄色带子象征期待和思念远离的亲人归来，产生于一个偶然的新闻：美国南北战争期间，一位妇女颈部系一条黄色绸带每天伫立路旁，等待丈夫归来，于是黄色彩带就成为怀念、等待、欢迎的象征，日本影片《幸福的黄手帕》也移植表现了美国这一习俗。但是我们知道黄色又有其他完全对立的几种象征意义，这说明了色彩的象征意义比起情绪表现更具有多重性格。只有在一定的社会活动、历史情况、民族习俗以及色彩实用价值的前提下，色彩对某种理智或观念的象征，才会获得普遍的意义。

色彩联想主要依据社会生活中的经验，因此，人的色彩联想在许多时间和空间对一般色彩本质的判断是接近其本质的，但是色彩经验也容易导致某些错误的非色彩本质的判断。还有些艺术家不必借助色彩联想而直趋色彩本质，这是由于其敏锐的色彩直觉而获得新的色彩发现。在这种时候，他往往忽视或者说没来得及联想以往的色彩经验，色彩联想退避于淡化的境地。由此可见，艺术家的色彩直觉比起色彩联想更直接地反映着人的各种色彩本质、生命体验。绘画史上伟大的画家，大都是相对于他那个时代的其他人最大限度地解放了色彩直觉，以个性的色彩，表现出人类生命体验的色彩形式。当中国现代作家把色彩作为他们文本的艺术符号时，色彩的表现与象征，不仅是色彩联想的结果，更为重要的是他们的色彩直觉体验生命的结果。鲁迅对于生命的体验无疑是冷峻而沉重的，那么他主要的色调选择无疑是浓重的黑色调。色彩在文学这里也同样具有了绘画一样的直指人心的力量，甚至还有优于绘画受材料限制的某些功能，其想象、象征的空间更为宽广。

凡具有基本色觉的人，对于可见光谱中产生红、橙、黄感觉的波长，都有前进、扩张、热烈、兴奋的感觉、感情反应；与它们相对的可见光谱短波阶段的蓝、青、紫色则令人产生后退、收缩、冷静的感觉、感情反应。用文字来描述色彩往往文不尽意，因为毕竟不是用直接的色彩材料来说话，但是或许文学中的色彩优势就在于此。

色彩的情绪意义与象征意义，是不言而喻的。它们的产生及表现，有着历史的、民族的、区域的、时代的明显积淀痕迹。关于色彩的言说及其表情特征，我们已做了简单的梳理，并作为对色彩与中国现代文学这一问题的深入研究的起始。用文字描述色彩，得到的结果无疑是极其粗糙的。不过过于细致地描述其效果也许会适得其反，即反而会远离色彩的本质。各种色彩的感觉、感情性质概括为两点：其一，色光的波长与频率影响人的色彩感情的冷暖和向心、离心的色彩感觉；其二，色光的振幅决定色彩的明度。在文学文本中，单色的色彩强度，决定色彩的知觉影响力，决定更深层次色彩心理的表现，这是色彩留给作家个人凭主观去发现的广阔的色彩天地，并在这样的天地里，发掘文本自身的意义范畴。

在艺术创作中，对色彩含义的评估与使用，往往只能在色彩与文本的相互关系中进行探求，在构成文本各种因素的"总体演出"中才能具体地确定色彩特定的表现效果。这种效果，是作品感人因素的组成部分，它不应当是晦涩不清不能让人接受的，只有获得能够使人产生普遍共鸣的品质，色彩才能发挥在文本中其独有的表情作用，并以此来影响文本的精神结构，影响读者的审美想象及其心理。

## （三）色调在文学的意义

"色调"一词，是对构成画面、一个场面、整个影片或文本的总的色彩特征和倾向而言。文本色调的特征，可表示为色性的特征、色相的特征、情绪效果的特征，或是色彩审美趣味的特征。一幅画或某一场面总的色彩特征是暖色调还是冷色调，是灰色调还是红色调，是炽烈热情的色调还是忧郁低沉的色调，是水墨相融的柔美还是五彩缤纷的灿烂，不论是哪一种，我们在中国现代文学的文本中都会随处感受得到。文本中的色调，不是指单一色的效果，永远是指色彩之间与文本主题契合所体现出的总体特征，是指在多样统一中显示出的色彩总体倾向。在文本色调的构成中，有总的色调，也有构成总的色调的局部色调，不同的色彩与文本主题相结合组成了局部色调，各个局部色调之间的对比与联系，形成整个文本的总的色调面貌。如鲁迅作品的"黑色铁屋"的压抑，郁达夫"银灰色的死"的"零余者"人生，萧红斑驳色彩下悲凉的"生死场"等。在一般情况下，色的面积比总有一个主从之分，这样就有了占优势的色彩，文本中的色彩优势主要是同文本的精神指向紧密联结的。色彩在这里大多具有色彩指向精神的象征意义，并以此来深化文本的精神内涵。值得一提的是，我们说作家具有怎样的色调，就是指他这种在整个创作中占优势的色调倾向，并不是指他没有其他更丰富的色彩表现。

作家只有善于捕捉描写对象的色调特征，才能把自己对色调的感受在文本中鲜明地表现出来。艺术家对客观色调特征的把握，看起来是以纯客观直觉的形式进行的，但这绝不是一件偶然的工作，而是对客观色彩特征明晰的感受与主动把握的结果。作家对被描绘对象特定的色彩效果的感受，就是指对对象色调的确认，对形成特定色调特征各个局部因素之间的把握与确认。在描写之前弄清楚自己的色彩感受，所谓立意也就明晰了。作家在深知色彩特性，并将色彩作为凸显文本主题的形式要素时，才会准确地控制色调节奏，将旋律有起伏地穿插在文本中进行有意味的布局，并诠释文本精神指向的各种可能性。

色彩具有象征意义及情感作用是人们普遍的认知。但在艺术作品中，色彩的情绪效果并不是构成文本各种色彩孤立作用的结果，也不是将各种色与其情绪意义一一类比的结果。构成文本色调的各种色彩，是在一定的色彩关系中相对地存在的。当不同的色彩经艺术家引入特定的色彩关系中时，色与色的相互作用在文本精神结构的支持下，其表现力与情绪价值就会大大地增强起来。也就是说，当不同的色以一定的关系组成文本色调并成为文本主题凸显的形式要素时，才会生动地表现出其强烈的情绪意义与审美效果。文本中的色调犹如音乐中的主题，显现着作家的精神框架和审美理想。

人类的情绪体验大致可分为三种类型：一种是强烈活跃的，一种是和平宁静的，一种是低沉消极的。对不同色调的情绪表现进行分类，也大体可以纳入这三种基本情绪状态中。有明亮的色彩或暖色调占优势的文本，可以表现出热情强烈的气氛而令人振奋激动。

其实色调的情绪变化与其象征意象正如人的情绪一样是千变万化的，不同特征的文本色调与形象的结合，可以形成各种强烈奇崛的或是平淡细腻的情绪效果。作品中的色调面貌，既可以是对文本情绪内容的直接烘托，也可以是为形成对比所进行的反衬。

依靠色彩气氛、节奏与文本人物情绪状态之间的动与静、欢乐与悲伤、灰暗与明丽、粗俗与典雅的对比来突出主题，渲染气氛。而且文本色调特征的形成，总是与人物所处环境、事件展开时间的选择、文本主题的精神内涵等紧密相连。

当文本的色调表现与自然常态，或是与它所应出现的实际可能相矛盾时，则会造成某种更为强烈的、异常的、神秘莫测的或是幻觉的心理效果。在表现主义绘画中，这类绘画中，我们能够看到赤红的天空、黑色的河水、蓝色的火焰及绿色的面孔，这些异常的色调，会使得色彩更具有符号特征和表现功能。中国现代文学中这种用色造型的主观色彩表现更是不胜枚举。可以说，主观色调在文学文本中有着更为重要的意义，也是更为普遍的现象。所谓主观色调是指艺术家本人色彩气质、色彩趣味、色彩想象、色彩象征、色彩表现等色彩精神构架在文本中的流露；是指作家用夸张而异乎寻常的色彩，来突出色彩的心理影响效果及其内容的精神指向；是指作品中的人物在特定环境中的心灵畸变和精神面貌。当艺术家在自己的创作中运用色彩手段塑造艺术形象时，比如蒙克的主色调为黑色，艺术家的目的不是模仿，而是运用色彩鲜明地表达自己的思想和精神结构，它的表达和观察的结果，必然带有强烈的个人意味。对客观的描写对象来说，具有多方的可视属性，对客观色彩现象来说，也是如此。由于不同的人的眼球晶体色调的差别、个人气质、心理结构、与色彩审美的差别，不同的人对客观现象的理解以及为突出自己的理解与感受所采取的纯化手段的差别等，都必然反映到文本的色调形式中，成为构成作家的主观色调的因素。作家为了突出其精神气质的主观色调，往往采用夸张、变形、集中等手法来处理文本色彩。

主观色调的另一种表现形式是人物在特定情境下色觉的畸变，或是头脑中产生的梦幻色彩。作为艺术家色彩气质表现的主观色调，与文本风格面貌、精神结构的形成密切相关。因此，作家有目的地构思色彩风格，在文本中获得完整的色彩形式，是有着重要的美学意义的。

　　无论是对色彩的极端夸张，还是对文本色彩的畸变处理，并不是作家纯主观的想象、任意而为的结果，在文本中使用色调，在于突出色彩效果的产生、象征意义及别具一格的色彩形式。这些色彩的形式意义，必须基于读者在情绪上产生色彩共鸣的可能性，在想象与夸张的情理之中。

　　总之，色彩作为一种人类活动的历史的心理积淀，深藏在人们心中，并潜移默化地支配着人们的审美方式、表达方式。不同时期的色彩文化不尽相同，色彩与文学的结缘方式、纵横影响也不尽相同，作家的色彩感知一旦跟上时代的发展，他就可以随着生命进程，渐渐地发现自己的作品不仅表现出色彩的感觉、感情和想象，而且还表现出他自己不断升华的艺术思想与精神。

　　丰富的色彩想象力并不仅是艺术家那种总想提供一点新鲜玩意儿的欲望，而是那种使文本有新鲜的见解的需要，即一个人或一种文化能够本能地包罗整个内部世界和外部世界的见解。

# 第二节　现代文学的色彩文化

　　色彩与中国现代文学文本的结合，是其本身的需要，更有着深厚的文化背景和文化资源。

　　传说中的绘画始祖是黄帝的史官史皇，"史皇作图"实际上强调了中国画"志史"的要求。后来绘画与文字相互补充，成为上古文明的重要组成部分，绘画也是具有"记志表彰"等功能的典籍。即使在文字统一、史学完善之后，中国画仍与文章有着一定的联系。不但文章与史迹成为绘画最主要的根本题材，而且绘画也成为文章的补充，并促进了文学的发展。《文选》序中就有关于"图像则赞兴"的评述，这其中的"像"即指绘画中对各类事物的描绘图形，"赞"是古代短小的韵文，它是由于画像的出现而兴起的文章体裁。可见"文与画"或"诗与画"的结合是因各自的文本需要相互补充的结果，而在艺术精神、艺术趣味的追求上，二者更是异曲同工。

　　其后，虽然绘画在"状物图形"方面得到更大的发展，但作为整个绘画的创作原则来看，中国画始终没有离开文字所要表述的各种观念与事迹。文人画的出现，使得绘画在更高的文化层次上与文学中的特有形式——诗歌中发生了更为紧密、更为直接的联系。最初的"画中有诗，诗中有画"理论，已注重了从绘画中读出诗歌情境韵律，从诗中也能感受到绘画的意味。诗与画审美要求上的一个"韵"字、"神"字便已很好地表现出两种艺术样式在艺术本质上的联系。中国文字自有其最特殊的组合逻辑规律，单音节多声调的汉语在文字使用中有着天生地注意双声、叠韵等音韵与声调特色的倾向，而且注意强调逻辑关系的感觉联系，具有多义性特征。中国画在最早的要求中，便希望在画北风图时有使人战栗的感受。中国画在选材、布局、造型、设色等方面非拘泥于物的特征，更给中国画的创作打开了一条开放的文化之路。因此，诗歌在结构的逻辑方式与格律形式上，在意境的深邃上，成为中国画最理想的参照体系和学习途径。这样，中国画在重视诗情的同时，画意也自然而蕴藏在其中了。实际上，当谈到中国画的"写意"时，强调的正是其"语汇法式"。以艺术语言纯化、美化、个性化的"写法"表现创造出来的"寓意"，才是中国画发展到"写意"时的根本要求。文人画的提出、提倡、兴盛，自唐而出，自宋而起，至元而盛。诗与画的结合达到了它们自足的状态：绘画的寓意及视点变化之于诗歌，给其带来从视觉到听觉的综合艺术感受；诗歌的意境、韵味之于绘画，使得绘画的文化性特征上升到前所未有的地步。文人画作为诗画结合的最好载体，赋予中国艺术不断发展、承继、进而耕种的丰厚艺术土壤。诗与画在哲理层面、美学层面、技法层面等多种层面的相互影响与渗透，直至今天在我们的文学文本中依旧清晰可见。绘画因素在文学文本中的显现是一种继承，也是一种中国艺术自身特有的发展规律的必然要求。

绘画与文学相互影响、相互渗透是鲜明的。这不仅表现在文学对绘画的影响，同样也表现在绘画对文学的影响，诸如空白、线条、色彩（黑白写意）、视点（看的方式）、艺术精神上（意境与传神）等。文学与绘画诸因素的互文性特征是历史承传的结果，也是这两种艺术形式在哲学范畴下、美学范畴下自身发展规律的必然结果。中国艺术传统的造就，集体无意识的承传，使现代艺术家秉承了这种艺术气质，在审美趣味、审美追求上沿着古人的路走来。

中国文化具有独特的精神与独特的视觉方式，中国古典绘画创造的形象和表现色相也具有其独特之处。中国传统绘画的色形表现与西方古典绘画的色形表现是完全不同的。西方古典绘画强调模仿崇尚写实造型，实际上是单眼恒定视觉方式观察静止封闭的视觉空间所得到的物体视像结果。在将空间转化成平面之际，这种视觉方式在数理哲学思维的指导下，选择了点、线、面、体这些古典几何元素，并以视点、视线、轮廓线等位置关系与量数关系归纳出"透视学"的基本框架，又以空间物体受恒定光照下不同的明暗来处理不同空间表面之部位的原理归纳出"素描法则"，完成了"以平面造型来记录空间实体"的基本绘画要求。在这总体原则下，绘画中的形象实则是单眼视场中特定的视像，是以"光的直线传播"为前提的"直接影像"。它只与物体的实体形状及视点的选择与视线的确定有关。西方古典绘画造型的实质是选择不同位置、不同远近、不同高下的视点与不同倾斜程度的视角，它有明显的造型原理，便是认为形象是物体所固有的，是体量占据空间所造成的。而这一原理正是近代中国画家遵循"现实主义"所努力追求的。在这种求"理"的原则下，才会产生"选择""发现""典型"等一系列创作法则，才会有"变形""夸张"之称谓。当然，随着西方绘画的发展，这一基本造型原则后被"EP象"所打破，继之被构成表现抽象等所补充。即便如此，后来一切西方造型观念，仍是西方文化发展下对"空间实体"不同的理念认识所导致的，他们虽被后来中国的"新潮美术家"所运用，但与中国传统绘画的造型观念却是完全不相及的。

中国传统绘画从发生之日起，便是立足于中华原始文明所造就的固有认知方式与记录方式上。第一，中华原始文明在由采集活动进入定居农业生产的进化过程中，造就了观察对象的相对恒定与观察主体的相对运动，由此而形成了中华民族特有的时空流动的、希望推测静止对象的过去未来，希望通过表象变化体察实质的融合集群意识结论与观察者个体禀赋的"多眼视场"，正因为如此，这种观察结果从一开始就具有观念性特征与情感性特征，也就是说，这种"多眼视场"的观察方式带有某种社会文化观念的形式及反映个人特定时空中的情绪。当它被人们以造型方式记录下来时，它只能以社会文化做衡量尺度而不以特定实体做衡量标志。这种观察方式与中国传统的哲学思想相结合，同样也影响着文学家的观察体物方式，影响着他们的心灵、精神结构。中国传统艺术的实绩又证明，画家和作家本身又大多同为一体，这种绘画与文学的互文性特征就更为明显了，也更容易实现了。第二，中国传统绘画重"表象"，而非西方古典绘画重"实体"。从原始文明的发展来看，中华祖先以采集为主，而西方则以狩猎为生。采集对象与狩猎对象不同，狩猎对象不重"种类"而重"体量"，因此西方绘画在"比例""大小"等"形"上最为讲究。采集则更重种类与表象，重视从表象变化中去发现种类的实质，造成重视表象感受与质地之间关系的认识与忽视实体体量外形描摹的倾向。中国画的造型观念自然不以"记录实体颜色"为判断原则，而将绘画造型与社会认同的"观念"联系起来，使造型成为一种"创造出来的表达特定观念之形象"。这样，中国画造型从一开始，就不存在西方画理中那种"写实""变形""抽象"等只与实体发生关系的基本特征与基本原则，而只存在"创造出来的绘画形象"到底表达了多少该形象所要包含的观念，所表述的这些观念在整个社会发展中能起到多少与其他对象的观念相关之文化作用等要求。在中国画中，只要有了较为恒常的观念形象便不必与实体产生形、色、质的直接对应。这样我们不难体味到：中国画造型由记录形体观念到创造观念形象、再到反映文化进而创造文化的发展脉络。从中国画造型上所存在的"主情性"倾向，可以看到中国绘画在造型要求上偏重于理念含义而更多具有哲学意味。这也是中国艺术可以诗画结合，作为各自的艺术门类能够相互影响的基础。

中国画在色彩方面亦遵循着同造型一样的要求与发展规律。由于原始生存方式的影响，中国人对色彩的敏感性与赋予色彩的人文性要远比西方强烈得多。色彩作为独立的文化元素而不是作为某些物体、某种关系与某种感受被社会文化认同，在中国文化中要比西方早得多。黑、黄、白、红、青成了中国原始艺术中的基本色彩，这些最终形成了古老的五色原理，成为中国五行哲学的重要组成部分。

古人充分认识到色彩的表意作用。由于色彩比形象更易于直接表达观念，因此在中国古代绘画中，色彩的使用应当比形象更重要，更多的难以用形象来表达的观念可借用色彩来传达。中国画家始终明白：色彩不仅是一种颜料，更重要的是表达他们意志的文化符号。由于诗画的紧密结合，绘画中的色彩观念便也顺其自然地影响到文学创作，色彩在文学中的文化符号特征得到更大的张扬。

中国画有自己独特的色彩观念，体现出艺术语汇的纯化和个性化特征。这样绘画所要表述的不仅是状物察形等绘画的一般功能，也不完全是愉情体性等社会欣赏的一般要求，而是成为创造文化、解读社会、体悟人生的直接手段。因此，中国绘画有着与西方，尤其是西方古典绘画完全不同的观念，更有着不同的逻辑方式。当文人画广被推崇之际，中国画在这方面的成就便更为显著，也形成了中国诗画结合的更为广泛的文化效应。

## 一、家学或生活经验熏染

考察中国现代文学作家的生活背景和其成长经历，有一个十分有趣的现象，那就是他们当中的许多人，诸如鲁迅、沈从文、茅盾、倪仁德、张爱玲、丰子恺、叶灵凤、闻一多、李金发、艾青、凌叔华、萧红、丁玲、林徽因等，不管是在童年阶段，还是在青年时期，以至他们整个的艺术创作当中，或多或少始终和绘画等其他艺术门类有着一个十分亲近的关系。他们中有的受家庭环境的熏陶，一生与绘画结下不解之缘，诸如林徽因、凌叔华等；还有的本身就是一个美术家，经过非常系统的美术专业训练，如丰子恺、艾青、闻一多、李金发等。完整的童年并不是原本的童年生活的记录，它还包含了活动主体对自身童年生活经历的一种心理印象，带有很强的主观色彩。或者说童年经验不完全反映童年生活的物理环境，而更倾向于主观的心理变异。家庭环境的熏陶，童年积累的各种艺术经验，无疑会对作家"心理场"产生十分重要的"变异"作用。由此可见，作家的艺术经历和艺术经验对其文学创作有着多么紧密的关系。

鲁迅自幼喜欢绘画，经常影写、临摹、勾勒绣像，颇有美术细胞。可以说，他的美术细胞早熟于文学细胞。鲁迅在《从百草园到三味书屋》中记载：先生读书入神的时候，与我们是很相宜的。有几个便用纸糊的盔甲套在指甲上做戏。我是画画，用一种"荆川纸"的，蒙在小说的绣像上一个描下来，像习字时候的影写一样。读的书多起来，画的画也多起来，书没有读成，画的成绩却不少。

鲁迅画迹已十分稀少，或仅存两幅，一幅是 1912 年 11 月 1 日为绍兴新创刊的《天觉报》第三版所绘国画《如松之盛》；另一幅是《朝花夕拾》后记中的《活无常》白描插图。有史料记载，1913 年 7 月 10 日，鲁迅在返绍兴期间，亲绘《于越三不朽图赞》，即明代越中先贤朱东武、胡幼桓、于岸修三人头像。

鲁迅一生与画结下不解之缘，他译介外国美术理论与作品，倡导中国美术木刻运动，在中国现代作家的行列里，他对于美术的发展无疑是有着巨大贡献的。他对美术的热爱到了痴迷的程度，美术思想与美术思维也积极地影响了他的创作。

仅在上海的鲁迅故居里，就摆放着鲁迅生前喜爱的绘画与版画作品十余幅，如外国版画集《拈花集》的稿本，苏联版画家毕诃夫《拜拜媒凡像》，日本画家宇留川的油画《倒立的演技的女儿》等。在他的书橱中，还存放着其收集的外国版画集、外国美术史等各类美术书籍，其对绘画的喜爱与研究可见一斑。

如鲁迅一样自幼深爱美术的现代作家不胜枚举。凌叔华从小开始练习中国传统绘画，对笔墨用法相当精通，出国后，在国外举办七次画展。张爱玲，其母便是一个非常喜爱绘画的人，对她的影响很大，她喜画各种插图设计，亲画的封面便有着现代绘画的意味，很有现代作风。闻一多、艾青、李金发、倪一德等，不仅从小喜爱绘画，而且在青年时期，出国经过了西方系统的绘画训练与西方绘画思潮的影响，归国后有的参加画社进行绘画创作，有的进入学校进行美术教学。可以说，美术成为他们进行艺术思维的某种基因，伴随着他们一生的创作。可见，在人类艺术史上的那些天才，大都是在他们的成年时期很自然地发挥了童年自发的全面敏感性。所有这些对造就未来的艺术家都是必要的精神财富。艺术家的敏感也许在儿童时期由于制作技巧和环境等具体条件限制并没有被充分表达出来，而一旦有机会，这种自发性的敏锐就会变成无可比拟的力量源泉。

## 二、文学家与画家的交流生成艺术场

纵观中国现代文学作家与画家在 20 世纪上半叶的亲密接触，我们就会对色彩切入中国现代文学的可能性愈加明晰。他们有意识的交流，使各种艺术形式的相互运用成为一种内在的自觉。更何况中国现代文学作家当中有很多人本身就是具有相当修养的美术家。诸如鲁迅、闻一多、张爱玲、李金发、凌叔华等。艺术间的互文性是可以理解的，中国现代作家色彩意味之于文学，绘画要素之于文学，既是相互影响又是自身需要的结果。

文学与绘画在艺术路上的不同点上，虽别具一格，但在不同艺术门类之间做艺术手法的比较和相互借鉴是可以成功的，只是必须从根本上着手。一门艺术必须懂得另一门艺术如何使用它的方法，这样他就能根据同样的基本原理来运用他自己的各种手法，不过是通过他自己的媒介。艺术家绝不能忘记，每一种手段都有着它适合的应用，而这种应用必须由他自己来发现。

现代作家与画家在20世纪前半叶的密切接触比以往时期都要频繁得多，使文学家与美术家在新文化运动中，在文学与美术论争中，都紧密地结合在一起。他们的艺术思想在精神危急时刻是那么相互接近，他们知道如何通过自己的媒介，相互借鉴。他们在自觉与不自觉中形成了一个特有的在审美心理活动基础上的"艺术场"。

"场"本来是从物理学中引进的一个动态的概念，带有推测想象的性质。按现代心理学的观点，人类的社会生活是一种双层结构，它是由物理境和心理场构成的。物理世界或物理境，是指事物的客观的、本原的、纯粹的存在；而心理世界或心理场，则是事物在人的心目中的存在，或者说它是事物在我们主观世界的心理印象，是人对事物的个性和心境的表现。人类心理活动是二者结合而成的，心理场完整的生活应该是这种物理心理结构。心理场总是对物理境偏离、变位、变形、变态，产生意想不到的效果。各类不同的人对客观的物理境的知觉是不一样的，他们对事物体验的心理场也不同。人的大脑便是一个复杂的"场"。

由于画家与作家的交流与影响而形成的"艺术场"，是指在"心理场"的基础上作为艺术的整体性结构关系而生成的新质。由于艺术间的互文性特征，文学、美术结构中的诸因素所形成的有机网络关系，产生一种整体质，一种新质，这就是"艺术场"。"艺术场"虽不是作为文学、美术结构中一种因素而存在，不可循迹以求之，但它却是决定文学艺术的整体性的东西。它在文学结构中起整合完形的作用。它不属于具体的部分，却统领各个部分，各个部分在它的制约下才显示出应有的意义。在这里，"艺术场"应有四层含义：

第一是主体心理层，即以艺术的互文性心理去审查、感悟、领悟、判断周围的事物或文学所呈现的事物。在这个观照—感悟—判断的过程中，人作为主体的一切心理机制，包括注意、感知、回忆、表象、联想情感、想象等一切心理机制处在极端的活跃状态。这样被观照的对象包括人、事、景、物以及表达它们的形式，才能作为一个整体，化为主体的可体验的对象。

第二是客体物质层，即指现实的事物和文学中所呈现的事物，即艺术所描绘的对象。

第三是生活时空层，"艺术场"中的"场"是指审美活动展开所必须有的特定的时空组合和人的心境的关系。这个心理生活空间，应包括特定的时间、空间和心境三者的关系。

第四是历史文化层，即指"艺术场"的形成还必须有历史文化的条件。因为艺术场不是孤立的存在，它的每一次实现都必须渗透人类的、民族的历史文化传统，同时历史文化传统又渗透、积淀到每一次的"艺术场"的形成中。中国传统艺术诗画结合之传统，为艺术间互文性的"艺术场"的形成，奠定了牢固的基础，它是文化传统凝结的结果。"艺术场"中各艺术门类之间的"场"，在历史的不断发展中相互融通、渗透，由此而构成一个强大的"场"力，相互作用，相互补充，相互推动，生成万千艺术风貌。

中国现代作家有着深厚的艺术修养和知识修养，他们一边深受传统艺术、文化的熏陶，有过习练绘画或书法的经历；一边大都出国留学，经过国外现代艺术思潮的洗礼。这种知识背景，使画家与作家的交往更为广泛、长久与深入，并不断更新着他们的思想与知识体系。留学和考察日本的有鲁迅、陈独秀、周作人、田汉、郁达夫、成仿吾、穆木天、欧阳予倩、冯雪峰、陶晶孙、张资平、滕固、白薇、叶灵凤、沈雁冰、王任叔等37人；留学美国的有陈衡哲、林语堂、闻一多、梁实秋、熊佛西等14人；留学德国的有蔡元培、宗白华2人；留学考察英国的有丁西林、陈西滢、凌叔华、徐志摩、许地山、朱自清、傅斯年等11人；留学法国及比利时的有李金发、刘半农、王独清、李劼人、郑振铎、苏雪林等13人。他们当中的许多人归国后有各种聚会的可能。知识结构中的艺术气质及其知识结构的更新和宽广，也直接影响到"五四"作家的艺术思维和想象，影响到他们创作意象的构成。没有对弗洛伊德学说和现代艺术、现代心理学的了解，现代主义思想、现代主义艺术方法的接受也变得没有可能。

由于艺术家们之间的密切交往，他们之间对于艺术的表现形式的相互追求便成为一种潜移默化的影响。文学与美术间也同样有这样的要求。色彩成为文学利用美术的手段表现自我的要素。色彩在文本中的表现，使文学与绘画的互相配合展示出一种"独有的力量"。

## 三、现代作家具有色彩自觉

现代作家丰富的绘画经验与阅历，美术基因在作家创作心理的构成，对艺术独特而敏锐的体悟与观察方式的艺术化，使现代作家的色彩意识成为一种自觉。不论是鲁迅为代表的乡土写实派小说，还是以张爱玲为代表的现代都市小说，色彩之于他们，无疑都是自觉的个性色彩的发现与表现。也正是由于作家色彩运用的自觉并具有鲜明的目的性特征，文本才会显出丰饶多姿的精神意象。从艺术形式上看，色彩因素表现尤为突出，文本显现不同的精神含量才会更加凸显，这正如现代文学文本所显示的不同的文本色调的精神取向一样：鲁迅精神境界中的黑色调、郁达夫精神走向中的灰色调等。

### （一）作家的感情与想象色彩

由于艺术思维的形成，艺术场促进了心理定式的发展。艺术家的眼睛使作家的观察艺术化，因此作家对色彩想象与表现变成一种艺术选择与自觉追求。

中国古代美学思想一开始就是围绕人的精神展开自发性的感情的认识。"情动于中而形于言"等名句证明——古人开始意识到情的内含与外显之间的关系。古人"诗中有画，画中有诗"之说的实质是表达情感与想象的互相渗透作用。在西方，浪漫主义画家们的情感表现带动表现论美学的诞生。意大利著名现代美学家克罗齐首倡艺术是情感的表现，他认为：表现即内在情感经过心灵的联想与综合作用，赋予一定的形式化为具体意向的过程。

严格地说，人的本能之情没有质的差别，而自觉的个性的艺术感情，是自觉的艺术家以主观的角度对主体感情的特殊体验。这种主体感知到的体验，影响到人的程度不同的感情本质，起码影响到自觉精神不同的人对感情色彩产生的特殊体验。20 世纪的伟大画家，告诉人们的就是他们在主体感觉——感情世界里的特殊的体验。正是通过主体感情色彩发现，启发我们在其中发现的不仅是绘画色彩华丽的表面，还有支持绘画表面形式的根基是自觉精神层次里的感情本质的不断确证。艺术形式中反映的主观感情和感情形式建立在人类的感情基础上，它是人类的感情自然发展和层次的提升，所以，艺术作品中艺术家主观发现的真情实感，尽管看起来是主观的感觉、感情表现，但它表现的本质的现代性仍属于至今许多人没有敢于正视的感情本质。这样看来，那些不同层次的感情同构引起的精神共振能打动不同层次的心灵之弦。

### （二）作家色彩自觉的三点特征

#### 1. 由被动转为主动的感情

当歌德说"素材是每人面前可以见到的，意蕴只有在实践中和它打交道的人才能找到，而形式对多数人却是一个秘密"的时候，他几乎从精神实质上区分了不同层次的精神产生不同层次的艺术发现的能力。

人形成感情色彩机制，建立在自然色调的基础上，所以情感机制在受到制造它的外在因素的影响时，便自然产生共振。人类自发的感情流露，相对今天的艺术家自觉的感情表现明显是被动的，自发的色彩感情属于人类的原始本能之一，但是人类在童年时期却因为精神处于混沌时期，所以只有感情色彩的冲动而并没有清晰的感情色彩的认识。中国古代色彩关于物质和方位的象征，证明当时人类的色彩的感觉、感情与想象都是受动于外部自然变化的基本性质。

自觉的色彩感情，反映艺术家经过引起内在情感与影响内在感情的外在因素的共振。在此基础上，艺术家作品中的色彩以感觉优势渐渐转变为情感色彩优势。正是由于情感优势的作用，才产生凡·高那种闪耀着运动着的红、黄、蓝三原色的绘画作品。它们是作者以毅然的决心和感情倾注于画面而产生出来的色彩形式。在这些近现代善于运用色彩感情作为绘画之语言的伟大画家的精神里，实现了一个一般画家没有注意到的巨大变化，即由画家被动的感觉、感情向主动的感觉、感情的色彩现代性的变化。

现代作家一边沿袭传统，一边接纳新知，在现代文学作品中，也正如现代画家一样，展示着强烈的色彩，让人们在文本中读到了和以往任何时候都不一样却和着多种色彩的旋律的作品。这些作品中的色彩意味，显然不是无意为之，而是作家在外在因素与内在体验的共振下所产生的色彩感情因素的本质而又有意味的表现。

艺术家被动的色彩感觉，仅仅能感受到外部物象色彩的局部，而主动的色彩感觉，感觉到的是色彩的本质。艺术家被动的色彩感情，仅仅混沌地反映人的自发的情感色彩本能，而主动的色彩感情表现的是人的感情色彩本质的特征。从这种意义上说，艺术家主动的程度即表现色彩本质的程度，因此可以说色彩主动即色彩本质的显现，也是艺术家艺术精神的显现。

主动的色彩感情发现，其基础自然离不开主动的感情激励。当艺术家调动起主动的色彩感觉进入艺术创作过程中，色彩感情自动地加入艺术家的精神活动之中，于是艺术家开始在其画面和文本中展示各自的生命体验和精神指向。于是在文本中，我们所看到和体味到的色彩感觉不再是作家的无意之作，而是作家的苦心经营。当作家将这种自觉的而又是审美的色彩感觉加入自己的整个艺术创作过程中的时候，成为自己个性化的艺术精神体现的时候，色彩在这里便变得相当富有意味，成为一种镶嵌在文本结构中的艺术符号，散发其独有的魅力。

2. 主观感情色彩的凝聚与夸张

被动的色彩感情是无目的的自发感情。它短时受控于某些自然因素，而尚达不到人的个性的艺术精神。因此，自发的色彩感情其实是无序状态的短时本能色彩反应，但艺术感情却受控于人的自觉精神，是艺术家更集中、更强烈的感情色彩的反应。

人的视觉思维产生于视觉注意，即"感觉的凝聚"。由此，触动内在感情，于是感情色彩的表现，比感觉色彩的再现更深刻、更持久。这种效果产生于人的感情色彩本质，它给予人终生难忘的巨大影响力。这也正是文本具有色彩的意味所能深深地打动人心的原因。

艺术家的色彩感情虽然属于他的内在本质，但要真正实现感情的凝聚，在开始从事创作之后相当长的时间，还是需要外在因素的触发，才可能不断地引起内在色彩感情的共振。艺术家自觉的色彩表现，是自觉精神有意对色彩本质的发挥，是感情激流中的自控。感情色彩的凝聚是一部作品是否具有自觉的色彩审美意识的重要表现，也是作家文本中对色彩的审美功能进行调配与运用的能力的表现。

色彩夸张对艺术家色彩感情的表现具有启蒙意义。夸张几乎是在近现代所有艺术形式和艺术家的创作中最有力的表现感情的手段之一。当画家对绘画色彩感情本质有所发现之后，对于感情本质特征，画家几乎可以极限夸张。因为这种对极限的色彩夸张，建立在对本质特征的强调之上。它放出的光彩，反映着画家的感觉和感情特色，所以感情色彩表现往往可能产生艺术感染力更强的绘画形式。画家在对外部自然色彩特征的夸张性表现中，渐渐会从中发现自然的感情色彩特征，然后可以更充分地发挥自己感情色彩本质的表现。作家在对外部世界的体验中，在感知外部世界所体现的色彩对其心灵影响的同时，更多的是描绘外部世界给其带来的独有的色彩感受，而不仅仅是去描画外部空间的自然色彩，并以文字的形式描画色彩，使其更具夸张性与表现性。在色彩的运用上，虽然作家不能像画家那样运用色彩这种实质性材料去描画，但是色彩的感情性功能却可以在文字的描写中照样发挥其巨大的作用，其想象的空间、影响力的空间比绘画本身还具有感染力。这是因为文字所带来的色彩描绘会引起更广阔的想象，以及内视觉的震颤与心灵共振。艺术家色彩感情的夸张性表现的力量在于宽广而深入的感觉发现，当感觉足以发现主体特有的色彩感情和各种色彩对人的感情本质的普遍影响时，艺术家就可以在艺术创作中自觉地抒发感情色彩的本质。感情色彩的表现，使艺术家用色彩感情和形式取代了追随自然表面色彩的感觉再现。在文学文本中，凡是打动人心的色彩表现，无不是这些极具主观情感的色彩在文中的"有意味"的张扬。

当许多近现代画家表现色彩之真的时候，他们大都通过积极接受外在色彩信息，发现内在色彩感觉之真，引发内在感情色彩本质之纯真的表现。德拉克洛瓦的绘画真正开始让人感觉色彩表现力量的原因，主要在于他开始真正发现色彩能引发人的内在感情。

3. 感情色彩的理性参与和控制

主观感情色彩的凝聚与夸张，无疑都是为艺术创作服务的。在感情色彩凝聚与夸张的同时，也同样需要作家自觉的感情色彩控制，而并不是恣意放流。说到底这种控制是主体在原始色彩本能的主动解放中，向个人主观色彩本质的升华。艺术家在原始感情激流中，顺势加进主体的精神，于是，原始色彩本质同时升华为自觉的感情色彩本质。自觉的感情色彩的控制，就是有意识地控制色彩原始本能的感情向自觉精神层次的感情色彩本质的自由升华。在这个过程中，艺术家由感应到自然色彩因素对于人的内在感觉——感情色彩的引发，最后实现以内在感情色彩为特征的主动而自由的艺术创造。

艺术家实现主观感情色彩真实的表现，他们要扬弃物象表面颜色的追随和原始本能的感情色彩混沌，而全面开始表现自己的感情色彩特征。康定斯基发现，感情一旦为人所感知，迟早会对观众产生正确的引导作用。他的这一基本认识大概已被今天的人们所接受。自觉的感情色彩表现不是通过"权威"逼迫，更不能依靠别人的感情色彩奴化。也就是说，作家的色彩感是与其自身的各方面的修养有着密切的关系的，每个作家都应该有自己独到的色彩发现，而不仅仅是模仿（模仿自然或模仿他人）。独到而自觉的感情色彩真实反映艺术家精神的真实，它由艺术家的直觉引发，同时又唤醒艺术家的色彩想象，感情色彩特征构成艺术家的色彩意味在文本中的展现。色彩感觉引起心灵强烈的回响，使它振动只能是人的内在感情本质。内心的真实比外在的真实更打动人心，这当然通过自觉的感情色彩的发现来实现。

艺术家的感情色彩真实展现有程度不同之分。受原色刺激之后的普遍色彩感情与主动用个性色彩抒发的感情色彩本质相比较，后者显得更纯粹更自由，也更体现艺术家的本体的生命体验和其文本的精神构架。因此，便更合乎人的感情本质全面展现。在真正发挥感情色彩本质的艺术家看来，它的主观感情色彩境界呈现出一个无限广阔的审美天地。

但艺术家自觉的感情色彩的全面自由展示，离不开理性参与，而且艺术家的色彩直觉已被证实只有恰当地理性参与才具有超越理性发现的精神穿透力。凭着他们的直觉感应，现代艺术家全面表现出人的现代性色彩本质。自觉的感情色彩以感觉色彩为先导，两者在艺术创作中形成有序的精神状态，而理性只在这个状态中像雷达一样给它们导航。艺术家主要运用理性来选择自己的方位。

从某种意义上看，正是对事物的理性认识，才能使他们在理性的辅助下解放藏在自身的色彩的本质——对生命的体验。而现代文学作家在传统与现代色彩观念潜移默化的影响下，在其理性的催导下，为自己对世界的感受与认识分别找到了它们各自的方位，自觉而又自由的色彩因素在文本中的运用，使文本平添了一份说不尽的审美力量。

# 第三节　现代文学传统色彩观的传承与呈现

## 一、传统色彩观的界定

中国传统艺术以传神和气韵生动为特征。中国传统绘画这种"意足而不求颜色似"的艺术观念，形成了中国传统绘画的独特审美特征。正因为如此，中国传统的色彩语言有着深刻的意象审美之倾向。在特定的政治氛围和文化阶段中，该意识明确反映、外化为社会整体审美趣味倾向，成为传统色彩文化的存在形式，并以色彩语言的视觉形式，渗透于社会的其他组成部分。

### （一）传统色彩观的生成

传统的中国画色彩理论可以称之为哲学的色彩理论。在人类已经有过的各种文明之中，没有哪种文明像古代的中国文明那样重视色彩的象征意义、精神内涵与哲学价值；也没有哪种文明将色彩作为哲学意义上的宇宙秩序来使用。可见，"随类赋彩"始终是中国色彩发展的主线，与之相应的哲学色彩是中国色彩理论的核心，丹青与水墨都是哲学色彩观的外在表现形式。其实，建立在物理学、光学实验基础上的现代光谱学色彩理论，永远无法完全解答人类生活中出现的色彩问题。因为，色彩的本质既可以从科学的角度来观察，也可以从人生、社会与哲学的角度来观察。

中国绘画具有主意、主情的色彩与造型倾向。从整个社会的多种精神与文化环境来看，这是中国艺术的必然选择。中国土生土长的哲学思想至先秦时期，达到了空前的繁荣。诸子百家争鸣的局面推动了人的思维在不同方向的全面发展。对中国社会与艺术影响最大的学说是儒家和道家学说。而对中国传统色彩观产生更多直接影响的，是老庄思想。秦始皇统一中国后，先秦时期百家争鸣的文化气氛和精神影响继续存在，经两汉、魏晋南北朝至唐，传统的中国绘画主动地融合了西来的受过希腊风影响的佛教绘画艺术，在色彩与造型等方面体现出主情的倾向。东汉末年，受推崇的老庄思想对魏晋玄学的产生有着直接的影响。魏晋时期阮籍等竹林名士，主张以表现真性情为特征的玄学。他们厌倦现实生活中的残酷斗争，退避于山林中，过着"行己寡欲，以庄周为模则"的逍遥生活。由此，中国画家更多强调自身对于形与色的表达，即对内在的真实的强调，而并非西方传统的那种对自然真实的外在模仿，即对外在的真实的强调。山水画在唐代崛起，反映出中国古人在自觉的绘画审美意识中，一方面注重意象和笔墨形式，一方面感觉和感情也具有强烈的个性。运墨而五色具，谓之得意。意在五色，则物象乖矣见，情感色彩观照，在中国绘画史上出现较早。中国古代画家在创作中泼墨泼彩的精神状态，自发地使色彩脱离对具体物质表面的色彩感觉模拟，要以色彩表达艺术情感特征，创造出独到的绘画艺术世界。这种感情色彩的本质的表现结果，不再是色彩感觉的舒服，而是感情本质的振动。

由此看来，中国传统艺术与西方传统艺术比较而言，在艺术观念上存在着鲜明的差别：中国传统艺术追求主体精神意境的表现极重情感色彩的关照；而西方传统艺术追求客体写实的再现，极重客观色彩的描摹。简言之，中西方传统艺术之差别是中国传统艺术的表现与西方传统艺术的再现的观念性差别。而恰恰是这种观念上的差别，引导了东西方艺术的不同。

## （二）传统色彩语言中的审美

中国画色彩语言的"神"与"意"，同样灌注着传统文化中意象的审美原则，体现着主体精神的深刻内涵，民族传统的价值观和审美观在对色彩意念的把握、表述上，统一在以理性为上的审美表达，使色彩意念的外在形式成为中国画色彩审美表示之必然，它集中地表现为艺术家艺术思维主导下的"浓郁"及"清用"，以及舒展的空间视角的有意表现。

中国历史上儒、释、道及其他诸子百家哲学思想交相辉映的时期，理性的旨趣所呈现的形式意象，为色彩语言的表达带来互为依托、互为补充、浓烈而鲜明的语言境域。艺术创作中的色彩意味，表现为人们热衷以主体意志下的色彩语言表述自我，力图通过种种色彩对比，使自己的意念凸显出来。色彩浓烈鲜明，色彩的运用更多地呈现为对自我认知下的现实美的装饰强化。

首先，政治教化观念给色彩语言带来体系性规范：如红色表示宝贵，象征忠烈正义；青色代表春光等，都是以色彩的纯粹色性表达色彩的特定语义，表现精神上的特定内涵。

色彩语言的"意"通过对"象"进行观念上的整合，成为社会文化中通行的形式语言。

其次，描绘自然、物体色彩的语言表述，也纳入理性意识之中。中国传统色彩语言对"神"与"意"的专注，使艺术家对色彩的选用，更注重的是表现物象的本性，它忽视由于外光带来的色彩的变化，强调物体本质的真，使得颜色的运用受到主体的有目的的选择，色彩语言由此显得更加夸张而鲜明，物体固有之色之实质是意态之象的结果。我们从大量的中国壁画中也可看到画面的单纯明丽，在平涂渲染中产生强烈的装饰性视觉效果，冲击人心，从而达到宣传理念的效果。

中国传统色彩语言的主情性的"意象"特征，使色彩语言更具抽象精神，这不仅表现在社会政治层面的色彩观念上，而且在自然色彩的描绘上也具有这样的特点。中国传统色彩的这种艺术观念有着强固的承传力，在现代文学中色彩的运用便显示了这样的传统。

## 二、现代文学的黑白情结

由于民族、地区、时代的不同，人们的色彩习惯、观念、趣味也不尽相同，这必然在作品中反映为色调的地区特征与时代特征。譬如自然风景，自古以来就是被艺术家表现的对象。一方面，由于地理条件或气候状况，形成了不同地区自然景色所特有的风貌，反映到作品中，在色调表现中必然带有地区的特征；另一方面，我们又可以看到，虽然同一地区的自然风貌没有多大改变，但不同时代的艺术家所描绘的风景作品，却在色调面貌上存在着巨大的区别。如同是描写乡村，有美的也有丑的。

为了真实地再现某个时代的色调特征，艺术家往往要从色彩特性中表现时代的精神面貌。我们看到，古老的中国是以多难的姿态进入新世纪的，战争阴云久久笼罩在这块古老的土地上。从辛亥革命、军阀混战、北伐战争、国民党对红色根据地的十年"围剿"，到十四年抗日战争、三年国内解放战争。20世纪发生在中国的这些战争有正义与非正义之分，但毕竟充满了刀光剑影、血雨腥风。战争给整个社会留下的东西，对陷于多重政治经济势力压迫下的苦难深重的中国老百姓来说，不仅是物质的，也是精神的，战争改变了人们的心态。一个身处黑暗之中的民族，他们的精神境界便在紧张、不安、压抑、苦闷、惶恐、死亡之中徘徊。他们情感上的这些特征，反映到文学文本中来，便具有了鲜明的黑白色调。

从五四新文化运动始，贯穿整个现代文学发展史，仅就其文学审美心理来看，现代文学充满着炙热的情感：或低沉、或悠远、或热烈、或迷茫、或忧郁、或激昂，本真冲动，青春炽烈。

现代作家的"情"是发自内心的火热的心肠，是生命对于现实的一种真真切切的体悟，这种情感的体现更具有直白性。表现在具体的作家身上，便是感觉激发着感情，感情凝聚着感觉，感情经历着想象，想象又引导着感情和感觉不断进行新的发现，于是作家的感觉在这个过程中渐渐变成带着感情的感觉和具有独特思维功能的感觉，作家的感情变成自觉的艺术感情，色彩在感情的宣泄中得到千姿百态的体现。

艺术家的情绪是艺术创作过程中一系列感情活动的基本形态，是整个艺术创作活动的基础和内核。情绪记忆是文艺家感情积累的库房，是直诉艺术想象力的基地。情绪记忆是一种自发、自然的、散漫、较被动的、有时是无意识的心理活动。艺术想象则是一种自觉的、有目的的、有定向性的、更加积极主动的心理活动。在情绪记忆基础上展开的艺术想象，往往以灵魂触发形式表现出来。艺术家的心理，特别是主观的情绪，对于形成艺术知觉具有重要影响。

现代作家强调感性自由，强调个性的抒发，其审美心理是复杂的，是一种交织着浪漫与现实、焦虑与犹疑、激情与压抑等相悖因素的矛盾混合体。色彩是情感的最好表现，正因现代文学的情感性特征与色彩的性质相契合，色彩才会真正成为表达作家审美追求的艺术语言中最重要的要素。中国的 20 世纪 40 年代，正是中国民族处在生死存亡的忧患危急时刻，现代作家选择"黑白"作为色彩的两极来表现他们心底希望与绝望的世界，便是情感发泄与表现的必然了。

对于黑色与白色我们已经做了初步的探讨。对于我们更重要的是，它们是一个世界的象征。白色，许多人把它看成无色，然而它却代表着一种内在精神的展现。在这个世界里，一切作为物质属性的颜色都消失了。高远浩渺的结构难以打动我们的心灵，白色带来了巨大的沉寂，像一块冷冰冰的、坚固的和绵延不断的高墙。因此，白色对于我们的心理作用就像是一片毫无声息的静谧。

但白色并不是死亡的沉寂，而是一种孕育着希望的平静。白色的魅力犹如生命诞生之前的虚无。白色与黑色相比，代表着光明与希望。相比之下，黑色的基调是毫无希望的沉寂。在音乐中，它被表现为深沉的结束性的停顿。在这以后的旋律仿佛是另一个世界的诞生，因为这一章已结束了。黑色像是余烬，犹如死亡的寂静。在黑色的背景下可清晰地衬托出别的颜色的细微变化。在这一点上，它与白色不同，任何颜色跟白色混合，就会只剩下微弱的共鸣。白色象征着光明、快乐、纯洁无瑕；黑色则象征着悲哀和死亡。现代作家深解"黑白"其味，文本色调鲜明的昭示，显示了他们作为审美个体的敏锐的艺术感觉与鲜活的创造力。

### 三、乡土写实小说的特色

#### （一）悲剧的实写和喜剧的虚设

乡愁是中国人普遍的一种情绪，现代作家经历了从乡村到都市的过程，生存的困境使他们往往沉醉在童年故乡的回忆中，品味那永远消失的悲哀。环境的污浊，又使他们有意无意地美化他们的故乡，打造一个精神的家园，于是产生了大量散发着泥土芬芳的有浓厚民俗个性的乡土小说。黎锦明《出阁》描写农村哭嫁的风俗，舒欢自如，优雅风致。但这些追忆的"美好"回味的背后，隐藏着更大、更多的是真实的、现实的悲哀与凄凉。

以诙谐的笔调写悲惨的故事，是 20 世纪 20 年代乡土写实小说的比较凸显的特色。体现了作家对于"老中国儿女"，"哀其不幸、怒其不争"的复杂感情。

20 世纪 20 年代悲喜剧相互交和的乡土写实小说不胜枚举。《喜讯》（彭家煌）写一个贫苦的老农把生活的希望寄托在师范毕业生的儿子身上，冬夜久坐，等待儿子的消息，但捎来的"喜讯"却是儿子被作为政治嫌疑犯判了 10 年徒刑。乡村家庭的凄凉境况和死寂般的生活在"喜"字头上更加可悲。在悲剧命运的揭示中往往掺进一些喜剧性的场面，而喜剧的出现是为了衬托悲剧，黑中的壳色只是虚无的表现，最终的命运是脱离不开死灭的"黑夜的"，这是 20 年代乡土写实小说的一个很有意味的特色。

#### （二）阴冷色调下风俗画的审美张力

对故乡风俗的描绘是乡土小说的另一特色。周作人主张乡土小说要体现出居民风俗中具有个性的土之力，它要求作家自由地发表从土里滋长出来的个性。在周作人看来，个性即是生命的体验，而文学没有了个性，便没有了生命个性的体现。对于乡土小说而言，最共同的便是对于国民性的揭示与构成这种国民性的极富地方色彩的乡土风情的描画。毫无疑问，乡土风情自然是民族文化积淀深厚的地方，当乡土作家将风情描写纳入审美视野中的时候，对于文学中的"土气息、泥滋味"风情表述是与中华民族的民族根系联系在一起加以考察的。由此，风俗画、风情画、风景画三画的描写在乡土小说中构成独特的审美艺术符号，深化疗救"国民性"这一乡土主题。

大多乡土小说作家接受了周作人的这一观点，小说中呈现出各色奇异的地域性风情描述。如许杰笔下"枫溪村"（有时也称环溪村）的强悍民风，许钦文笔下"鲁镇"或"松村"的死寂氛围，王鲁彦笔下滨海临江农村的悲苦情调等风俗画都各具不同的山形水貌、民风乡音。这些姿态各异的风土人情，以各自的色彩，描画了这个幅员辽阔、人口繁多的老大中国的风物、习俗、情调和气氛，构成了乡土写实小说相互对比的地方色彩及与浓烈色调互补的阴郁灰暗色调。这种艺术审美活力主要是来自艺术表现对象的陌生化。就地域艺术的表现而言，在某种限度之内，越是奇特、闻所未闻、见所未见的东西，就越会带来艺术上奇异的效果。乡土风情正可以给予许多并非原本乡土的读者这种陌生感和新鲜感。而色彩在这陌生化过程中起到一种引导作用，让作家的精神指向在读者看来更加明晰。

## 第四节　现代文学色彩观的嬗变与呈现

### 一、现代文学色彩观念的确立

当艺术更新的时候，我们必须也随之更新。我们与我们所处的时代有一种休戚相关之感，有一种与之分享和被强化的精神力量。从人类整个发展史看 20 世纪的艺术，大概不难看出 20 世纪的艺术在内容、形式、观念等领域所发生的根本性变革。然而，在这些诸多层面的变革中，变化最明显并且对人类精神发生深刻深远影响的应首推色彩。色彩作为时代特征，不仅改变了绘画和其他与造型艺术有关的艺术门类的变化，而且已经深入影响到人类全部的物质和精神活动。色彩在现代艺术里被提高到前所未有的位置。可见，在人类意识的历史上，色彩作为一个崭新的时期已经被开创，不仅是一种形式层面上的，更重要的是一种精神层面、文化性格层面上的。

色彩在 20 世纪那些优秀的绘画大师的作品中，一方面表达了丰富的色彩感觉层次，另一方面，还表现出感情的多层次影响力和由此而触发的色彩想象。也就是说，20 世纪的色彩画家的艺术创造过程，不单是运用表面的色彩感觉和经验，在丰富的色彩感觉基础上，绘画大师们还进一步地动用和揭示感情色彩和想象色彩，以此增强色彩的象征与表现能力。

现代色彩观念的确立来自 19 世纪的色彩革命和色彩解放。印象主义已经在 19 世纪后期积聚了人类发展到那个时候最先进的色彩认识。大批画家在社会批评中以全部精力投入感觉色彩的发现，所以印象派才可能在他们那个特定的年代里创造出人类绘画史上色彩感觉最丰富、最贴近自然色彩变化的绘画。

莫奈对于绘画色彩的视觉投入被公认为是印象派画家中最典型的一个，莫奈在大半生的时间里都追随着自然色彩的变化，想在光最易消逝之前表达被视觉所捕捉的印象。莫奈曾经以敏锐的色彩变化画出《白杨》《干草垛》和《印象·日出》，由此19世纪以后的画家从展览会上就可以看到，印象派画家的作品表现出前人没有感觉到的色彩印象。

莫奈在艺术史上是第一个使色彩本身重于物体本身的画家，他以调色板为武器，向传统的褐色世界发起了凌厉的攻势。印象派画家的眼睛能动地抓住自然最易消逝的色彩感觉，实现以感觉为主的绘画色彩形式，再现了眼见的真实，色彩在画家那里成为解释自然的一个有力的手段。19世纪60年代后期，印象派的表现如此强烈，他们第一流的绘画作品为人类做出巨大贡献。

印象派绘画以一种写实手法真实地反映日常生活，这就是光线如何照射，色彩如何分布，以及转瞬即逝的时刻是如何反映的。这些作品不仅含有自然美，而且含有道德美：自由独立的画家在面对大自然支起画架时，他们否定了绘画传统，而代之以反映真实。这就是亲眼所见的真实，也是在画布上反映出来的真实。印象派艺术以它的感受来否定传统思想，而相信直观感觉，强调色彩、光线的瞬间变化及眼见的真实。在印象派绘画中，眼睛被赋予新的特殊使命，即把注意力集中在经历的各个方面，到了19世纪80年代末的艺术所传递的信息是：每个人都该决定自己的命运，色彩成为表达这种个体精神的重要因素。

由此可见，在19世纪末通过印象派的极力张扬，色彩已成为艺术家表达艺术观念的首要手段（此时的印象派被称之为后印象派），也从此将人们带入一个崭新的色彩观念中。人们对色彩的认识和发现，从没有像现在这样鲜明和深刻。画家在绘画中反映出清新的色彩感觉，改变了大批画家和观众的局部感觉方式，也开始了色彩观念的革命与确立。

近现代艺术发展的原因之一是：人类随着社会生产方式大变革所表现出来的越来越快的不满意于已有的形式和这些形式所体现出来的精神内涵。19世纪后期，当印象派画家在欧洲画家刚刚站稳脚跟的时候，印象派画家中就有人提出绘画作品不仅仅是引起视觉愉悦的倾向，凡·高、高更、塞尚等画家，在印象派解放出来的"动态色彩视觉"的基础上，试验着实现各自不同的全新的绘画色彩知觉。由此人类全新的色彩观念得以逐渐地确立下来，色彩的表现与精神内质的紧密契合也由此得到更为突出的表现，色彩在艺术家那里更进一步地成为艺术家表现艺术精神的有意味的符号，色彩在表现艺术家精神气质方面得到前所未有的提升和凸显。

色彩的解放完成于1890—1905年之间。当1885年凡·高写出"色彩本身就表达某种东西"；当1888年高更清楚地认识到"色彩能以一种密码传递信息"；当那种密码还没有被破译出来，高更的认识便很快被他的追随者所接受；当19世纪80年代，色彩可以构成体积和界定形式的作用都被塞尚做了证实之时，人们对艺术的基本原理研究得越来越多，事实证明，色彩已越发地成为他们探索的中心。

1905 年出现在法国秋季沙龙展览会上以亨利·马蒂斯为代表的野兽派画作的出现，宣告了色彩解放的开始。"色彩的整个历史，在于重新获得其表现力。几个世纪以来色彩只不过是素描的补充物。拉斐尔、丢勒，像文艺复兴时期所有的画家一样，以素描为主作画，然后在画面局部着色。这种情况与意大利早期画家和东方画家大不一样。对于他们，色彩是表现的主要手段。从德拉克洛瓦到凡·高、高更，经由印象派画家，他们澄清了底色，通过塞尚——他告诉我们如何用白色表现体积，对色彩的解放起到了决定性的作用，我们能够寻求和恢复色彩的地位和发现它直接对我们产生影响的力量。"马蒂斯的这番话指出了：色彩观念由传统向现代的转变，"而且这种转变是相当于深刻的、经过艰苦争取得到的社会态度的转变"。可见，色彩的解放，并不是在某一段时间内解放，而是经过了100 多年时间才消除了"物体固有色"的传统色彩观念。

色彩的力量在野兽派画中找到了它最强烈的最不模棱两可的表现形式。作品单纯地追求一种粗野的、与自然美一致的色彩感受。《红色中的和谐》这种平面的画面空间，对我们甚至有不可抗拒的吸引力。在这幅作品中，色彩被用来以一种在以前绘画中从未有过的激进方式使空间服从于色彩，在画室里的其他物体已失去自己的色彩特点，并且被用艳丽的统一的红色来重新描绘了。可以说，这是绘画史上的关键时刻：色彩至上，应该最大限度地利用它。

色彩在这一切中间的作用是关键性的。色彩应该丰满、强烈，有个性，还应受到极好的判断。要容许色彩树立自己的形象，这是画家内心深处可敬的个人节奏。色彩应该在平面上发挥作用，并且色彩也应该在深度上发挥作用。

20 世纪初期和中期，随着工业社会生活环境造成人与人之间的分化，互相倾轧，导致一种前所未有的异化，人类的确生存在历史的噩梦之中。蒙克是第一个进入"现代地狱"并回来告诉人们地狱情况的人。他在生活激烈而残酷的斗争中，找到"生活的乐趣"，在宣泄斗争产生的巨大精神能量中找到"生活的乐趣"，并在残酷与恐怖中展示自己赤裸裸的感情。所有这一切，在蒙克的《死亡房间》《嫉妒》和《生命之舞》作品主题中得到很好的表现。蒙克一生的愿望就是用自己的画构成人类生活的全景画，以至于他采用一系列的暗示手法来展示这种主题。蒙克在色彩运用和主题上，为我们展示了新的图景，也为现代文学提供了广阔的主题与形式资源，鲁迅对蒙克作品的挚爱就是一个很好的事实，这当然不仅是主题的运用，而且还有色彩的象征性表现用法。

色彩的情感本质产生于人类史前原始时期，至今澳大利亚土著居民仍保留着用颜料画身的习惯。从画身的活动中，尽管可以感觉到色彩的象征等因素，但明显含有原始色彩的感情本质的自发表现，这种自发的色彩感情，在精神内涵上属于贴近人的生命本质的色彩感情，不像中国绘画泼彩那样具有一定高度的自觉色彩感情表现的意识，但它们的不同存在却证明，人类绘画史上长期没有被从理性高度全面认识的色彩感情的本质是存在的，感情色彩这个层次也是存在的。而在现代画家男性全面审美的色彩情感，即色彩表现，则反映出现代人实现了感情色彩的丰富性，是一次人类认识不同层次色彩本质的明显飞跃。

从整个色彩系统看人的感情色彩应该有三个层次：其一是贴近人的生命本能的自发色彩感情（原始时期）；其二是自觉的个性色彩感情（古典时期）；其三是自由的全面审美的色彩感情（现代时期）。在人的色彩艺术发展过程中，它们次第产生，并且积淀为人的丰富感情色彩本质，当艺术家遇到与之同构的外部色彩信息激励，感情色彩本质就立即产生情感作用。人类生命本能的情感与艺术情感的不同与区别，即艺术情感是生命情感的自然的升华。而艺术家的艺术情感在艺术创作中无疑是真实的，并且也应该是独到的。艺术家个性的艺术情感表现是人类感情之浪花。艺术家所表现的色彩情感，以独到的个性特征丰富着人类普遍的色彩情感，人类作为自然的一部分，其艺术活动中任何情感活动的存在，都证明人自身具有发生这种反应的本质基础。不同阶段不同层次的绘画作品清楚地证明艺术家不同层次感情色彩本质的存在。

在艺术家身上，从我们所梳理的现代色彩的发展来看，从莫奈到毕加索，色彩作为一种艺术符号，已从理性层次上认识到自己的感情色彩发展的丰富性。色彩情感表现的绘画形式在近现代画家那里体现得比人类历史任何时期都更突出。文学家也如同画家一样，运用独到的感情色彩来表现自己的文本的特异性特征，斑驳的色调也呈现出前所未有的灿烂。

## 二、现代文学色彩观念本土化

20世纪20年代，现代文学作家不但承续了传统，而且也汲取西方新思潮的营养，用来发展自己的创作与批评。随着西方各种文艺思潮传入中国，各种现代的艺术思潮与现代色彩观念也随之被介绍进来。可以说，西方的许多现代文艺思潮首先发起于绘画界，这当然就会使中国对西方现代文艺思潮的介绍先从绘画这一领域开始。由此，人们对现代色彩观念及其背后的哲学基础与思想背景的认识，可以说是在这种自觉与不自觉之间开始了解、分析、阐发的。当我们走进历史现场的时候，我们会不得不惊讶于这种原始资料的丰厚。当时的各种报纸、月刊、著作成为介绍现代艺术与现代色彩观念的阵地。

20 世纪之初由中国人推出的第一本美术史，不是中国美术史而是西方美术史，西方美术史的译著首先使各种西方艺术思潮在中国艺术界得以普及和认识。在 1911 年就由商务印书馆出版了吕澂编写的《西洋美术史》，其后直至 20 世纪 40 年代末，据不完全统计，至少已有 57 种外国美术史出版，约占全部美术史著作出版量的三分之一。

现代派是许多新流派的合称，诸如印象派、唯美派、象征派、未来派、立体派、表现派、超现实主义等，虽各自有各自的特点，但它们有一些共同的特征，诸如尊重主观、表现自我、张扬个性等。现代艺术及色彩观念给中国作家带来的影响是巨大的。

基于西方现代艺术对于一切传统的破坏、否定，中国现代作家开始了对传统文化的再认识与彻底批判。"五四"作家提倡"动"的、"反"的精神，打破了古典文学静穆悠远的艺术境界，创造出"五四"一代凌厉峥嵘、质朴狂热的艺术风格。

基于西方现代艺术及色彩观念对于突出主观性、提倡非理性的强调，中国现代作家对于现实生活荒诞性的表现达到了一个前所未有的高峰。在现代文学史上，一个个荒诞的人物命运、荒诞的生活场景到处可见。诸如萧红笔下的《生死场》，其生活的人物与场景都是荒诞的。正因为是荒诞的，她文本的主题便越发深刻；张爱玲笔下洋场仕女荒诞的人生，诸如曹七巧、葛薇龙、霓喜等，人的"荒诞性"存在成为作家笔下深掘的主题；再有鲁迅笔下的孔乙己、阿 Q 等人物形象，他们人生的生存状态无不是荒诞的。

不管怎么说，由 20 世纪之初开始，"五四"发扬的向西方现代派学习的时代潮流的主要方面是值得肯定的。主动接受现代派艺术的辐射，这是中国知识分子思维方式带有根本性转变的标志之一，这对于艺术家来说，不能不说是有着重要意义的。

经验告诉我们，有着广泛影响的文艺思潮，不仅可以孕育出一批伟大的作家和里程碑式的作品，发展出一些新的艺术思想与理论，往往还使人们建立起新的艺术眼光与艺术评价尺度。一种获得命名的文学思潮一旦进入文学家的审美视域，常常会使他们以新的目光去观照当代文学以致整个文学史，并从中发掘出与新的方法相对应的审美范式或艺术技巧的原型与要素。

应当说现代色彩观念随着现代艺术在中国的传播与流行、接受与批评，便不自觉地打破了原有的"秩序"，"新的因素"便也被自觉地运用到原有的"秩序之中"，从而将秩序做出"重新的调整"。由此，色彩作为现代艺术首当其冲的表现性因素，进入文学中来便不足为怪了。而且现代色彩观念对中国现代作家的影响当然不仅在艺术风格方面的影响，而是整体的启示和浸染。正如画家以色彩来改变了他们的绘画风貌一样，作家在这种艺术思维的影响下，也会在他们的文本中使色彩成为双刃剑，既成为语言表达的符号性形式因素，也成为思想与精神展现的载体。

20世纪20—40年代现代艺术在中国形成一股强大的思潮，影响着中国文坛。这个时期有影响的作家几乎都与现代艺术之精神发生着广泛的联系，从主题选择、艺术手法，到语言创新等方面，显示了中西方艺术的相互融合的艺术倾向。中国现代文学的这种创作潮流，既有对西方艺术的自觉追求，又有对中国诗学传统的自然传承；既有西方现代主义共同的内涵，又有中国的、独有的特色。

现代色彩观念对中国现代作家的影响，不仅表现在某些文艺观点与某种艺术手法上，这是浅层的意义，它还有着更深层的意义，即它渗透了整个文化思想的，并浸润到作家们的文化性格中去了。

## 三、色彩与中国现代诗歌的呈现

色彩是艺术的重要组成部分，因此，一个时代的艺术如何对待色彩，在很大程度上反映着当时的文化。传统西方文化是建立在字母文字和透视原理的基础上的，这二者都决定了眼睛应是以线性方式鱼贯地看世界。眼睛对光与色的感受是按自然的方式进行的，即由外及内。但自从印象派在19世纪60年代出现后，画面的色彩变得越来越鲜艳、越来越明亮。经由现代色彩大师诸如高更、凡·高、马蒂斯等的不断发展，眼睛对光与色的感受不再是按自然的方式进行的，而是由自己的内心出发而完成的，即由内而外。

作为语言艺术的诗歌，可以用具有色彩意义或能暗示色彩意义的词语，引发读者对色彩的审美联想，在头脑中呈现具象美。任何一位杰出和伟大的诗人，都在以一双敏锐的眼睛对这世界进行着观察。而在他们的内心世界，又以一种深广的包容性对这世界进行着审美的表达。作为画家也同时作为诗人的艾青、李金发，他们的创作从一开始便表现出对于物象世界的敏锐的色彩感，也正是由于这种独特的色彩感，使他们的诗歌富有了与其他的诗人所不同的审美取向。绚丽的色彩感觉，不仅造就了他们诗歌的艺术特征，而且成为他们整个诗歌形式与主题表达的非常重要的因素。梳理色彩与他们诗歌的审美意象的关系，你会不自觉地被他们这种独特的生命体验，那强烈的色彩所呈现的艺术力量所打动。

就诗歌而论，闻一多、艾青、李金发都承接了波德莱尔对现实黑暗的"丑"的发掘、尽管也有诸如艾青对光明的憧憬，正如波德莱尔所说，即便是"热烈的也是忧郁的"，拥有着"紫色的灵魂"的"大堰河——我的保姆"便是这样的例证，这是现代诗歌的总体倾向上呈现出一种忧郁与绝望相辅相成的景象。当然，这种倾向不仅是波德莱尔的影响，更是中国现有的社会状况让中国现代诗人有了发掘丑，揭露黑暗，向往光明的现实依据。

但波德莱尔的独特的美学思想在他们的诗歌中都有着不同程度的体现，却是一个不争的事实。

不同的艺术家有不同的色彩艺术风格，色彩的选择与主题也有着紧密的关系，而且在色彩的运用上，同样显现着应和的思想，文本的力量来自色彩家的力量、色调的完美的协调和色彩与主题之间的和谐。色彩有自己的思想，艺术家的色彩只有具有了与主题相契合这样的特点，色彩才会产生力量。如艾青土地的主题，以灰色调为主要特征，突出了诗人对祖国的挚爱与忧愤。对于诗人来说，他的诗情所独有的特征、主题、哲理都是在这种特定的色调氛围中进行的，这便是作家自己的声音、自己的颜色。

诗的色彩表达与诗人的心理情感相互渗透，呈现情感美。诗人总是苦心孤诣地选取与自己感情特质相一致的而又能充分表达特定情感的色彩词语入诗，以达到色中传情。色彩是情感的表现，诗是主情的艺术，色彩在诗歌中强烈的艺术魅力对诗之主题的凸显、诗人的情感倾向起到强化作用。

可见，色彩在诗歌中呈现的情感倾向使诗情意境更为鲜明。大致来说，色彩对情感的显示有四种：顺向显示、逆向显示、对比显示、变形显示。第一，色彩对情感的顺向显示，指的是主体的心意状态与客体的色彩情感相协调，如美好的景物色彩象征愉悦的情感，以衰败的景物色彩象征哀怨的情感；第二，色彩对情感的逆向显示，指的是主体的心意状态与客体的色彩情感状态相悖；第三，色彩对情感的对比显示，指的是诗人利用色彩对比的规律显示对立的情感状态；第四，色彩对情感的变形显示，指的是诗人为了情感表达的需要，故意偏离物象的常态色彩。

色彩之于文学，就是这种同化于文学新结构之中的一个极为重要的意义因素。人类永远不会生活在一个没有色彩的世界里，文学要描写生活就离不开色彩，而要表现色彩就要沉浸到色彩中去，在各个不同的作品中，线条、色彩以某种特殊的方式组成某种形式或某种形式之间的关系，激起我们的审美感情，这些线、色的关系和组合，这些审美的感人形式，是一切视觉艺术的共同性质。色彩对现代作家的影响具有深层次的总体性意义：它唤起了作家的审美意趣，在人类生活于其中的内部世界与外部世界，召唤着新的审美经验与审美视野。中国现代文学实践证明，色彩对于文学的渗透，为文学带来划时代的变化，这种变化，不仅表现在个别的作品中，而且体现在整个文学观念和审美意识的更新上。它使得中国现代文学走出自身的门槛，走向现代，走向世界。

# 第四章

# 现代文学的父权文化以及父子关系的变迁

## 第一节　传统文化中的父权专制与父爱缺失

"父亲"在男权社会文化中绝对权威的地位与权力，是在人类社会进入有文字记载的文明社会，随着父权制社会结束"不知其父，但知其母"的蒙昧群婚制时代而自然确立的。农耕时代先民们演绎出的以"后稷受祭"为首的父系神话，在创造人类早期文明的同时，也把"父亲"顺势推上了神坛。

在绵延几千年的中国封建乡土社会中，传统家庭的基本结构大致是男尊女卑、父为子纲。费孝通先生将传统的家庭关系中的这种关系称为基本的铁三角——"父母子的三角"，"而它的主轴是在父子之间，在婆媳之间，是纵的，不是横的，夫妇成了配轴"。显而易见，三角中的夫妻关系是无足轻重的，维护家庭乃至整个家族安全、高速、有效运转的最主要的支点是父子纵向关系——家长制。在儿子眼中，"父者，子之天也"。父亲比君王还要威严，还要神圣。在整个家族结构中，"父"处于金字塔之顶，父亲对整个家族成员拥有的绝对控制权，是在漫长的社会变迁中自然形成的。

### 一、传统文化中的父权专制

五四新文化运动伊始，新文化运动先驱们敏锐地觉察到封建父权与整个现代社会个性解放的潮流格格不入，随即就对以"孝"为核心的封建家族制度展开了猛烈的思想抨击。他们纷纷撰文，指出封建的家与国之间血脉相通的联系与观念结构的一致："在家讲孝，在外言忠，忠和国，只不过是孝和家的社会化和外围延伸而已"，因此，"五四"先驱们得出了"家族制度为专制主义之根据"的推论，并进一步把对封建父权的批判上升到对整个封建制度的批判。

任何作家的创作都是其时代的反映，在文学创作和启蒙精神、革命话语及作家人生思考紧密结合的五四新文化时期，对传统文化的反思、批判成为变革的重要内容，特定的时代使普通的人伦关系简化为某种象征意义。与父权紧密相连的"父亲"形象受到前所未有的贬抑，处于金字塔之顶的"父亲"不再是"人子"的天，因缘际会，在这一时期的文本中，他们被狂热的现代作家推向了历史的审判台。但当时的中国文学正处于由古典文学向现代文学的转型时期，出于多方面的原因，在奉了将令的"五四"作家创作的反家族话语叙述的文本中，"时代性的父子冲突"成为主流话语，我们看到的父亲仅仅是一个平面化的却又高度集中抽象化了的"专制、冷酷、阻碍历史进步的象征"。

五四运动前夕发表于《新青年》的独幕剧《终身大事》，是胡适介绍挪威"问题剧"作家易卜生的副产品。曾留学东洋的田亚梅女士与留学期间结识的陈先生自由恋爱想要结婚，田亚梅的母亲拿着两人的生辰八字到庙里拜祭泥菩萨又问卜于算命先生，结论都是田女士与陈先生八字不合，婚姻难以持续到老。伤心不已的田亚梅把希望寄托于一向禁止家人拜祭菩萨反对迷信的父亲身上，却被其父——虔信"祠规"的田先生以"祠规"相威胁："两千五百年前，姓陈的和姓田的只是一家。后来年代久了，那写作田的便认定姓田，写作陈的便认定姓陈，外面看起来，好像是两姓，其实是一家。所以两姓的祠堂里都不准通婚。"田家族谱中田家与陈家祖上本是一姓，一姓怎能通婚？面对父亲的粗暴干涉与无理阻挠，看着陈先生托女仆送来的情书，中国式的"娜拉"田亚梅当机立断，在桌子上给父亲留下书信："这是孩儿的终身大事。孩儿应该自己决断。孩儿现在坐了陈先生的汽车去了。暂时告辞了。"田女士与陈先生最后只能选择私奔一走了之。

五四时期"时代性的父子冲突"大多集中在父亲对子女婚姻问题的强制干涉上，田汉于1922年发表于《南国半月刊》的《获虎之夜》也揭示了类似的爱情悲剧。寄人篱下的农村青年黄大傻和富裕猎户的女儿莲姑真心相爱，但是黄大傻父母先后因病去世，家道因而衰败，被嫌贫爱富的莲姑父亲魏福生所嫌弃。魏福生不仅残忍地扼杀女儿莲姑与黄大傻的幸福恋情，要把莲姑嫁到富裕地主陈家，为了断绝女儿的念想，魏福生还数次殴打黄大傻，并蛮横地想要把他赶出本地。得知莲姑即将出嫁的黄大傻伤心欲绝，却因魏福生的阻挠只能晚上在黄家附近的山上眺望莲姑房间的灯光，以此聊解相思之苦，却又无意间误中打虎的抬枪而身受重伤。望着流血不止危在旦夕的恋人，内心极度痛苦的莲姑哭泣着说不出其他的话语，只是一个劲地喊着"黄大哥"。一心只想女儿嫁个所谓好人家的父亲魏福生唯恐陈家听到风声，一边大骂莲姑是"不识羞的东西"，一边铁石心肠硬逼着女儿走开。心疼恋人的莲姑肝肠寸断，苦苦哀求父亲："我今晚要看护他一晚，女儿这一生只求爹爹这一件事。"恼羞成怒的魏福生却反而谩骂女儿："你还不替我滚进去！"父亲与女儿的矛盾冲突至此愈加扣人心弦。重伤的黄大傻一边哀叹自己身世的凄惨与悲凉，一边指责魏福生的冷酷与残忍。明白恋人受伤经过的莲姑内心燃烧起了火一样的激情，她紧紧握住黄大傻的手说："黄大哥，你好好地睡，我今晚照护你。"暴跳如雷的魏福生强行拆开他们紧紧握在一起的双手，大声呵斥女儿："你这不懂事的东西！你怎敢在你父亲面前犟嘴！你还不放手，替我滚进去。你不要招打。"并随之一把莲姑拖到里屋毒打。身负重伤的黄大傻无望与莲姑的婚姻，在绝望中以猎刀自刺身亡。黄大傻以拥抱死亡来表达无声控诉，凸显的是剧作者田汉"通过表现青年理想追求之强烈与实现理想道路之艰难的冲突，以及由此激发的焦虑挣扎和自甘毁灭的殉道精神，鲜明地凸现了父亲的专制性的残暴特征，也更能激起时代青年对专一型父亲的反叛"。

作为家庭地位与权力的象征，父亲的专制一方面体现在对子女婚姻等人身自由的绝对控制上，另一方面还体现在对子女思想自由的绝对钳制上。在作为直接反映"五四"学生运动的为数不多的作品之一的《斯人独憔悴》里，冰心敏锐地触及时弊。颖铭、颖石两兄弟在南京参加了学生爱国运动，身为军国要人的父亲化卿震怒之下，把两个血气方刚的青年禁锢在高门巨宅之中，社会四方是风起云涌的政府难以压制的学生运动，家庭一室却依然是专制家长个人之天下！在切断颖铭、颖石两兄弟接受新思想、追求新自由的过程中，父子之间没有任何平等的言语对话与思想交流。在直接粗暴的父亲面前，胆战心惊却又试图求得谅解的儿子仍然触发了父亲的冲天怒气："忽然一声桌上响，茶杯花瓶都摔在地下，跌得粉碎。化卿先生脸都气黄了，站了起来，喝道：'好！好！率性和我辩驳起来了！这样小小的年纪，便眼里没有父亲了，这还得了！'"《京华烟云》中的姚思安，从表面上看他对儒家的正统思想是不在乎的，但在实质上，作为家长的他依然是封建伦理道德的躬行者，他给女儿起的名字"木兰""目莲"本身就流露出对孝道的崇尚。

出现在巴金笔下的高老太爷，更是把封建专制发挥到了极点。高老太爷少年苦读进而步入仕途，历经宦海一生，亲手缔造了高家四世同堂——世人梦寐以求的最圆满的家庭状态。在高家具有生杀予夺大权的老太爷要求所有的人都要绝对服从他的意志。"老太爷一出现，整个堂屋立刻肃静了。克明发出燃放鞭炮的命令，三房的仆人文德在旁边应了一声急急地走出，走到大开的中门前高声叫道：'放炮！'于是火光一亮，鞭炮突然响起来。"即便是在一些微不足道的小事上也莫不如此。"祖父举筷，大家都跟着举筷；祖父的筷一旦放下，大家的筷也跟着放下。"的确，是高老太爷赤手空拳挣来了一份家业，建造了一座漂亮的高公馆，让子孙后代过上了轻松舒适的生活；但还是他，在给大家带来物质享受的同时，也剥夺了高家每一个人精神上的自由，在高家，他的话就是金科玉律——"我说是对的，哪个敢说不对？我说要怎样做，就要怎样做！"他不允许家里有一点"不和谐"之音。觉慧参加了反对军阀的学生运动，他大加训斥，并攻击学生的正义行为是目无法纪，进而诽谤学校把世家子弟都教坏了，"只制造出一些捣乱人物"，于是下令把觉慧囚禁在家里，勒令他读《刘芷唐先生教孝戒淫浅训》。他向家里的子弟们全面灌输封建意识和家法观念，让男孩子读《礼记》《孝经》，女孩子读《四女书》，他要的就是制造一些听命于专制君主的忠顺奴隶。在爱情婚姻问题上，他根本不考虑年轻人的前途和幸福，顽固地认为："父母之命，媒妁之言，家长主婚，幼辈不得过问——这是天经地义的道理，违抗者必受处罚。"因此，他用抓阄的办法决定了觉新的婚事，又想凭自己的意志安排觉民的婚姻，觉民坚决不从，他又让觉慧顶替觉民；他不仅在家里牢牢守住封建专制的堡垒，绝不让新时代的民主气息吹进来，而且在社会上还与一些冥顽不化的守旧派——孔教会的头目冯乐山之流打得火热，还要把家里的丫鬟当作礼物送给老朽冯乐山，结果逼死了鸣凤，又牺牲了婉儿。

反讽的是，牢守自家营盘绝不让吹进一丝新时代民主气息的高老太爷在人们印象中始终是"那张暗黄色的脸，微微睁开的眼睛"，满口都是仁义道德，每一句话都是"金科玉律"，让儿孙们时时温习"教孝戒淫"的书籍。乍一听说克安、克定在外面堕落时，高老太爷怒不可遏，立即惩罚他们当众跪着自打耳光。高老太爷声泪俱下要克安、克定严于律己为儿女们做好榜样，自己却天天呼朋唤友。"实际上，他和其他剥削者一样精神空虚，灵魂丑恶。"在觉慧的记忆里，道貌岸然的爷爷以前也是一位荒唐的风流少年，便是现在也是与扮唱小旦的戏子偶有往来，曾经"祖父和四叔把一个出名的小旦叫到家里来化装照相，他曾亲眼看见那个小旦在客厅里梳头擦粉"。祖父身边围绕的一些孔教会的朋友表面上正派岸然，私下里却也时常发些"梨园榜"，乃至侮辱丫鬟、讨姨太太、把玩花旦等，与他们极力倡导的"拼此残年极力卫道"又何止南辕北辙！

在鲁迅的批判视阈里，这样的专制父亲"不但不肯解放子女，并且不准子女解放他们自己的子女；就是并要孙子曾孙都做无谓的牺牲"。在觉慧的心目中，祖父似乎并不只是自己的亲爷爷，他更像是阻挠自己奔向自由之地的敌人。"忽然一个奇怪的思想来到他的脑里。他觉得躺在他面前的并不是他的祖父，'他'只是一个整代人的代表。他知道他们祖孙两代永远不能够相互了解。但他奇怪在这瘦长的身体里面究竟隐藏着什么东西，会使他们在一处谈话不像祖父和孙儿，而像两个敌人。他觉得心里很不舒服。似乎有许多东西沉重地压在他的年轻的肩上。他抖动着身子，想对一切表示反抗。"但反讽的是，"长宜子孙"却成为高老太爷生前最大的愿望，强悍一生的高老太爷认为："这个家是万世不败的。认为他的子孙们会走他的道路。但是他并不知道他的钱只会促使儿子们灵魂的堕落，他的专制只会把孙子们逼上革命的道路。他更加不知道是他自己亲手在给这个家庭挖坟。"亲手剥夺年青一代青春、爱情以及美满幸福的高老太爷在弥留之际，突然不再干涉觉民的婚事，试图释放出些许善意促使觉慧他们"扬名显亲""光宗耀祖"，继续承担起延续大家族繁衍昌盛的重担。只不过，专制霸君父亲培养的继承人或叛逆或无能或不肖，亲友之间或关系疏离或矛盾激化，如夕阳返照的大家族也只有顷刻间四分五裂。

《家》中最让人扼腕叹息的还是年青一代的婚姻问题。作为两个家族建立联盟纽带的婚姻，一开始就担负了太多的附属义务，自觉"成为家庭的基础和逻辑起点"。而所谓家庭是一种基于婚姻和婚姻契约上的社会性安排，它包括家庭中父亲、母亲和子女之间的权利和义务，以及夫妻之间相互的经济责任。基于这样的认知，婚姻往往成为封建家长维护家族代代繁衍生息的筹码。高老太爷亦是如此。觉新迷恋着青梅竹马的表妹梅，梦想着"执子之手，与子偕老"。本来两家家长也很认同觉新与梅之间的真挚情感，只不过双方母亲因打牌误会造成关系破裂进而老死不相往来，这段纯真的情感也随之无疾而终。父亲感受到爷爷想早日抱到重孙子的强烈愿望，直接和觉新坦然说明："你现在中学毕业了。我已经给你看定了一门亲事，你爷爷希望有一个重孙，我也希望早日抱孙……李家的亲事我已经准备好了。下个月十三是个好日子，就在那一天下定……今年年内就结婚。"本质善良的父母在家庭伦理的文化惯性下亲手葬送了子女的婚姻幸福。虽然知晓觉民与琴表妹早已真心相爱，高老太爷根本就无视觉民的感受，直接"下命令"，让觉新办理觉民与冯乐山侄孙女的婚姻事宜，并申斥试图转达觉民意见的觉新："我说是对的，哪个敢说不对？我说要怎样，就要怎样做！"觉民逃婚离家后，高老太爷勃然大怒到处训人，限令觉民如不按期返家就将其赶出家门。对待亲生孙儿们如此，待丫鬟们更是如草芥。刚满17岁的丫鬟鸣凤被高老太爷作为礼物，送给年逾七旬的糟老头子冯乐山做姜室。鸣凤苦苦哀求，他却置若罔闻，该怎么办就怎么办。在"祖孙共居"的中国传统家庭，父子主轴末端的"人子"遵循的"孝道"从根本上抹杀了子女的独立人格。"传统家庭中的不平等的尊卑制度，根本否定子女独立的人格，不承认子女有任何思想和行为的理由。"正如觉慧在高老太爷让他认真研读的《刘芷唐先生教孝戒淫浅训》一书里，看来看去"全篇的话不过教人怎样做一个奴隶罢了。说来说去总是'君要臣死，不死不忠；父要子亡，不亡不孝'

以及'万恶淫为首，百善孝为先'这一类旧话"。

以父子主轴为核心的中国传统文化的代际传承，主要体现在子女绝对服从父亲的意志与规范。中国儒家经典《三字经》中名句"养不教，父之过"，在凸显父亲权力的同时，更多的似乎是强调父亲的责任。"在儿童的心目中，父亲威严的象征，他和理性、责任、能力、纪律、遵从、功利、刻苦、奋斗、冒险、秩序、权威等字眼连在一起。"在教育子女成长的文化传承中，父权文化的权威性体现得淋漓尽致。黑格尔对此有过详尽的阐述："中国人把自己看作是属于他们家庭的，而同时又是国家的儿女。在家庭之内，他们不是人格，因他们在里面生活的那个团结的单位，乃是血统关系和天然义务。……家庭的义务具有绝对的约束力，而且是被法律订入和规定了的。父亲走进房内时，儿子不得跟入；他必须在门侧鹄立，没有得到父亲的准许不得离开。"或许，正是这种由外在理性规范到内在情感与思想的规训教化进程中，子辈们遵循着亘古不变的"修身、齐家、治国、平天下"的路径，奔向父辈们期望的"内圣外王"境界。当然在此进程中，强制性的训诫往往替代了启发式的诱导，由此也给子辈们留下刻骨铭心的痛苦记忆。在这样潜移默化的代际训诫下，子辈们的棱角与个性早已经被消磨殆尽，父辈们恪守的传统道德深深"根植于他的思想中"，转化为再无质疑能力的"从来如此"的文化信念。

## 二、传统文化中的父爱缺席

五四文学作品中，许多张扬个性解放、争取婚恋自由的青年男女的父亲都是缺席的，或者早逝，或者未做明确的交代。父子规训传承的链条一旦中断，失去父权规范约束的未成年"人子"虽然内心如置身于精神的荒原，但是像巴金一样在父亲、祖父相继去世后自我极度张扬的情形极少。在绝大多数场域中，父亲的不在场并不意味着父权的不在场，父权作为家庭中高高在上的、不可动摇的权威，依然活跃于家庭成员的生活空间，其权力只不过改由母亲、兄长与其他家庭长辈代使而已。罗家伦的小说《是爱情还是苦痛》讲述的是一个朋友不幸的爱情故事。"我"的朋友程叔平与志同道合的恬静女子吴素瑛相亲相爱，却因为母亲的阻挠而不得不分开。"我"与好友程书平一起接受过启蒙思想教育，当"我"质问他为什么不反抗时，意外得知程书平母亲多次乞灵于"你爹爹"的遗命，要求他迎娶家里早已为他定下婚约的女子。程叔平婚后终日沉溺在痛苦里也不愿反抗，因为他知道，"这……就是中国的家……庭……"同样，冯沅君《慈母》中的母亲，也以"我要是这样做了，怎有脸再见你们的伯叔们"来奉劝、控制自己的女儿。

发表于1918年5月《新青年》第四卷第五号的《狂人日记》，是中国现代小说的开篇之作，也是鲁迅在时代转折关头，以小说参与历史发展的宣言。在小说里以封建伦理家内维护者的身份出现的是"大哥"，狂人根据中国人令人心酸的现状和进化论的根本原理劝转大哥，别跟世人合伙把自己当作吃人对象，要改变吃人的习惯："虽然从来如此，我们今天也可以格外要好，说是不能！大哥我相信你能说，前天佃户要减租，你说过不能。"在这里，狂人有意忽略了语境而可笑地引用"不能"这个词所隐藏的意义就是抵抗的可能性。然而狂人这些已有的是非善恶美丑极端颠覆的说法——循环与进化、道德与野蛮、爱情与敌意、明显的意义与隐藏的意义——却给大哥带来想象不到的惊讶和愤怒："当初他还只是冷笑，随后眼光便凶狠起来，一到说破他们的隐情，那就满脸都变成青色了。"于是大哥终于公开地承认狂人是个疯子，但是狂人却认为把疯子的名目罩上自己不过是他们巧妙的老谱，因为疯子正是如"大恶人""犯人"般地被吃的借口。而且狂人回忆起5岁时即被吃的妹子可爱可怜的样子，而大哥、母亲甚至自己也是吃了妹子的，当狂人发现"吃人"的欲望甚至渗透到相爱的家族关系，他感到深深的绝望和悲哀："合伙吃我的人，便是我的哥哥！吃人的是我哥哥！我是吃人的人的兄弟！我自己被人吃了，可仍然是吃人的人的兄弟！"

在《狂人日记》中，作为家庭主要成员的"父亲"作用固然重要，但是从大哥"管着家务"这一叙事隐喻看来，很有可能父亲极早过世导致父权"缺席"，5岁便死亡的"妹子"也使得基本处于潜隐状态的母亲整天"哭个不停"。矛盾冲突主要在"有了四千年吃人履历的我"和"大哥"之间展开。从狂人的视角看，眼前这个"吃人"的社会是那么奇特，乡村内部乡邻们无论是古久先生、赵贵翁，还是陈老五以及唯恐我看到却又"交头接耳议论我"的"七八个"人，又或者是那些"也有给知县打枷过的，也有给绅士掌过嘴的，也有衙役占了他妻子的，也有老子娘被债主逼死的"，甚至"赵家的狗"审视"看我两眼"后突然之间"又叫起来了"，而比"赵家的狗"更恐怖的书上唤作"海乙那"的鬣狗眼光和样子都很难看；"时常吃死肉，连极大的骨头，都细细嚼烂，咽下肚子去，想起来也叫人害怕"。这些无论是处于社会关系"中坚力量"的古久先生、赵贵翁们，抑或猥琐于社会关系边缘地带暗暗"交头接耳议论我"的人们，他们却不约而同地齐齐出现，依仗既有的道德规范来共同扼杀狂人刚刚觉醒的个性意识。村外的"老头子"何先生给狂人诊治时，传递的信息是"祖师李时珍""做的'本草什么'上，明明写的人肉可以煎吃"。"狼子村的佃户"疯传的是绞杀"大恶人"，或许也"吃"了。狂人所有接收到的信息都在暗示，自身所处的这个世界是一个"吃人"的社会，从古到今，从乡野传说到史书记载，每个朝代每个地方都在"吃人"，"易牙蒸了他儿子，给桀纣吃，还是一直从前的事。谁晓得从盘古开辟天地以后，一直吃到易牙的儿子；从易牙的儿子，一直吃到徐锡林；从徐锡林，又一直吃到狼子村捉住的人。去年城里杀了犯人，还有一个生痨病的人，用馒头蘸血舐"。

鲁迅很是认同父子主轴在社会关系中的重要地位中国亲权重，父权更重。《狂人日记》中父子链条的断裂导致父亲的缺席，父权事实上的缺失对狂人脱离既有的人生轨迹提供了发生的可能。从文本中看，固然父亲的缺席与"可爱可怜的"妹子的意外死亡或许暗示了狂人家庭不可避免地走向衰败，但是从"狼子村的佃户来告荒"以及地位低下的用人陈老五对狂人发疯敢怒不敢言来看，此时狂人的家境相对普通村民来讲还是比较殷实的，有物质条件支撑狂人继续接受以西学为主的新式教育。小说文本在"中学校"接受新式教育的"余"的叙述中，称狂人为"余昔日在中学校时良友"也佐证了这一点。如果没有外来因素的影响，"看十来岁的孩子，便可以逆料二十年后中国的情形；看二十多岁的青年，他们大抵有了孩子，尊为爹爹了，便可以推测他儿子孙子，晓得五十年后七十年后中国的情形"。但是狂人父亲的意外"缺席"，人为中断了父与子主轴的文化传承，为狂人预设的人生轨迹也随之发生改变。而正是在父亲缺席造成的相对宽松的环境中，狂人才有可能得以独立阅读与思考，也才有可能从书中有了新发现："这历史没有年代，歪歪斜斜的每页上都写着'仁义道德'几个字。我横竖睡不着，仔细看了半夜，才从字缝里看出字来，满本都写着两个字是'吃人'！"

狂人的离经叛道最后得以痊愈并"赴某地候补"，是"代父行命"的大哥自觉肩负起"长子"的责任对兄弟规训与惩戒的成果。父亲的缺席，大哥的"长子"角色自然定位到父亲的文化立场，针对狂人的"疯言疯语"，大哥在规训无效之后直接关了狂人禁闭，"太阳也不出，门也不开，日日思两顿饭"。鲁迅这样的叙事或许更多的是回味自己当初惩戒兄弟的苍凉。《风筝》中的"我"因嫌恶弟弟常做些没出息孩子做的事情，就在弟弟偷偷扎风筝时兀然出现，丝毫没有顾及弟弟精神被虐杀的痛苦，被撞破秘密的弟弟"很惊惶地站了起来，失了色瑟缩着。大方凳旁靠着一个蝴蝶风筝的竹骨，还没有糊上纸，凳上是一对做眼睛用的小风轮，正用红纸条装饰着，将要完工了。我在破获秘密的满足中，又很愤怒他的瞒了我的眼睛，这样苦心孤诣地来偷做没出息孩子的玩艺。我即刻伸手折断了蝴蝶的一支翅骨，又将风轮掷在地下，踏扁了。论长幼，论力气，他是都敌不过我的，我当然得到完全的胜利，于是傲然走出，留他绝望地站在小屋里。后来他怎样，我不知道，也没有留心"。由此可见，长子作为父权文化的传承者，"代父行命"不仅成为"我"潜意识中的绝对权力，也为弟弟和家人所认可。

始终生活在如"铁屋子"一样乡土中国中的"大哥",没有任何机会接触新式教育下"中学校"倡导的新规范和新秩序,当然也无从谈起个性意识的觉醒,父亲的缺席反而促使"大哥"自觉融入既有的文化传统和乡土秩序,而这套完整的乡村文化价值体系得到了所有人的认同与维护。"人类社会保存了许多他们所继承的东西,这不是因为人们热爱这些东西,而是因为他们认识到,没有这些东西他们就不能生存下去。……过去传下来的东西给他们提供了家园。"恪守"向来如此"古训的还有母亲,虽然对心爱幼女的夭亡整天"哭个不停",但还是义无反顾地加入"吃人"盛宴。"记得我四五岁时,坐在堂前乘凉,大哥说爷娘生病,做儿子的须割下一片肉来,煮熟了请他吃,才算好人;母亲也没有说不行。一片吃得,整个的自然也吃得。""他们娘老子教的"小孩子们三五成群纷纷"也睁着怪眼睛,似乎怕我,似乎想害我"。"看我两眼"的"赵家的狗",摩拳擦手的赵贵翁与古久先生,传言"油煎炒了吃"大恶人心肝、"笑吟吟地睁着怪眼睛看我"的佃户,满眼凶光借把脉"从眼镜横边暗暗看我"的何先生,在众人"互相牵掣"中狂人如入"无物之阵",奋力逃脱眼前这个非人世界却又"万分沉重,动弹不得"。"吃人与被吃"周而复始永无止境,"这人肉的宴筵现在还排着,有许多人还想一直排下去",然而无论是吃人者抑或是被吃者都毫无挣扎之力。"但我们自己是早已布置妥帖了,有贵贱,有大小,有上下。自己被人凌虐,但也可以凌虐别人;自己被人吃,但也可以吃别人。一级一级地制驭着,不能动弹,也不想动弹了。因为倘一动弹,虽或有利,然而也有弊。……如此连环,各得其所,有敢非议者,其罪名曰不安分!"

当然,"奉了将令"的鲁迅借狂人之口发出"从来如此,便对吗"与"救救孩子"的质疑与呐喊,在掀翻这"人肉宴筵"的同时给予下一代以希望,呼吁他们这代人必须"自己背着因袭的重担,肩住了黑暗的闸门",放孩子们"到宽阔光明的地方去;此后幸福的度日,合理的做人"。《狂人日记》之所以能把父亲缺席与"人子"个性意识觉醒融合到一起,发出"救救孩子"振聋发聩的呐喊,是因为乡土中国在从传统文化向现代文化渐变转型的时候,"父权缺失使得既有的社会秩序的链条出现了一定程度上的空隙和断裂,这为人的个性意识的觉醒提供了巨大的可能性;随着新式教育而来的西方异质文化的传播,则提供了解构中国传统文化的历史机缘"。而正是这样的历史机缘,人们才有可能从传统书籍的字里行间解读出"吃人与被吃"的真理与荒谬,从摇旗呐喊"为了孩子"必须"创造这历史上未曾有过的第三样时代"!

从某种意义上讲,父权的存在虽然给子辈个性的自由发展带来一定的禁锢,但毫无疑问,在男权主导的社会里,父亲就像是一座灯塔或庇护者,既在人生关键时刻为"人子"

指明最佳的前进方向，又为"人子"提供遮风避雨的温暖港湾。因父亲缺席导致经济拮据而不得不"走异路"的"人子"，却无意间在西学的通衢大道上走出了一条重塑自我社会价值的康庄之路。第一代学生中，少年不幸丧父的严复舍弃传统科举之路转而利用英文学习自然科学知识等西方文化，面对1894年中日甲午战争造成的严重民族危机，严复借助"物竞天择，适者生存"的西方进化论思想，高举"鼓民力、开民智、新民德"的救亡图存旗帜，大力倡导自强自立，成为"介绍西洋近代思想的第一人"。这种进化论思想深深影响了正在成长中的"第二代学生"，"自从《天演论》（1898）出版以后，中国学者方才渐渐知道西洋除了枪炮兵船之外，还有精到的哲学可以供我们采用"。而这种"精到的哲学"从某种意义上讲，促进了"中国文学与文化由传统向现代转型的历程"。在第二代学生中，倡导新文化运动的陈独秀幼年失怙，"我出生几个月，我的父亲便死了，真的，我自幼便是一个没有父亲的孩子"。接受系统新式教育后，他创办了《青年杂志》，主张"推翻封建旧思想旧伦理，建立现代新思想新伦理"。胡适在《新青年》发表《文学改良刍议》，提出"一时代有一时代之文学"，倡导白话文创作，提出构建五四文学的新思路："一曰，不用典。二曰，不用陈套语。三曰，不讲对仗（文当废骈，诗当废律）。四曰，不避俗字俗语（不嫌以白话作诗词）。五曰，须讲求文法之结构。此皆形式上之革命也。六曰，不作无病之呻吟。七曰，不模仿古人，语语须有个我在。八曰，须言之有物，此皆精神上之革命也。"周作人赴日本留学时开始与其兄长鲁迅一起倡导新文艺运动，归国后积极参与五四文学运动，与茅盾、郑振铎等人成立"文学研究会"，他在《人的文学》以及《思想革命》等文章中倡导"人的文学"与"平民的文学"，从思想方面为五四文学发展的丰富性提出自己独特的视角。声韵训诂学大家钱玄同早年结识章太严，醉心于无政府主义，力主"保留国粹""光复旧物"，后以开启民智为己任，思想陡然转变，敏锐地对胡适的《文学改良刍议》声援唱和："顷见五号《新青年》胡适之先生《文学刍议》，极为佩服。其斥骈文不通之句，及主张白话体文学说，最精辟。……具此识力，而言改良文艺，其结果必佳良无疑。惟选学妖孽，桐城谬种，见此又不知若何骂。"孤军奋战的胡适不期然得到学识渊博的同道知己钱玄同的赏识，喜庆之余，竟然有点"受宠若惊"，"钱教授是位古文大家。他居然也对我们有如此同情的反应，实在使我们声势一振"。陈独秀也高度认可钱玄同对壮大新文化运动所起的重要作用："以先生之声韵训诂学大家，而提倡通俗的新文学，何忧全国之不影从也？"

作为五四文学的传承主体，同时接受了晚清新式教育与民国现代教育的第三代学生，"以五四文学新范式作为创作基点，推动了中国现代文学的发展"。一代哲学大家冯友兰在其与友人联合创办的《心声》杂志发刊词中明确要推进中原的新文化运动："本杂志之宗旨在输入外界之思潮，发表良心上之主张，以期打破社会上、教育上之老套，惊醒其迷梦，指示以前途之大路而促其进步。"老舍早年丧父后考取公费的北京师范学校，从第一篇短篇小说《小铃儿》开始，持续创作了《老张的哲学》《骆驼祥子》以及《四世同堂》等鸿篇巨制这就不能不感谢五四运动了！"假如没有五四运动，我很可能终身做这样的一个人：兢兢业业地办小学，恭恭敬敬地侍奉老母，规规矩矩地结婚生子，如是而已。我绝对不会突然想起去搞文艺。""首先是：我的思想变了。五四运动是反封建的。这样，以前我以为对的，变成了不对。……假如没有这一招，不管我怎么爱好文艺，我也不会想到跟才子佳人、鸳鸯蝴蝶有所不同的题材，也不敢对老人老事有任何批判。"连续遭受丧母、丧父之痛的巴金，常常在《新青年》《每周评论》《少年中国》以及《学生潮》等进步书刊中寻觅"想说而又不会说的话"，在法国留学期间常常浸润在西方哲学与文学作品的海洋，开始尝试用创作小说来释放长期以来压抑在内心深处的苦闷。"开始写它的时候，我并没有写小说的心思。当时我不是一个文科学生。我的大哥希望我做工程师，我自己打算在巴黎研究经济学。结果我什么也没有学，连法文也不曾念好，只是毫无系统地读了一大堆书，写了一本《灭亡》。"同样有着丧父人生经历的女性作家因晚清新式教育与民国现代教育对她们的重视而异军突起，深受五四新文化运动影响的丁玲，"较早地受到了五四民主主义思想的感召，获得了女性自我意识的觉醒。而大革命的失败，普遍的时代苦闷，更加促进了一个时代新女性的迅速成长"。正如学者李宗刚所言："五四文学在新式教育的平台上获得发展，还有一个显著的体现就是它唤醒了那些虽然受过新式教育的熏染但并没有完成自我人生重塑的知识分子的现代意识。"

第三代学生在持续冲破旧家族束缚与限制纷纷"走异地"奔向新生活时，父亲缺席与父权缺失的记忆往往反映在他们的创作中。这一时期，无论是《是爱情还是苦痛》《慈母》，抑或是《狂人日记》《药》等作品，从表面上看，这些文本中确实没有父亲形象出现，但实质上，父亲的阴影始终笼罩于每一个家庭成员的头上，母亲和兄长、叔伯在一定程度上成为父亲的化身，他们以父之名，代使着父权的职能，从而构成了五四文学中独特的"缺席父亲"形象。

从其形象的实质来讲，缺席的父亲形象与封建父权专制思想代表性的父亲形象有着高度的一致。不同的是，这一类型的父亲形象，由于其外在形象在作品中的消隐，更显示出了父权的"广泛性"与"隐蔽性"。在中国，作为父权中心"孝"意识的横向延伸与纵向下衍，母亲、叔伯、兄长均有权代使父权的职能，俗读"长兄为父，长嫂为母"得以成立的理论基础即在于此。因此，五四新文学作家通过缺席父亲形象的塑造，不自觉地触及了封建父权力量的广泛性、潜在性和顽固性。而在 20 世纪三四十年代家族文学中出现的"隐形父亲"以及"情感复合型"父亲形象，也正是此类父亲形象的历时延伸。

## 第二节　文学文化变迁下的各异"儿子"的形象

中国传统的家庭关系中维护家庭乃至整个家族正常运转的重要支点是父子纵向关系。在父子纵向链条中，"人子"的地位仅次于父亲，但是在传统家庭中尊卑长幼之间的不平等关系中，却以父子间的不平等关系最突出，也最典型。父亲不但可以无所顾忌地惩罚儿子，甚至可以卖子、杀子。他们天经地义地认为，儿子是自己所生所养，今后还要把家产留给儿子，为了家族的繁衍昌盛，严格要求儿子甚至打骂都是为了让儿子成才，为了这个家。"家无怒笞，则竖子婴儿之有过也立现。"在父亲肆无忌惮的专制下，儿子基本上丧失了独立的人格和自由。

然而，"人子"毕竟是一个具有自我意识的自觉能动的主体。"一个人一旦达到有理性的年龄，可以判断维护自己生存的适当方法时，他就从这时候起，成为自己的主人。"卢梭的这句话当然是从一般意义上讲的。但是，从生理学和社会心理学的角度来看，自我意识随着年龄的增长而萌生和发展，确实是人的一种共性。更重要的是传统家庭是"无子不成家"的，"人子"是整个家庭的希望所在，在家庭中的地位仅次于父亲，所以最具有能力和父亲对抗的，就是儿子。但囿于传统理法，考虑到后果的严重性，"人子"一般是不会和父亲发生面对面的冲突的。即使矛盾偶尔激化引起父子间的冲突，大多也是以儿子屈服于父亲的高压而暂时使矛盾平息。

文学创作和启蒙精神紧密结合的五四时期以降，对传统文化的批判与反思成为主流话语，父权逐渐式微，"人子"成为本时期作家大力书写的对象。中国现代家族文学作品中对"人子"的书写除了讲求儒家忠孝伦理、极富牺牲精神的长子以外，追求个性解放，成为"父亲与家"真正掘墓人的"逆子"也进入现代作家的视野。对"人子"各具特色的大力书写不仅是对时代的反映，也凸显了现代作家游离于理性反叛与情感归依之间的文化情怀。

### 一、肩负家族重荷无望挣扎的"长子"

长子形象的出现是现代文学史上与社会现实密切相连的一种文学现象。他们的出现有着特定的社会文化背景及个性因素。在传统的封建意识中以父子为主轴的家族管理秩序占有绝对地位，这种意识的纵向下衍与横向延伸，使兄长代使父辈的权威。因此，长子作为兄弟中的老大，潜意识中承接了"长兄为父"的思想，先天要承担起管理家族的责任。

但长子不是创业者，而仅仅是守成者、延续者，在家族统治方面既缺乏财产控制基础又缺乏伦理控制基础。而中国传统社会又赋予长子重要的角色责任，他们必须设法维持家庭的稳定、团结及繁衍，故而作为长子只能是针对不同的情境做出"权变"决策，在各种复杂的矛盾中妥协以求得至少是表面的和谐稳定。无论是在思想还是在行动上他们都被这种意识所牢牢地钳制，而不能放飞个性的欲望。另外，他们虽然在现代文明的侵袭中深刻地认识到中国传统思想和封建家族制度的诸多局限，但由于身受传统文化教育的濡染，传统文化的渗透力使他们不可避免地受到潜移默化的影响。

（一）负重的蜗牛类型

"负重的蜗牛"类型的长子极富牺牲精神，讲求儒家忠孝伦理，压抑自我。他们"徘徊在新思潮与旧的观念之间，突围的欲望难以剥离根深蒂固的家族观念"，于是宛如一只负重的蜗牛，努力承担家族赋予的重任，从而走向悲凉的人生旅程。

儒家文化是中国传统文化的主流，统揽中国人的意识形态上千年。这种文化千年不衰，在世界文化史上实属罕见。它既成为官方文化形态，同时也是民众文化形态，渗透到社会各个阶层的物质和精神生活中。儒家文化强调稳定、秩序、等级和结构，这既是皇权的需要，也是百姓大众的依赖。正是两者的相容，才使儒家文化在家庭伦理中占据统治地位。在旧式家庭中，长子先天扮演着家族继承人的角色，担负着传宗接代、光宗耀祖的家族使命。在此影响下，此类长子始终怀着一种庄严的神圣感去为"家族利益"而牺牲自我，以家族利益衡量自己的行为准则。尽管他们内心也有冲突，也有痛苦，甚至屈辱，但一想到家族利益，他们就无法改变自己的行为，只有继续充当家族的守护神。因为家对于他们来说，意味着一种精神上的炼狱，也意味着一种神圣的血缘关系与难以割舍的生活情调。

1.《家》中的高觉新

《家》中的高觉新生活于五四运动风起云涌的时代，曾经是一个有学识、有理想、受新思想影响的热血子弟，也有过自己玫瑰色的爱情梦。可惜这个聪明优秀的青年，轻而易举地就被顽固的封建家长剥夺了学业和爱情发展的机会。从家族利益的角度看来，觉新不仅是一个生物学上的家族延续的主要责任者，他还是一个家族道德文化的传递者，高家的未来，尤其传统道德文化的维系需要他去承担。

由于在家中处于长房长孙的特殊地位，加之生性软弱无能，在封建势力的高压下，觉新只能一贯委曲求全。为维护封建秩序，他不得不牺牲他的一切，成为剥削阶级的维护者与代言人。于是，觉新成了具有双重人格的人：在思想上，他渴慕新思想，也愿做一个新青年；而在行动上，他无力违抗封建秩序，只能甘愿继续痛苦地过着"旧式的生活"。

觉新深深爱着梅和瑞珏两个女人。与青梅竹马的初恋情人梅表妹只因家长的偶尔误会就被生生分离，这种隐痛被他暗暗埋在心底后成为他情感上自我压抑的滥觞与根源。长子传宗接代的重任让他听从长辈的安排，却又戏剧性地与瑞珏相遇相知，婚后"他短时期中享受了他以前不曾料想到的种种乐趣——他满足了，他陶醉了，陶醉在一个少女温柔的爱抚里"。但是这种虚假的幸福掩饰不了内心的痛苦与空虚，很快他就得知了梅表妹的悲惨境遇。梅表妹婚后并不如意，丈夫夭亡，自己孀居在家又患上痨病。曾经美丽可爱的梅表妹心如止水，"多活一天，只是多受一天的罪，倒不如早死了好"，她早已看淡了世间的一切，只是在静静地等待死亡。在此过程中，觉新碍于伦理秩序束手无策，只能眼睁睁看着挚爱的女子一步步走向死亡。等到于苦难中相濡以沫的爱人瑞珏被长辈以避免在家里生孩子有"血光之灾"为名强制到城外分娩，却在城外一个阴暗潮湿的院子难产、缺乏护理，在"明轩……救我……"的呼喊声中悲惨死去的时候，忍辱负重、不敢又不能勇于为爱承担责任的觉新一次又一次为了家道兴旺牺牲挚爱之人，不自觉完全成为封建礼教的帮凶。觉新最大的悲剧性在于：新思想只给了他一种意识的判断力，而没有给他弃旧从新的意志力量。于是，在新文化潮流中，这种丧失自我人格的奴性，使他只能逆来顺受地奉行"作揖主义"与"不抵抗主义"：他深爱着妻子瑞珏，又不能忘情于梅。可是当封建主义的幽灵伸向瑞珏和梅时，他既没有勇气帮助梅，也没有能力保护瑞珏，只能眼睁睁地看着她们成为冤魂，他所能做的只有忏悔和自责。遗忘和自欺，使得觉新没有勇气面对现实和生活，只能成为专制制度重压下的病态灵魂。

觉新这个高公馆的"长房长孙"，虽然家庭内长辈的钩心斗角、互相倾轧让他看见了"和平的爱的表面下，有着许多有形和无形的箭"，他以本能的善良德行去维护家族的生存安宁，但是，长辈的腐朽、贪婪和卑鄙使他"愤慨"不已，却又无可奈何。"在他心里，他却常常想着要是那些长辈能够放弃他们一时的任性，牺牲一些他们的偏见，多注意到人情，事情一定会接近美满的境域。"觉新就是这样忠诚于"孝"的原则，可是长辈们丝毫不顾及"孝"的原则，照样胡作非为。

充当大家庭长辈与同辈之间的调和者的觉新，长期以来左右敷衍，不做任何实质的举动，以尽量推延冲突的爆发，为此，他承受了双方的沉重压力。庆幸的是，在他的小家庭"大房"内，妻子瑞珏深知觉新在大家庭中的委屈与艰辛，设身处地为他分忧解愁，为了觉新不再痛苦，她也在默默牺牲自己。瑞珏确实是觉新名副其实的贤内助，她对家人的友善、对丈夫的体贴都给了觉新以极大的安慰，而觉新就会更加能够起到延缓这个家族寿命的作用。此外，觉新的听话和能干，也能时常得到族里族外长辈们的嘉许。在别人把自己当作奴隶时才有了自己的信心，也赢得了诸多的"体面"后，觉新也就坚信牺牲自己的个人利益为大家服务的行为是他"应该"的。于是他自觉抗拒诸如"爱情""理想"的诱惑，坚持按照"孝"的原则和规范行事，体现一种"美德"。此外，觉新为弟妹们参加学潮、思想偏激而忧心，为弟妹们的前程与幸福而操心，甚至为掩饰弟妹们的"过错"而代人受过，不想让弟妹们重演自己的人生悲剧。总之，他摆脱不了家族赋予他的义务和良心，只能以一种庄严的神圣感去为"家"牺牲。在"激流三部曲"中，巴金也关注到觉新对家庭伦理情怀的自觉承袭，对理想家庭的强烈渴望。这源于觉新丰富的人生体验：父母早逝、姊妹夭折，他房挤对，等等。于是在表现专制家庭的不可避免的崩溃的同时，小说也深情地描绘了一幅"母慈子孝""妻子温顺"的和谐美满的家庭生活图景：志趣相投的周氏、瑞珏、觉新三兄弟与琴、淑英、椒华融合和睦的家庭乐趣，于是他更"觉得世界上没有什么比家更可爱的了"。

由此可见，觉新享受过自由恋爱，虽然得到的是不自由的婚姻，后来却也过着"自得"的生活——长辈的认可、同辈的赞许、妻子的理解、下人的爱戴以及外人的夸奖，等等。虽然其个性的自由追求被家族利益所遮蔽和剥夺，觉新在忍受的同时，也懂得了如何世俗地适应大家庭的生活。毕竟，对善良正直的家长的首肯，对女性母性情怀的钟情，对家族亲情"孝悌"的向往，均昭示出这些处在彷徨困惑的"历史中间人物"试图寻找感情寄托、精神归依的心理隐秘。的确，家庭是一种建立在血缘基础上的天然感情所在，人们很难摆脱它的诱惑。

2.《四世同堂》中的祁瑞宣

《四世同堂》中的祁瑞宣善良正直，却又胆小怕事；有爱国思想，却又思想守旧、软弱盲从；受着传统文化思想的束缚，顽固地想因袭陈旧的法规维系全家族的生活。他身上既有从老一代市民身上流传下来的性格特征，又接受了前辈所不能接受的新式教育。但是新思想所产生的精神力量不足以使他挣脱旧文化所造成的精神羁绊，而长房长孙的特殊地位又使他的内心与行动充满了矛盾。瑞宣虽然没有像觉新那样一次又一次为了家道兴旺而牺牲挚爱之人，但是他作为长子也是历经重重身心磨难，"瑞宣抹着泪立起来，用脚把那口鲜红的血擦去。他身上连一点力气也没有了，脸上白得可怕。可是，他还要办事。无论他怎么伤心，他到底是主持家务的人，他须把没有吐净的心血花费在操持一切上"。肉体的折磨同样也是代价，在现代与传统、民族与家庭的"代际更换"冲突碰撞中，长子们长期隐忍坚守的痛苦与"逆子"们为民族为国家瞬间奉献生命的视死如归同样重要与伟大。

### （二）绣在屏风上的鸟

如果说"负重的蜗牛"类型的长子无望挣扎的底线就是为了家庭，为了整个家族的繁衍，他们所有的牺牲还有一点价值的话，那么此类长子就宛如"绣在屏风上的鸟……恓郁的紫色缎子屏风上，织锦云朵里的一只白鸟，年深月久了，羽毛暗了，霉了，给虫蛀了，死也还死在屏风上"。

#### 1.《雷雨》中的周萍

《雷雨》中的周萍，在犹如"一口残酷的井，落在里面，怎样呼号也难以逃脱这黑暗的坑"的周公馆里，恰似一匹"跌在沼泽里的赢马，愈挣扎愈深深地陷在死亡的沼地里"，无目的地活着和羞愧、不定、动摇、屈从，最终浑浑噩噩一事无成。已具此类长子的雏形。身为资本家的周朴园信奉儒家倡导的"修身、齐家、治国、平天下"，在拥有"仁厚""体面""有教养"等士林好名声之后，他声称要建立理想中"最圆满、最有秩序的家庭"，即成为"父慈子孝，兄友弟恭"的士林楷模，然而他寄予期望最高的长子周萍却亲手摧毁了他的梦想。幼年的周萍是寄养在乡下的，内心的弃儿心理本身就对父亲充满怨气，回到周公馆后成为典型封建家庭的少爷。虽然深受西方自由、平等以及个性解放等影响，但是反封建家长专制的思想苗头还没有燃起，就被专横霸道的周朴园打压下去，加之父亲告诉他母亲"早亡"，古语有"没有母亲的孩子无宠可恃"，面对父亲的高压政策只能一个人默默承受。弗洛伊德认为人的精神活动的能量来源于本能，本能主要有生的本能和死亡本能（攻击本能）两类，生的本能又包括个体生存本能和性欲本能，其中俄狄浦斯情结（"弑父恋母情结"）正是性欲本能的基本体现，而自幼失去母亲和怨恨父亲的周萍身上同时拥有了俄狄浦斯情结的两个特点——恋母与弑父。父亲因公事整天在外面忙碌奔波，孤独寂寞又渴盼母爱的周萍很容易对仅仅大他几岁的继母繁漪产生亲近与依赖之感，在他心里，繁漪是"最聪明、最能了解人的女子"。懦弱的周萍虽然没有亲手"弑父"，但所做的事情何尝不是一种"弑父"的行为。接受现代文明教育的周萍虽然忍不住后母繁漪的再三诱惑，带着对父亲的些许恨意做出后悔终生的乱伦之事，但是"作为从传统向现代过渡转型期的知识分子，他又无法摆脱旧有传统道德的影响与制约"。周萍深深忏悔后开始厌恶与继母曾经有过的暧昧关系，在继母的纠缠与逼迫下他把目光转向了美丽善良的侍女四凤身上，渴望得到拯救自己灵魂的力量和缓解精神的压力，却又坠入了一个可怕的"双重乱伦"怪圈，正如曹禺先生在《雷雨》序言里所做的剖析："周萍悔改了'以往的罪恶'。他抓住了四凤不放手，想由一个新的灵感来洗涤自己。但这样不自知地犯了更可怕的罪恶，这条路引到死亡。"从积极模仿父亲那样"抱着一件事业向前做"，立志成为众人效仿的"模范家长"，到贪图享受又肆无忌惮，直至落入"双重乱伦"怪圈的罪恶深渊而不能自拔，最后走投无路只能用自杀来寻求最后的解脱。周萍的悲剧虽然是"封建家庭伦理秩序的牺牲品"，但又是自己胆小怯懦、堕落的性格所导致。

2.《寒夜》中的汪文宣

传统儒家文化的核心是"仁"，即"克己复礼为仁"，但是现实生活中"谦和""虚心""礼让"的美德往往会演变成卑柔软弱、逆来顺受的代名词。《寒夜》中的汪文宣向来胆小怕事、怯懦无能，在单位整天小心翼翼、战战兢兢，唯恐说错一句话、站错一次队，即使因为加薪问题在旁边独自发牢骚也唯恐上司听到。"那么你一个钱也不给，不是更好吗？'汪文宣在一边暗暗骂道。'你年终一分红，就是二三十万，你哪管我们死活！'可是他鼻息也极力忍住，不敢发出一点声音，怕周主任会注意到他心里的不平。"在家里面对母亲与妻子两位强势女人永无休止的争吵，没有办法也没有勇气偏袒任何一方的汪文宣只能用乞求或自我伤害来平息婆媳间无聊的争执，"这是我的错"，"这要怪我没出息"，柔弱男人没有任何担当的泪水与哀求或许只能换来婆媳间暂时的平静。努力遵循"为了生活，我只有忍受"信条的卑弱男人从来没有真正掌握过自己的命运，只能在妻子悄然离去的屈辱中静静死去。

3.《财主底儿女们》中的蒋蔚祖

虽然封建家族制度的崩溃与解体是历史大势所趋已无可阻止，但是现代知识分子还是对旧家庭在战争与代际更换中轰然坍塌而惶惑、惋惜与哀叹。《财主底儿女们》中蒋蔚祖的悲剧在于太过坚信眼前物欲世界的善与美，太过坚守生命的力度与心灵的纯洁。他真心看待眼前世界的每一个良善的生命，也全身心地热爱自己的父亲与妻子。但是父亲需要的是一个磨去棱角的"孝"且"顺"的长子，妻子需要的是一个满足爱欲的工具和供她纸醉金迷挥霍无度的"丈夫"，家里其他人需要的是一个为争夺财产提供有利身份的"兄长"，独独没有考虑到蒋蔚祖作为一个"人"存在于世上最基本的需要。金公馆没有给予蒋蔚祖需要的归属感与安全感，父亲与妻子没有给予他情感上的安抚与慰藉。童年母爱缺失的蒋蔚祖对于妻子金素痕的依恋更多掺揉了深深的恋母情结，明知妻子背后偷情是自己陷入痛苦深渊的根本原因，却反而整日生活于焦虑、恐惧情绪中，直至最后在疯狂中跌下悬崖投江自尽，蒋蔚祖的悲剧体现的更是人类的存在悲剧。

4.《围城》中的方鸿渐

《围城》中的方鸿渐在北平上大学时，学不了土木工程，先后从社会学系转至中文系，临近毕业，他靠死去的未婚妻的嫁资出国留学。四年中，他"既不抄敦煌卷子，又不访《永乐大典》，也不找太平天国文献，更不学蒙古文、西藏文或梵文"。四年中，他换了三个大学，随便听几门功课，兴趣颇广，心得全无，生活尤其懒散。为了讨得岳父和父亲的欢心，经过讨价还价，他违心地花了30美元买到了美国克莱登法商专门学校的博士头衔。回国后，自知才疏学浅，文凭虚假，加之一些了解他底细的人又明讽暗刺，因而他常常产生一种自卑感。

三次爱情经历留给方鸿渐的是痛苦，是回忆，是怨怼。他成了一个弃儿，成为一个谁也无法得到的孤家寡人，他就像城外人想冲进城去却始终无法冲进去一样，始终徘徊于爱情的边缘，追求的都是毫无结果的爱情。事业上处处碰壁，一无所成：在点金银行，在三闾大学，在华美新闻社，他都未能体现自己应有的价值，成了一个可有可无、无足轻重的人物，是一个地地道道的"多余人"。造成这一切的，除了他本身不学无术、徒有虚名以外，没有安定的社会环境，同行之间的排挤倾轧，使他无心于事业而疲于应付恐怕也是造成他悲剧的一个重要因素，这出悲剧不是方鸿渐个人所能避免的。作者正是通过这一形象的塑造，使方鸿渐悲剧的意义超出了个人悲剧的范畴。

方鸿渐聪明善良但又与世无争、于事无补。赵辛楣是方鸿渐最要好的朋友，他是这样评价方鸿渐的："你不讨厌，可是全无用处。"这一针见血的针砭，把方鸿渐"气得只好苦笑，……闷闷不乐，不懂为什么说话坦白算是美德"。而实际上，当他面对苏文纨铺天盖地的情网却"没有快刀斩乱麻的勇气时"，他也渐渐明白自己是西洋人所谓的"道义上的懦夫"。他没有多少自己的思想，完全被事情推着走。他所到之处总是发现自己没有多少可供选择的余地，于是在生活中虽然他表现出更好地活下去的动物本能，然而他并不明白自己正在努力做什么。可以预见，方鸿渐最后一定会去找赵辛楣，就像一个溺水的人本能地抓住一根救命稻草。方鸿渐的悲剧在于他自身的脆弱敌不过现代文明病态的劣根性，是病态文明的病态产儿。他只能在那张"伽风"上慢慢消耗剩余的光阴。

美国心理学家威廉·F.斯通在《政治心理学》一书中指出："意识形态深植于个人的信念和态度的网络中，通常是潜意识地持有某种意识形态，一个成熟的人很难有实质性变化。"确实，在中国现代家族文学作品中，长子是作家给予很多笔墨并赋以复杂性格的人物，在"家"这个舞台上，长子们——不论是"负重的蜗牛"还是"绣在屏风上的鸟"——出演的大多是悲剧角色。如果说死亡是悲剧的一种形式的话，那么，周萍、蒋蔚祖等人都死了。他们大都是绝望于所有的一切而自杀身亡的，或开枪自杀，或吞食鸦片自杀，或投水自杀。但许多非死亡形式的悲剧恐怕更能激起人们哀痛惋惜的悲剧激情：高觉新虽生犹死，灵魂备受煎熬；祁瑞宣痛苦于自己"不去救国，只求养家"的无奈选择，不断自责自咎；方鸿渐迷失在人生的"围城"中，混沌得不知何去何从。这些大家庭的长子，性格虽非千人一面，但其共相显而易见，即长子们集体性的胆怯懦弱、屈从顺服。正是这种性格以及由其导致的过失使他们不断地苦恼着、矛盾着，构成了现代家族文学中一道奇异的风景线。

## （三）重家轻己的长子群体

在传统中国，家是传统文化核心精神的承载工具，更是中国人唯一的情感的寄托与灵魂归依之地。吴晗与费孝通两位先生界定了家的范畴："家，是每个中国人的一切。"钱穆先生认为："中国文化，全部都从家庭观念上筑起。"闻一多先生阐释了家族与民族的密切关联："我们三千年的文化，便以家族为中心，一切制度、祖先崇拜的信仰，和以孝为核心的道德观念等等，都是从这里产生的。"而以"孝"为核心的传统伦理秩序正是中华民族数千年来屹立于地球东方的根基和屏障，正如冯友兰先生所言："传统的中国社会是建立在家族制度上的，而孝则是使家族扣紧在一起的德行。"因此中国自古就有"百行孝为先"以及"以孝治天下"的传统，孔子在《论语》中教育弟子们时讲："弟子入则孝，出则悌，谨而信，泛爱众，而亲仁。"核心意思是要求弟子们在父母跟前，要孝顺父母；出门在外，要顺从师长。也就是要求弟子们在家族内部要以孝心服侍长辈，为国家效力时对君王要忠诚。在孔子看来："其为人也孝悌，而好犯上者，鲜矣；不好犯上，而好作乱者，未之有也。"在这里，"孝"本来是表述父子之间的关系，属于伦理范畴，"忠"本来是表述君主与臣属的关系，属于政治范畴，但是孔子却将"忠"与"孝"紧密联系起来，形成特有的政治伦理思想观念，对中国两千多年的社会进程产生了不可估量的影响与作用，成为封建伦理文化的核心要素，渗入肩负黑暗闸门的长子的骨髓及灵魂深处。在此行为准则的系列规范下，长子"有意识的人格之消失，无意识的人格之占优势，情感和观念通过暗示和感染作用朝同一方向转变，被暗示的观念之直接转化为行动的倾向，如此种种特点便是作为一个集体成员的个人身上所表现出来的主要特征。他已经不再是他自己了，而是成为一个不由自己的意志来指导的机器人"。

"重家轻己"的长子群体常常苦闷于苦难的体验和无望的抗争。渴望娶梅为妻、出国留学的高觉新，从一个品学兼优、有理想有抱负的热血青年蜕化为"暮气十足的少爷"，作为长房长孙主持高公馆家政时，又被慈爱的长辈们"玩弄着，像一个傀儡，又被人珍爱着，像一个宝贝"。从最初的默默对抗到消极不合作再到无奈地承受，刚刚 20 岁出头的高觉新就决定把往昔的理想隐藏在内心深处，为了家族的和谐兴旺牺牲自己的一切，包括爱情和梦想。他明明知道自己"一切都完了"，表面上待人接物却波澜不惊、心如止水。迫于长辈压力刚刚与挚爱的梅表妹分开，就沉默且无条件地按照高老太爷安排与素昧平生的瑞珏结婚了，在周围的人眼里，"他的脸上常带着笑，而且整日躲在房间里陪伴着他的新婚的妻子。周围的人在羡慕他的幸福，而他也以为是幸福的了"。相濡以沫的爱人瑞珏的惨死，让觉新彻底明白毁掉他生命中最珍贵两位挚爱的是"全个礼教，全个传统，全个迷信"。但是为了高公馆里依靠他才能生活的家人，他不敢也不愿意叛逆抗争来改变自己的命运。愈清醒就愈痛苦，虽然毁灭已经无可避免，但是高觉新面对受难温顺而消极的姿态更让人感觉无言的悲怆。高觉新说："我不反抗，因为我不愿意反抗，我自己愿意做一个牺牲者。"他一直悲观地看待眼前的世界："我们生在这个世界，就只有做牺牲品的资格。"眼睁睁看着咫尺之隔的梅、瑞珏、儿子、蕙等心爱的人一个个相继死去却束手无策，清醒然而懦弱的高觉新深深弯下去的腰身何尝能一次次承受生命之重？

## 二、决裂与归依之间徘徊游离的"逆子"

中国是一个以血缘关系为基础的宗法社会，父亲因血缘关系、伦理秩序及社会、经济、政治等各方面的天然优势而对整个家族成员拥有绝对控制权。在"人子"眼中，"父者，子之天也"。父比君还要威严，还要神圣，所以父亲可以随心所欲地惩罚"人子"。但"人子"作为具有自我意识的自觉能动的主体，有能力和父亲对抗。不过囿于传统礼法以及考虑到后果的严重性，"人子"（特别是长子）一般是不会和父亲发生面对面的冲突的。即使矛盾偶尔激化引起父子间的冲突，大多也是以"人子"屈服于父亲的高压而暂时使矛盾平息，很少出现所谓的"逆子"。但自以"反对封建宗法家族，追求个性解放"为矢的五四时期以降，随着西方文明的较广泛传播和全球范围内的工业化、现代化的进展，在先进文明图景的衬托下，中国旧式家族的颓废面貌愈加清晰。而那些陆续勇敢地"迈出家族围墙，走出父权藩篱，汇入到时代、社会洪流中去"试图以他者话语改变传统话语，以决绝的姿态反对封建宗法家族，追求个性解放的"逆子"群体的出现，不仅具有重要的历史及文学审美意义，也反映了现代作家游移于反叛与归依之间的家园情怀。

### （一）追求个性解放的青年群体

"逆子"是指自幼接受传统儒家教育，后在现代新思潮洗礼下，试图以他转话语改变传统话语，以此反对封建宗法家族，追求个性解放的现代青年群体。中国现代小说史的开篇之作《狂人日记》是鲁迅以小说形式参与历史发展的宣言，意在暴露家族制度和礼教的弊害。作品不仅以"表现得深切和格式的特别"颇为"激动了一部分青年的心"，而且塑造了中国现代小说史上第一个自觉反叛封建宗法家族的"逆子"形象——狂人。狂人反抗的命运虽出于种种原因以妥协屈从告终，但随着西方文明的传播以及中国启蒙思潮的深入，"逆子"群体逐渐成为现代作家笔下绚丽多彩的形象系列。《雷雨》中的鲁大海、《家》中的高觉慧、《四世同堂》中的祁瑞全、《财主底儿女们》中的蒋纯祖、《科尔沁旗草原》中的丁宁等，这些耳熟能详的名字现在听起来仍然是那么亲切，他们与生于斯长于斯的家园"剪不断，理还乱"的矛盾情感以及"在旷野中寻找新生路"的决裂与归依并存的生命历程，已化为一个个传说，时刻萦绕在我们耳边。这群父辈眼中所谓的"叛逆者"，他们缺乏父辈眼中家族价值的直接期望，也没有长子们身上负荷的家族束缚，相对宽松的生存空间让他们可以充分展示个性的存在。他们深受西方启蒙思想影响，难以忍受处处尔虞我诈的"铁屋子"里的污浊空气，纷纷逃出父辈的樊篱，以决绝的姿态果敢地向旧家族宣战，成为"父亲与家"真正的掘墓人。

现代文学作品中的"逆子"群体基本上都是由"幼子"构成（与长子相对而言）。如果祖、父均不在，就由长子担当家族重任，代替祖、父行使权力。与肩负"齐家"重任、不敢越雷池半步的长子相比，"幼子"因承担家庭角色的不同，他们似乎天生成为家庭的自由分子，没有更多的心理负担，因此较容易受外界影响，常常主动或被动地出走和流浪，得以追求时尚及个性解放。"逆子"之所以敢于背叛旧的传统思想、传统意识，敢于背离乃至叛离传统的"家文化"，不仅充分展示了在旧家庭内部新生命的成长，也展示了反封建斗争胜利的希望。

中国历代统治者大力倡导的以父权文化为核心的"家文化"是封建文化统治的基础，封建文化制度与"同居共财"的经济制度使封建家族绵延恒久，家族制度又反哺封建制度为其提供坚实的社会基础保障。中国传统文化核心中的伦理道德秩序规定了中国人的日常行为准则——"孝"与"顺"。《孝经》中讲："不爱其亲而爱他人者，谓之悖德。"认为爱人敬人应该从父子有亲开始，进而"老吾老，以及人之老"，推而兄弟、朋友乃至于天下，是谓之"博爱"。这种有差别的等级之爱的核心是家族金字塔顶端的家长。"事，孰为大？事亲为大。"《孟子》直接规定了传统中国人日常行为规范的核心"孝"，对父母、长辈意志与权威的无条件服从就是"顺"。孔子在《论语》里也有相应的阐述："其为人也孝悌，而好犯上者，鲜矣；不好犯上，而好作乱者，未之有也。"最终发展演变成为程朱理学的核心："存天理，灭人欲。"在家族绵延进程中人际关系呈现出一种金字塔式的结构形态，高居塔尖的无疑是族长和家长，在此之下众多的子子孙孙、男男女女皆按照自己在血缘中自然形成的一种尊卑上下的等级制度，严格地完成自己的责任与义务。这种伦理规范中的尊卑等级制度与"同居共财"的经济制度互相呼应，为家族的掌舵者通过家庭全部生产资料与消费资料来实现集权管理提供了经济与伦理保障。但是到了近代，这种当时便于国人群居发展的先进制度却成为"禁锢人们的思想、压抑人性和阻碍中国现代化的绊脚石，无法顺应时代潮流"。接受西方先进思想洗礼的现代知识分子从自由、平等、民主等异质文化的视角审视家文化时，家文化与封建伦理纲常沆瀣一气扼杀自由、残害生命的罪恶也曝光于世人面前。从传统文化束缚中破茧而出的进步知识分子试图挥舞个性解放的旗帜，唤醒在"铁屋子"中精神麻木的民众，却发现压抑与摧残民众个性的社会"往往用强力摧折个人的个性，压制个人自由独立的精神；等到个人的个性都消灭了，等自由独立的精神都完了，社会自身也没有生气了，也不会进步了"，自己觉醒的新型进步知识分子以新文化运动为现代思想启蒙之滥觞，在迅猛对旧思想、旧文化发起总攻的同时，大力引进进化论、易卜生主义、尼采超人哲学等西方先进文化，把民主与科学精神作为拯救黑暗中国的良药，深刻披露旧制度、旧家庭"吃人"的本质属性。

巴金曾经谈过创作《家》的动机："我不要单给我们的家庭写一部特殊的历史，我所要写的应该是一般的封建大家庭的历史，这里面的主人公应该是我们在那些家庭里常常见到的，我要写这种家庭怎样必然地走上崩溃的路，走到它自己亲手掘成的墓穴。我要写包含在那里面的倾轧、斗争和悲剧。我要写一些可爱的年轻的生命怎样在那里面受苦、挣扎而终于不免灭亡，最后还要写一个叛徒，一个幼稚的然而大胆的叛徒。我要把希望寄托在他的身上，要他给我们带进来一点新鲜空气，在那旧家庭里面我们是闷得缓不过气来了。"这个"幼稚的然而大胆的叛徒"高觉慧确实给这个"闷得缓不过气来"的家庭带来了一点新鲜空气。高觉慧思想的转变与对旧家庭的叛逆心理源于新式学堂的求学经历，"书本和教员们的讲解逐渐地培养了他的爱国主义的热情和改良主义的信仰"，"读了《人生真义》和《人生问题发端》等文章，才第一次想到人生的意义上面"。新式教育与新文化、新思想的潜移默化，觉慧潜意识用自由、平等与独立精神思索身边的社会与今后的人生，"开始痛恨这种浪费青春，浪费生命的生活"。觉慧因积极投身学潮前往督军署请愿，被高老太爷认为无视圣贤遗训肆意胡闹进而训斥："你们学生整天不读书，只爱闹事。现在的学堂真坏极了，只制造出一些捣乱人物。我原说不要你们进学堂的，现在的子弟一进学堂就学坏了。"让觉慧禁足在家里认真阅读《刘芷唐先生教孝戒淫浅训》，接受传统文化的再次熏陶。面对封建家长的窒息般的高压，觉慧大胆宣布他要做一个叛徒，逃离冷漠如荒原的旧家庭，要到同志群体中寻找热忱、信赖、友谊与光明。"觉慧也正是靠着他的'大胆'才能够逃出那个正在崩溃的家庭，寻找自己的新天地。"面对大哥觉新的软弱妥协与觉民的婚姻难题，他毫不留情地批判大哥的作揖主义给家族和自己带来的危害，又勇敢地支持觉民自由恋爱、反对包办婚姻："我们是青年，不是畸人，不是愚人，应当给自己把幸福争过来。"觉慧和志同道合的青年们在一起时，"尽情地分享着青春的欢聚的快乐"，但是一回到阴暗的高公馆，孤寂与冷漠立即包围着他，"他好像又落在寒冷的深渊里，或无人迹的沙漠上"。两种极端的情感在他内心久久相持，"明河可望不可亲，愿得乘槎一问津"，那些可望而不可即的友爱家庭，或许正是自己缺乏的。由此看来，觉新内心"否定的只是封建家长专制制度，而绝不是作为社会细胞的家的存在。……他憎恶的只是封建家庭造成的兄弟之间的争斗疏远，而不是否定家庭成员之间的亲情；他鄙弃封建大家庭的坐吃山空、道德败坏的'败家子'，而对那些无辜的受害者始终充满着眷恋之情"。

深受西方思想影响的巴金深知建立在剥削关系之上的封建家族专制制度给年青一代造成的心灵创伤，进而把封建专制、封建礼教作为终身反思和批判的宿敌。但是作为贵族家庭的世家少爷，他又对传统文化中父慈子孝、兄友弟恭的仁爱家庭始终心向往之。巴金的这种情感矛盾来自自身的家庭情感经历，虽然在创作过程中始终以记忆中充斥着钩心斗角的专制式家族为镜照，但这个家庭又留给了自己太多美好温馨的回忆。在巴金的童年记忆里，祖父、父母、兄弟乃至于用人给他的宠爱宛若天堂。"我的确是一个被人爱着的孩子。那时候一所公馆便是我的世界，我的天堂。我爱一切的生物，我讨好所有的人，我愿意揩干每张脸上的眼泪，我愿意看见幸福的微笑挂在每个人的嘴边。"巴金的祖父是一个传统的老式家长，虽然对孩子不是很慈爱，但对巴金却很关心。母亲给予了巴金最好的爱的教育，"她使我知道人间的温暖，她使我知道爱与被爱的幸福，她常常用温和的口气，对我解释种种的事情，她叫我爱一切的人，不管他们贫与富"。大哥与表兄在学习和经济上给了他很多影响和帮助，轿夫老周真诚地告诉他"不管别人待你怎样，自己总不要走错脚步"的朴实道理。所有这些温馨与幸福都成为他创作中"爱人类"的人道主义思想的滥觞与源泉。在善良母亲"爱一切的人"的亲切教诲下，巴金与下人、轿夫以及周围的人成为好朋友，共同分享"爱"，他渴望未来会是一个"我爱人人，人人爱我"的理想世界。

爱之深则恨之切，这也说明家族情感是埋藏在巴金灵魂深处无法割舍的情结，而正是回忆认知与思想认知的双重错位导致的情感焦虑赋予了巴金作品神秘的个性魅力。

巴金创作时回忆认知与思想认知的错位还表现在他在受众印象中勇敢的叛逆者与贵族巨室的世家少爷双重身份的镜像交相辉映。勇敢的叛逆者体现为"热情好斗，重友谊，反传统，憎恨一切旧事物"，贵族巨室的世家少爷体现为"多愁善感，重伦理，怀乡愁。感情大于行动，与家族在实际生活中藕断丝连"。高觉慧虽然成为高公馆首位强有力的叛逆者，挣脱了让他窒息般冷寂的旧家庭的牢笼，但他出走时的盘缠与出走后的生活及求学费用，完全是大哥高觉新暗中接济的，这也得到了高老太爷的默许。觉慧与婢女鸣凤之间的爱情看似为高公馆荒寂的庭院增添了一丝亮色，其实从开始就注定是一场看不到未来的传统意义上的主仆之间的爱情悲剧。"要做一个旧礼教的叛徒"的高觉新与贾宝玉的部分精神特质非常神似，但是在对待府内少女婢仆的亲近疼爱方面却大相径庭。与贾宝玉对晴雯、芳官、春燕等人是真心真意付出并讲出"女清男浊"的认知不同，觉慧即使在为鸣凤的善良、聪明、纯洁所深深吸引沉浸在甜蜜的恋爱中时，仍常常纠结痛苦于两人之间悬殊的身份和地位，"如果鸣凤处在和琴一样的位置，那一切就都不成问题了"。在此心理暗示下，即使他一再发誓将来要明媒正娶迎鸣凤过门为妻，却在高老太爷要将鸣凤送给冯乐山为妾时，置身事外般直接粗暴地拒绝了鸣凤的数次哀求，致使鸣凤彻底绝望后投湖自尽，觉慧却早已经以"为社会服务的青年的献身的热诚"与"小资产阶级的自尊的心理"为借口把鸣凤给放弃了。父亲临去世前把继母和弟弟、妹妹托付给了觉新，替代父亲角色的觉新肩负照顾家人与振兴家族的双重重任，为了家庭和睦只能采用"作揖主义"，左右逢源，这却引起了觉慧的蔑视乃至于数次顶撞，不过因为参加学潮被高老太爷软禁在家百无聊赖时受到瑞珏的悉心照顾，觉慧对瑞珏却很尊敬。"善良、宽厚、大度而富于同情心的性格和她对觉新全心全意的爱和无微不至的体贴，不仅使觉新感到满足和陶醉，而且也博得觉慧的好感和同情。当觉慧被高老太爷软禁在家里心情苦闷时，瑞珏在精神上给他以安慰，所以，觉慧虽然瞧不起大哥并且多次顶撞和讽刺他，但很敬爱嫂子。"但是在高公馆时时受到兵乱的威胁，觉新暗示瑞珏危急时可以投湖自尽以保全名节，以新青年自居、号称旧传统旧礼教叛逆者的觉慧却在潜意识里认为理所当然。

（二）"野性"的性格特征

1.《家》中高觉慧的性格特征

所谓"野性"，即"逆子"快言快语，对任何事物都乐意尝试的性格，常常是他们原始生命强力的自然流露。在老舍笔下，刚出场的"老三瑞全是个愣小子，毫不关心哪里是文雅，哪里是粗野"。但是当民族危机来临时，却是他首先打破死一般的冷寂："我得走！大哥！不能在这里做亡国奴！"斩钉截铁的语言里自然流露出一种民族气节和不可被侵犯的凛然正气。对于祖父送他的《刘芷唐先生教孝戒淫浅训》，觉慧"愈看愈气"，认为"全篇的话不过教人怎样做一个奴隶罢了"，一气之下索性撕个粉碎，因为"撕掉一本也许可以少害几个人"。蒋纯祖、蒋少祖放弃优裕的生活，漂流在广袤的江河之间。这些略带些许野性的勇敢青年群体是那个时代"最敏感的触觉，最易燃的火种"，他们"虽然带着错误甚至罪恶，但却是凶猛地向过去搏斗，悲壮地向未来突进"。

与长子们的顺从、懦弱、隐忍等文化性格相比，"逆子"们性格的核心即是叛逆。深受西方启蒙思想影响的"逆子"们身上很少有长兄们患得患失的优柔寡断，"我们是青年，我不是畸人，不是愚人，应当给自己把幸福争过来"，这群真正的"弑父者"追求的是自由与博爱，这与"消泯人的主体意志，泯灭人的个性追求，扼杀人的思想独立"的传统封建思想格格不入。觉慧不顾祖父的再三反对，不仅与婢女鸣凤恋爱，帮助觉民逃婚，甚至在祖父下葬前离家出走，以决绝的言行彻底实现了自己"我要做旧礼教的叛逆者"的诺言。瑞全在国难来临时，坚决斩断一切情爱"像个羽毛已成的小鸟，他会毫无栈恋地离巢飞去"。为了寻找梦中的橄榄树，独自在旷野中无拘无束地流浪，蒋纯祖"以其肉体的毁灭证明其精神的不死：蒋纯祖因此获得了超越一切时代的永生和精神上的无上欢乐"。"逆子"群体叛逆性格的形成与他们的生活环境与自身经历息息相关。因为没有光宗耀祖、传宗接代的重任，深受长辈宠爱的"逆子"们生活空间相对宽松，以"自由人"的角色旁观兄长们的隐忍苟活、奴仆长工的悲惨命运以及长辈们的荒淫无耻，热爱自由胜过生命的"逆子"们在家族种种丑剧与惨象中难以呼吸视听，不想在沉默中死亡，只有在沉默中爆发——纷纷离家出走。

同样都是以出走来彰显"叛逆性"，觉慧在历经鸣凤投湖、梅芬抑郁而终、瑞珏难产去世等系列封建传统礼教吞噬弱小良善的人间惨剧后，逃离黑暗家庭奔向新的自由天地；瑞全是断然舍弃父辈、兄长国难当头只顾小家庭的自私懒惰，弘扬的是慨然赴国难与匹夫有责的爱国情怀；蒋纯祖的"叛逆性"更多的是试图逃离旧家族脱离集体，通过原生态的野外流浪来追求极度的自我张扬的独立与自由，"旷野上的漂流，才是蒋纯祖性格历史的真正起点"。正是这种绝境中看穿人性丑恶与体会人间温情引发的对个人生存价值的偏执考问，使得蒋纯祖以后在九江姐姐家融入温馨如画的生活时，脑海中时常浮现的还是冷漠孤寂的旷野与流离失散的百姓。

儒家文化作为中国传统文化的主流文化，向来尊崇仁、义、礼、智、信，倡导的是"君君、臣臣、父父、子子"以及"长幼有序，尊卑贵贱"等中庸思想。"中国的传统文化——忠孝、礼教、三纲五常、伦理，都和家族有关系，都是由家族而产生的。"在社会结构中居"中坚"地位的家族文化注重的是整体性，排斥的是个体的独立与张扬。"父子有亲，君臣有义，夫妇有别，长幼有序，朋友有信"作为伦理教化行为规范已经深深浸润到民众的骨髓与灵魂深处，即便是猛烈抨击与批判传统伦理观念并竭力追求自由平等的叛逆者也没有逃脱这一宿命轮回。觉慧因参加进步学生运动而被高老太爷严厉训斥时，"离经叛道"的性格让他敢于与祖父当面抗争，却不敢违抗祖父禁止他外出活动的命令。觉慧即使因内心愤懑把祖父让他认真诵读的线装本《刘芷唐先生教孝戒淫浅训》一把扯个粉碎，并在家人面前一再郑重宣称："我要出去，我一定要出去，看他们把我怎样！"并作势往高公馆外奔走，但是，觉慧"刚刚走下台阶，他便看见陈姨太和他的五婶坐在祖父房间的窗下闲谈，他止了步，迟疑了一会儿，终于换了方向"。在迟疑中"终于换了方向"的觉慧恐怕不仅仅是震慑于祖父的威严，实际上高老太爷把他交给觉新管教后就基本上没有再过问，觉慧言语与行动的严重脱节或许来自内心日积月累的伦理教化行为规范情结。

2.《四世同堂》中瑞全的性格特征

《四世同堂》中平易近人、和蔼可亲却又隐忍、谦恭、懦弱、爱面子的祁老人，可以看作是传统儒家文化培养出来的"平和"心态与"中庸"思想融合在一起的典范标本。但在北平沦陷、国破家亡的紧要关头首要考虑的却是不能让自己的八十大寿失了面子，家里只要存上三个月的口粮，全家人就能挺过一次又一次劫难。生活在社会底层的祁老人日日浸润在北平花草虫鱼的温和文化里，一心只想做顺民偕同家人苟全性命于乱世，至于"国家兴亡，匹夫有责"对他而言仿佛是遥不可及的。祁老人"不愿为国家担忧，他以为宰相大臣才是管国家的，而他自己不过是个无知的小民"。以"小民"自居的祁老人最大的梦想就是家人知书达理、和和睦睦，"四世同堂"的祁家在自己的努力下绵延昌盛。瑞全虽然在祖父的雷霆暴怒中决然离家出走奔赴抗日前线，但他的叛逆之举并不是对家的彻底否定，而是真正理解了"家国同构"的深意。瑞全虽然也曾为离家后或许永远将与母亲天各一方而痛心遗憾，不过"他绝不后悔自己的决定，他一定要逃走，去尽他对国家应尽的责任；但是，他至少也须承认他并不像一只鸡雏，而是永远，永远与母亲在感情上有一种无可分离的联系"。瑞全爱家人，更爱北京的一切，但是他更多想到的是为家、为北京（国）应尽的责任。而正是这种责任感，让他看穿了传统文化不过是种让人堕落偷安的消遣性文化，北京士大夫阶层只会"整天整年都消磨在生活的艺术中"，而"他们的消遣变成了生活的艺术。他们没有力气保卫疆土和稳定政权，可是他们会使鸡鸟鱼虫都与文化发生了最密切的关系"。瑞全从内心厌恶与痛恨这种只注重闲适恬淡与及时行乐却对国家存亡束手无策的传统士大夫文化生活，而北平的迅速沦陷也让他感觉自己打心眼里"是现在已体会出来它是有毒的地方。那晴美的天光，琉璃瓦的宫殿，美好的饮食，和许多别的小小的方便与享受，都是毒物。它们使人舒服、消沉、苟安、懒惰，瑞全宁可到泥塘里与血狱里去滚，也不愿回到那文化过熟的故乡"。但是瑞全并没有真正如当初设想的那样，舍弃摆脱所有难以割舍的父子兄弟朋友情感的束缚才能肩起更大的责任。即使在他对外抗战或奉命回到北平从事地下工作最紧张、最危急的时刻，也忘不了对亲友的思念和对家庭应尽的责任与义务，甚至当他获悉一生胆小谨慎的父亲无望投河自尽后，内心更多的悔恨与自责是因为自己作为子女没有保护好父亲，"他只觉得最合理的是马上去杀一颗敌人的头来，献祭给父亲"。从这个意义上讲，瑞全不仅是离家出走的旧家庭的叛逆者，更是"慨然赴国难"的民族英雄。

3.《财主底儿女们》中蒋纯祖的性格特征

《财主底儿女们》中被奉为现代知识分子叛逆者经典的蒋少祖、蒋纯祖两兄弟同样有着孤寂冷漠的人生体验，"由反叛而败北，由败北而复古"，惊人一致地在现代文化与传统伦理之间游离转换。面对深受西方进步思想影响的启蒙者与麻木愚昧的启蒙对象之间巨大的思想与情感鸿沟，他们常常感受到如入"无物之阵"的极度孤独与悲凉。虽然他们"具有坚毅不挠的精神力量，傲睨世俗封建势力的无畏态度和坚定不移的个人意志，宛如雄劲的苍鹰，盘旋天际，孤寄长空，俯视芸芸众生"。但过于注重自我价值以及个人的自由、人格与尊严的他们却始终没有在叛逆之路找到准确的定位。蒋少祖首次与父亲决裂是16岁在上海读书时深受个性解放的影响导致的结果，但反讽的是，这种象征意义远远超过实际意义的形式上的决裂，丝毫没有影响到他因血缘亲情的缘故，依靠他所背叛的旧家庭的经济资助继续享受贵族子弟的奢华生活。作为"五四"个性解放思想的直接受益者，蒋少祖对神圣爱情的迅猛而持久的追求颇有"我是我自己的，他们谁也没有干涉我的权利"式的神韵。蒋少祖从日本留学归国后即与相识的纯朴善良的知识女性陈景惠真诚相爱而自由结婚，但是婚后很快就对由热烈绚烂趋向平淡疏离的日常生活产生倦怠心理，"在婚前，蒋少祖被爱人的善良激动，在婚后却被这个善良苦恼"。对婚姻彻底失望的蒋少祖没有能忍住婚外恋情的刺激与诱惑，与他的忠实崇拜者王桂英藕断丝连、偷食禁果，却又不肯舍弃无爱的婚姻与善良的妻子离婚。在与现代女性王桂英若即若离的交往中，蒋少祖一方面想拥有王桂英的真挚爱情弥补平淡生活的缺憾，一方面又故意对她态度淡漠来呈现自己孤傲清远的高贵灵魂，结果引发王桂英又一轮更高情绪的狂热追求。但是面对偷情后呱呱落地的私生子，蒋少祖根本没有为人父后那种发自内心的喜悦、责任与担当，他最先考虑的仅仅是如何最大限度地维护自己的名誉，"他爱情婚姻中现代与传统的矛盾与他思想性格上从叛逆走向保守有惊人的相似之处"。蒋少祖虽然在叛离旧家庭倡导个人的自由、平等权利的过程中享有盛誉，但是崇拜伏尔泰、卢梭与尼采的他渴望时刻生活在青年无上崇拜的视阈里，来自豪门旧家庭的底蕴让他在社会交往中有一种不可抑制的优越感，这"也是权力制度的一部分，他们在大家庭中都具有一种少主人的身份，这给他们带来的是有形的、无形的各种优越感，在他们身上总能找到一种旧有权力的残留与变形"。这种心态使得蒋少祖以后始终保持自由知识分子的独立立场，即使在抗战爆发、民族解放运动高涨之际，既不与中共领导的抗日救亡运动紧密结合，又与国民党政府保持疏离态度。蒋少祖灵魂深处"自由而神秘的孤独感"导致他游弋于整个民族抗战主流的边缘地带，空有自由、民主、科学救国的抱负而无法实现自身的价值。

　　理想与现实巨大的落差，人生的困惑、迷茫与情感的悲伤、失落，蒋少祖的内心充满渴盼家族亲情与眷恋旧家庭的浓重情绪。这种家族情感在他返回故居与曾经彻底分裂的父亲握手言和后显得愈来愈浓烈，他为年老孤寂的父亲始终用难以想象的惊人意志与持久而醇厚的慈爱苦苦支撑子女外游后的庞大家业而深深感动和无限懊悔，接过父亲重任的他毫无保留地把变卖苏州旧居房产花园的收入全部移交给大姐，想方设法为姑妈家的事情到处奔波，并时时内心自责没有为弟弟尽到做兄长的责任。旧家庭的叛逆子孙蒋少祖历经了对西方进步文明的激烈崇尚以及空有自由、民主、科学救国的抱负而无法实现自身的价值的怅惘，最终安逸于传统儒家文化的旧家庭，因为这里有"自己更尊敬、更爱他的亡父"，有平息自己"永无休止的欲望和骚扰"的温馨平和的苏州故园。对于蒋少祖来说，更能深刻地理解"家庭是最古老的、最深刻的情感激动的源泉，是他的体魄和个性形成的场所。通过爱，家庭将长短程度不等的先辈与后代系列的利害与义务结合在一起"。

　　与蒋少祖的孤寂、自私以及游移不定的性格相比，蒋纯祖在对传统封建家庭的反叛更为彻底的同时，自视血统高贵的他个人英雄主义色彩似乎更为浓重。无论是在与志同道合的朋友陆明栋交往过程中明显流露出的贵族对奴隶奴役的快感，抑或在忠厚老实的王升平面前热情寒暄竭力谦虚隐藏下的骨子里散发出来的傲慢与冷漠，都显示了蒋纯祖渴望成为时代英雄的虚荣和欲望，以及他对面前充满诱惑的大都市的排斥和对满足其虚荣心的崇拜者的憎恶混杂糅合的复杂心理。蒋纯祖用审视的目光"从蒋捷三的凄婉的苏州认识了无可补救的过去的'光荣'的遗迹；从朱谷良和石华贵们的滴血的生命认识了荒鹰般翱翔于人间的卑污和怯懦之上的英雄气派；从汪卓伦的默默献身以及他的那本忠实的记事册认识了平庸与伟大之间的微妙的距离；从汪定和、傅浦生们的钩心斗角认识了拜金者们的枉然的挣扎；从蒋淑媛、蒋秀菊的华贵的生活和梦想认识了小市民们的无聊而可笑的虚荣；从蒋少祖的一面用文章领导青年，一面投递名片拜访汪精卫和陈独秀——结果只落得抄着手对夕阳悲惜地遐想的中庸主义，SMUT 中国知识分子的踌躇的难关；而且，更从目前有声有色的文化界——戏剧界——认识了战斗者的糜烂的伪装"。在追求自由爱情方面，看似比哥哥蒋少祖更现代、反叛传统更彻底的蒋纯祖骨子里却没有丝毫人格平等的现代意识，本质上更像一个生杀予夺、控制欲极强的封建专制暴君。蒋纯祖最初忍受不了"肉体的蛊惑与诱惑"，但是在这场情欲与理智互相冲突的乱伦之恋中，他初恋的激动与喜悦全部被分割的痛苦所替代，而且毫无个性的傅钟芬从没有给过他任何的意外之喜，最终以极端道学思想结束这场错误恋爱的举动也直接把他的保守思维暴露出来。

　　蒋纯祖渴望的是拒绝任何外在形式束缚的绝对的爱情自由，与高韵尽情享受热情、甜蜜、浪漫的两性生活时却忽视了爱的责任。当浪漫、虚荣、幻想色彩浓重的高韵以自由为名投入另外一位剧作家的怀抱时，蒋纯祖却又希望借助传统的家庭伦理迫使高韵回头，"在最初，他理想自由的、健全的甚至是享乐的生活，他竭力克服他的阴暗的，旧有的情感；其次，到了绝望的时候，他想到结婚等等，他觉得只要高韵和他正式同居，使别人承认了这种关系，一切便好起来了：在这个社会上有一种名义，做一个正直的丈夫，是一件痛快的、骄傲的事情，这种名义，伴随着家庭伦理，可以强迫高韵顺从，于是他便可以依照自己底意志来训练她"。蒋纯祖的矛盾纠结在于，情欲是人的本能，又对个性构成了威胁，以自由为名劝说高韵放弃外在的婚姻形式，却又在高韵移情别恋时借助家庭伦理迫使她顺从自己的意志。即使两人的感情濒临崩溃无法挽回之际，蒋纯祖也要再一次占有高韵的身体以满足自己的自私占有欲望，可见他所谓的自由与爱情只不过是追逐享乐与虚荣的幌子和利器。蒋纯祖来到石桥场后邂逅了严肃谨慎、干练利落的乡村女教师万同华，万同华既是他情感倾诉的忠实受众，又是理解与大力支持他事业的人。他在情感上应该真诚地接纳这位全身心深爱他的女人，但贵族公子的潜意识又促使他试图置身事外，彻底掌控这场情感游戏。"他确信万同华应该在他伸出手的时候就抛弃一切……""蒋纯祖想象，只要自己伸出手来，她便必定会感动、倾诉、抛弃一切"，然而出乎蒋纯祖意料的是，他居高临下仿佛君主单方面恩赐般的结婚恳求，竟然让渴望得到平等爱情的万同华喜悦的同时更感到失落与羞辱，"显然，因为蒋纯祖只说结婚，而不说别的；并且因为蒋纯祖说这个，是站在优越的地位上的。蒋纯祖的这句话，对于她，是一种欺凌"。万同华在尊重双方个性的同时更希望遵循那个时代的伦理道德、社会及家庭礼节，而蒋纯祖过于注重自我价值实现的立场以及对独立个性的追求让他不想为了爱情牺牲真我，不想退让的双方开始互相远离、互相冷淡、互相仇视进而互相摆脱，直至蒋纯祖弥留之际的真情倾诉，方才得到万同华的宽恕与谅解。

### （三）野性与叛逆并举的性格特征

深受西方启蒙思想影响的"逆子"们因公然指引一种通向未来的方向而自觉以孤胆文化英雄的形象出现，这种野性与叛逆并举的性格注定了他们不为家族所容。理想备受挫折仍九死而不悔的"逆子"们不约而同地认为，挣脱父亲与家的羁绊或许就会迎来美好的未来，于是，封闭性的家族堡垒之外的广阔天地就成了这一群"充满活力的生命形式"寻求救国救民救己道路的生命历程。觉慧、瑞全、纯祖，他们或者在流浪中变得更加成熟、坚定、自信，或者在现实与理想之间彷徨不定，承受着精神的苦刑，心力交瘁却找不到最终的归依之处。虽然"逆子"们选择的自我救赎道路以及最后的结局各有所不同，但有一点是共同的："他们都在流浪中感到了自然的博大与神秘，看到了人性的复杂与丰富，并都体验到了摆脱家庭，认知自我、展示自我、发展自我、实现自我的快意。他们身上都寄托了作者的人格力量、反叛意志、探索精神和理想追求。"生存的危机与压迫，不但没有使他们屈服，反而使他们的个性更加张扬。他们代表着一种鲜活的生命，给古老的中国带来了强烈的青春气息。

然而，在"逆子"们的身上，既有反叛家族的激情，也有恋家的温情。毕竟，"'家'所特有的栅栏结构既意味着封闭，也意味着保护；既是囚禁，也是养育"。高家"大胆的叛徒"觉慧，视具有"无上权威"的爷爷为敌人，并敢公开与之对抗。但高老太爷临终前，觉慧却"不顾一切跑到祖父面前，摇着祖父的手"。因为他怕和祖父"永远怀着隔膜、怀着祖孙两代的隔膜而分别"。巴金说过一段话，代表了"逆子"们对家庭的矛盾情感态度："我离开旧家庭，就像摔掉一个可怕的阴影，我没有一点留恋。……然而理智和感情常常有不很近的距离。那些人物、那些地方、那些事情，已经深深地印在我的心上，任是怎样磨洗，也会留下一点痕迹。……也就是这留恋伴着那更大的愤怒……然而单说愤怒和留恋是不够的。我还要提说一个更重要的东西，那就是信念。"这种情感与理智的矛盾也表现在瑞全身上，他"把中国几千年来视为最神圣的家庭，只当作一种生活的关系。到国家呼救的时候，没有任何障碍能拦阻得他应声而至"。但他"永远，永远与母亲在感情上有一种无可分离的联系"。在旷野中流浪的蒋纯祖，也时而产生对于家的温柔的怀念，那常常是一些类似梦境的令人陶醉的记忆断片："他的年老的可畏的亲戚，他的甜美的家，他的儿时，他的纯洁。"在漂泊已久的蒋纯祖心里，曾经给予他美好回忆的家早已成为一个温馨的港湾。"苏州故园对他们来说，既是他们曾拥有的高贵的出身、教养与生活情调的象征，又是他们处于战争漂泊中的精神家园，既是他们童年生活的乐园，又是他们远离故土后魂牵梦绕的圣地。"的确，"家对于他们来说，意味着一种精神上的炼狱，也意味着一种神圣的血缘关系与难以割舍的生活情调"。所以，即使是意志最坚定的叛逆者在面对家庭时，多少也会有迟疑犹豫的心理，有时理智往往迁就了感情。

《科尔沁旗草原》中的丁宁，修完学业后满怀理想回到家乡试图做出一番事业，不过科尔沁旗草原迎接他的却是"苍蝇"般的蝇营狗苟以及旧家族无可救药的自我沉沦。觉慧在对"父亲与家"彻底绝望后特意在祖父下葬前离家出走，决绝的言行彻底实现了自己"我要做旧礼教的叛逆者"的诺言。瑞全面对满目疮痍的祖国，"坚决地斩断一切情爱——男女、父母、兄弟、朋友的——而把自己投在战争的大浪中，去尽自己的一点对国家的责任"。从这种意义上讲，他们的叛逆出走正是舍"家"为"国"，只有国家太平昌盛，才有万家的安居乐业。"他们的流浪从根本上讲正是为了家，而支撑他们在困苦、艰辛，甚至血与火的生活中生存的精神支柱，就来自于曾经抚养了他们，给了他们生命的家。"这群在父辈眼中忤逆不道的西方启蒙思想的忠实追随者，他们既是真正的"叛逆者"，又是家族基因精髓真正的传承者。他们当初虽因野性与叛逆为长辈所呵斥，却又在大胆、自我、野蛮的性格特质上与老一辈创业者息息相通，他们的叛逆行为虽然给行将就木的父权制度以致命的一击，但他们的"弑父"行为却又使新家的重建成为可能，因而最终得到长辈的宽容与谅解。高老太爷临终前对觉慧的依依不舍绝非对其擅自离家出走行为的认可，更多的是从觉慧身上看到家族复兴的希望。面对曾被自己骂作"骗子"的蒋少祖，弥留之际的蒋捷三顿时明白了自己曾经的错误，而宽恕谅解叛徒所显示出的深沉厚重的父爱或许正是将四分五裂的子女重新聚集在一起的心理因素。而曾经决绝果敢拂袖而去的所谓"逆子"们下意识流露出的对家的不可阻止的怀念，正是对人伦之乐及父子之情的自然回应。

传统知识分子以家族为本位的心理导致了中国传统文化中家与国密不可分的特质，正如樊浩所说："在整个世界上，家庭经常是社会的基础，但在中国，家庭成了整个社会，因此，我们可以说中国的社会，就是中国的家庭制度。"正因为如此，充当封建专制主义基石的家族制度因其对人的解放、独立与自由的束缚与限制在"五四"前后遭到无情的抨击。陈独秀、吴虞等民主先驱互相应和、大声疾呼，力图描绘出家族制度与专制主义的异形同构关系。郁达夫、胡适、周作人等同人则强力否定旧的家族制度，宣称要在中国建立"一种个人主义的人间本位主义"。陈独秀、鲁迅等人更是倡导一种与传统伦理截然不同的以幼者本位取代长者本位、以子孙崇拜取代祖先崇拜的新型父子关系。不过，在理性上与旧文化传统彻底决裂的现代作家们却在情感上扯不断他们与家族之间千丝万缕的联系，毕竟，长时间的浸润已让他们完全融为一体。其实，这也从另外一个侧面昭示出家族文化自身的复杂意蕴，这种复杂意蕴不仅导致现代作家语言层面上激烈抨击与行为方式上无奈认同所形成的情与理的矛盾和困惑，也是它作为一种世代相传的文化传统得以存在的基础。家族在传统社会的存在象征了一种有条不紊的秩序、上下有别的等级，它的存在确实给了人们种种约束，不过同时也给予人们一种安全感。对这种建立在血缘关系上的温暖港湾恐怕很少有人能抵抗得住它的诱惑，即使是对家族文化激烈抨击的现代作家。

从某种意义上说，一方面崇拜席勒的强盗们、尼采的超人和拜伦的绝望的"英雄们"，将西方文化作为精神导向，用青春呼唤光明，主动承担思想启蒙表率的"逆子"群体代表了作者所向往的理想人格。另一方面，家族文化自身的多重意蕴也导致了现代作家徘徊在理性思考与情感认同之间的矛盾情怀。他们虽然清醒地认识到旧家庭与专制家长给家人带来的伤害，因而怀疑并激进地讨伐，对家庭伦理表现出彻底的反叛，不过受传统伦理文化长期的浸润，家庭早已经成为他们精神家园的归依之处，这种矛盾的情感不但表现在他们对旧家庭游离徘徊的态度上，也体现在他们作品的家族叙事中。

# 第三节　现代文学中父子关系的传承与改变

中国是一个以血缘关系为基础的宗法社会，因自然繁衍、伦理秩序及社会、经济、政治等各方面的天然优势而对整个家族成员拥有绝对控制权的父亲是一位穿着圣衣、拿着圣剑的上帝，总"以为父对于子，有绝对的权力和威严；若是老子说话，当然无所不可，儿子有话，却在未说之前早已错了"。父子关系在中国文学中在儒家文化的熏陶下始终隐含一种"原债"情结，及至文学创作和启蒙精神紧密结合的五四时期，现代知识分子充分认识到"民主与过去的父权水火不容，任何形式的解放首先是摆脱父亲的解放"。他们试图用舶来的"自然主义"解构传统的"道德主义"，在重估传统价值的同时把矛头直接指向传统文化重要组成部分的家族文化，大都站在"人子"的立场上对"父权"进行颠覆，要求把文化道德建立在人的自然本性基础上，提出以"个人本位"代替"家族本位"、以

"幼者本位"代替"祖先崇拜"的新型伦理观念，"这既是现代知识分子的家庭理想，也是他们反叛家族文化的价值标尺"，映射出现代性对于传统性的反叛。现代作家们随之感觉到基于进化论的自然主义思想方法的过度阐释，有将人的存在还原为自然存在的潜在危险，这也违背了他们通过对旧文化的批判与反思缔造出一种更符合人性并能使中华民族独立于世界民族之林的新文化的初衷。激进的五四新文化运动落潮后，启蒙思想家、新文化运动主将们一反往日针对封建伦理的彻底决裂，笔下或隐或现的是对"父慈子孝"儒家传统的向往。到了抗战年代，现代作家们毅然把往日"弃之如敝屣"的家族文化敬奉为凝聚全民族一致抗战的精神源泉。于是体现在 20 世纪三四十年代家族文学作品中的父子关系上，我们更多看到的是"人文主义"的自觉回归。作家们同时超越了传统的"道德主义"和"五四"的"自然主义"，在全面把握文化和自然关系的基础上重新诠释了父子关系。

## 一、时势抑或人事

19 世纪中叶，中国对西方的模仿，止步于坚船利炮等器物层面，其目标仅仅是"师夷长技以制夷"，于是随后出现了鸦片战争的失利、洋务运动的破产、甲午战争的惨败、戊戌变法的流产……这个进程中日益凸显中国民众及进步知识分子强烈的民族自尊自信与自强精神以及日渐觉醒的救亡主体意识。

自传统中国被西方的坚船利炮悍然轰开紧闭的国门，"国之中央"的民族尊严被彻底践踏、亵渎的那一瞬间开始，以"修身、齐家、治国、平天下"为己任的中国传统知识分子就被迫开始思索民族与国家在重压下生存的问题。摆在他们面前最刻不容缓的近期奋斗目标就是：如何尽快摆脱国耻民辱的悲哀现状，用强烈的自尊、自信与自强精神重新塑造一个强大的中华民族。在进步知识分子所有的思索、探讨与争论中，救亡图存成为他们最普遍也最认可的功利性意识，"而'启蒙'则成为实现'救亡'目的的精神呈现方式和价值外化途径"。

明、清以降，受益于"西学东渐"的进步知识分子开始了器物、制度与思想层面的种种改良、变革与启蒙。从林则徐、魏源乃至热衷于军事实践的"洋务派"尝试打破闭关锁国的天朝心理，"开眼看世界"，以图器物层面的变革，到以康有为、严复、梁启超、谭嗣同为首的清末维新派极力推崇政治制度改革，主张兴民权、设议院、实行君主立宪和发展资本主义经济、传播西方科学文化等，以期变法图存，在社会上也起到了初步思想启蒙的作用。以陈独秀、李大钊、蔡元培、胡适、鲁迅等为代表的"五四"启蒙思想家，不约而同地倾其全力投身启蒙运动，在移植西方的自由、民主价值和科学理性，"提倡新道德，反对旧道德；提倡新文学，反对旧文学；提倡民主与科学，反对封建专制愚昧"的实践进程中，他们试图打破传统儒家等级专制理念和迷信盲从心理的时代意识，持续深化与拓展中国式的"启蒙语境"，最终促使"启蒙"成为五四时期众人瞩目的"启蒙主义"文化大潮。

## （一）思想启蒙及文化觉醒

从林则徐着手编撰《四洲志》期望全面掌握西方先进国家历史、疆域以及政治现状开始，身居庙堂心怀"忧君忧国更忧民"传统情怀的中国近代知识分子已经着力打破心理上的束缚，开始将中西方文化纵向比较，并在因此产生的"文化痛苦感"中孕育出初期的"启蒙意识"。历经鸦片战争失利、洋务运动破产、甲午战争惨败、戊戌变法流产以及辛亥革命的不彻底后，进步的知识分子逐步认识到中国步入现代化强国的核心层面问题不是器物问题，也不是制度问题，而是要彻底解决民众的思想启蒙以及文化觉醒的问题。1915 年9 月，陈独秀在上海创办了《青年杂志》（从第二卷起更名为《新青年》），自此，现代启蒙思想家们鼎力高举"科学"与"民主"两面旗帜，大张旗鼓地宣传新思想、新文化、新道德，雷厉风行地反对旧思想、旧文化、旧道德，在神州大地掀起了文化启蒙、思想解放的狂潮。

中国传统文化词汇中的"民主"最初出自《尚书·咸有一德》："后非民罔使，民非后罔事，无自广以狭人。匹夫匹妇，不获自尽，民主罔与成厥功。"其中的"民主"为名词，没有太多的复杂含义。五四时期的"民主"源于希腊字"demos"，意思为人民。其定义是："在一定的阶级范围内，按照平等和少数服从多数原则来共同管理国家事务的国家制度。在民主体制下，人民拥有超越立法者和政府的最高主权。民主是由全体公民——直接或通过他们自由选出的代表——行使权利和公民责任的政府。民主是以多数决定、同时尊重个人与少数人的权利为原则。所有民主国家都在尊重多数人意愿的同时，极力保护个人与少数群体的基本权利。"陈独秀在《青年杂志》发刊词《敬告青年》中激情勃发地阐释自己反对封建礼教、追求民主与科学的强烈愿望。他以进化论为论证基点，讴歌赞扬青年们"如初春，如朝日，如百卉之萌动，如利刃之新发于硎"，语重心长地嘱托青年们要"自觉其新鲜活泼之价值与责任"，热情洋溢地号召青年们要"奋其智能，力排陈腐朽败者以去"，并慎重地提出"自主的而非奴隶的""进步的而非保守的""进取的而非退隐的""世界的而非锁国的""实利的而非虚文的""科学的而非想象的"六项标准。陈独秀对民主与科学的传播与颂扬迅速而强有力地推进了新文化运动在国内各个层面持续发展。

陈独秀在强力抨击戕害青年与阻碍社会进步的封建专制制度和封建礼教时，把矛头直接指向了中国绵延数千年的君主专制制度，深刻剖析君主专制"以君主之爱憎为善恶，以君主之教训为良知。生死予夺，惟一人之意是从"的本质，是导致中国"人格丧亡，异议杜绝""民德、民志、民气，扫地尽矣"的罪魁祸首，指出"专制政体之下，政无由宁，民无由苏，民力国势，莫由发展"的无望未来，并向沉默中的民众高声倡议呐喊，中国如果想要求得生存发展，"就必须用自由自治的国民政治彻底代替数千年相传的官僚专制的个人政治"。为了便于普通民众理解为什么要摒弃以往在精神上奉为圭臬、至尊的孔子学说，陈独秀运用历史发展的观点深入浅出地阐释了孔子学说与现代社会以及大多数国民的幸福生活格格不入的道理："孔子生长封建时代，所提倡之道德，封建时代之道德也；所垂示之礼教，即生活状态，封建时代之礼教，封建时代之生活状态也；所主张之政治，封建时代之政治也。封建时代之道德、礼教、生活、政治，所心营目注，其范围不越少数君主贵族之权利与名誉，于多数国民之幸福无与焉。"陈独秀认为，要想在中国实现真正的自由、平等、独立等现代进步文化，就必须摧枯拉朽般彻底摧毁盘踞在国人心中数千年的孔儒纲常伦理制度。"三纲之根本义，阶级制度是也。所谓名教，所谓礼教，皆以拥护此别尊卑、明贵贱之制度者也。近世西洋之道德政治，乃以自由、平等、独立之说为大原，与阶级制度极端相反。此东西文明之一大分水岭也。吾人果欲于政治上采用共和立宪制，复欲于伦理上保守纲常阶级制，以收新旧调和之效，自家冲撞，此绝对不可能之事。盖共和立宪制，以独立、平等、自由为原则，与纲常阶级制为绝对不可相容之物，存其一必废其一。"

针对封建遗老与传统顽固势力发起的"尊孔读经"的思想逆流，易白沙在《新青年》发表的《孔子平议》文章旗帜鲜明地对它进行了披露，因为孔子本身自带的"尊君权""不准问难""无绝对主张"以及"重做官"等特点，才被想要"蔽塞天下之聪明才志"的汉武帝以降等历朝历代皇帝当作利器，"利用孔子为傀儡，垄断天下之思想"。

吴虞在《家族制度为专制主义之根据论》文中详细揭露了孔儒伦理学说与君主专制制度、家族制度的内在联系："详考孔氏之学说，孝为百行之本，故其立教，莫不以孝为起点，所以'教'字从孝。凡人未仕在家，则以事亲为孝；出仕在朝，则以事君为孝。……由事父推之事君事长，皆能忠顺，则既可扬名，又可保持禄位。……孝之范围，无所不包，家族制度之与专制政治，遂胶固而不可以分析。"吴虞由此向国民大声疾呼，作为两千年来专制政治与家族制度联结之根干，孔儒腐朽伦理核心的"孝悌"无声然而残忍地戕害无辜的善良国民。吴虞认为，要想改变眼前受欺压、受侮辱的现状，要使我们的民族、国家真正步入现代文明时代，就"必须进行儒教革命，才能造就我国的新思想、新学说、新国民"。

陈独秀更是直截了当地指出必须"打倒孔家店"彻底摧毁封建礼教的根本原因，"孔教与帝制，有不可离散之因缘"，孔夫子之道已经不再适应中国的现代社会，如果不真正"打倒孔家店"，那么已经坍塌的与孔教互相依存、共生同长的封建礼教与帝制就会复燃、卷土重来。陈独秀清楚地认识到，要想彻底粉碎孔儒伦理纲常与封建礼教，就必须以"拿来主义"的心态向西方先进文化制度学习，重新建构中国社会全新的现代道德秩序。而吴虞更是在享有盛誉的批孔檄文《吃人与礼教》中振聋发聩地向国民展示了孔儒封建礼教的吃人本质："孔二先生的礼教讲到极点，就非杀人吃人不成功，真是惨酷极了！……到了如今，我们应该觉悟：我们不是为君主而生的，不是为圣贤而生的，也不是为纲常礼教而生的！甚么'文节公'呀，'忠烈公'呀，都是那些吃人的人设的圈套，来诳骗我们的！我们如今应该明白了，吃人的就是讲礼教的，讲礼教的就是吃人的呀！"

奉了"将令"的鲁迅为更彻底地"暴露家族制度和礼教的弊害"创作了《狂人日记》，借"狂人"的另样思维透视整个儒学传统："我翻开历史一查，这历史没有年代，歪歪斜斜地每页上都写着'仁义道德'几个字。我横竖睡不着，仔细看了半夜，才从字缝里看出字来，满本都写着两个字是'吃人'！"鲁迅曾经与友人交谈，认为《狂人日记》"显示了'文学革命'的实绩"，它以"'表现的深切和格式的特别'，抨击了一部分青年读者的心"。为呼应日本女作家与谢野晶子刊登在《新青年》第四卷第五号认为"贞操不应该作为一种道德标准"的《贞操论》，鲁迅在《我之节烈观》中痛斥"虚君共和""孟圣矣乎"等系列逆民主潮流而行的怪象，号召民众"要除去虚伪的脸谱，要除去世上害己害人的昏迷和强暴"。这一时期最撼人心魄的呐喊就是如何拯救下一代，"救救孩子"，给他们指明前进的方向。鲁迅在《我们现在怎样做父亲》中审慎地写道："先从觉醒的人开手，各自解放了自己孩子。自己背着因袭的重担，肩住了黑暗的闸门，放他们到宽阔光明的地方去；此后幸福的度日，合理的做人。"其中"黑暗的闸门"典故出自民众喜闻乐见的民间通俗小说《说唐》，其中绿林好汉雄阔海为救被困的众反王，力托千斤闸，终因体力不支被压死。鲁迅在文中以绿林好汉自喻，甘愿自己被黑暗永远吞没，希望能"救出孩子，救出中国的未来"。

具有初步共产主义思想的进步知识分子李大钊在"掊击孔子"时，直接把批判孔子与攻击封建专制制度紧密结合起来。他认为秦汉以后君主尊孔的历史，就是一部"大盗"与"乡愿"盘根错节、狼狈为奸的历史。"孔子生于专制之社会、专制之时代，自不能不就当时之政治制度而立说，故其说确足以代表专制社会之道德，亦确足为专制君主所利用资以为护符也。历代君主，莫不尊之祀之，奉为先师，崇为至圣。而孔子云者，遂非复个人之名称，而为保护君主政治之偶像矣。"同时李大钊又从康有为上书主张"以孔子为大教，编入宪法"的举动里，敏锐地观察到军阀政府在政治上复辟帝制与思想上复古尊孔之间的天然联系："我总觉得中国的圣人与皇帝有些关系。洪宪皇帝出现以前，先有尊孔祭天的事，南海圣人（康有为）与辫子大帅（张勋）同时来京，就发生皇帝回任的事。现在又有人拼命在圣人上作工夫，我很骇怕，我很替中华民国担忧！"李大钊认为，历代君主之所以把孔子"奉为先师，崇为至圣"，只不过是因为孔儒伦理学说是历代帝王君主的护身符而已，"余之掊击孔子，非掊击孔子之本身，乃掊击孔子为历代君主所雕塑之偶像的权威也；非掊击孔子，乃掊击专制政治之灵魂也"。在这里，李大钊直言他"掊击"的不是作为个人的孔子本身，而是历代帝王君主树立在民众思想中历经千年而岿然不动的"偶像"与"权威"，更是残害压榨普通民众肉体与灵魂几千年的"专制政治之灵魂"，等于准确地击中了把孔儒伦理纲常作为护身符的封建专制主义的巢穴。当然，李大钊在思想上、政治上"掊击孔子"的同时，并没有全盘否定孔子在学术上的贡献，认为"一个学说与其时代环境有莫大的关系"，肯定孔子"只是一代哲人"。

## （二）人文主义的自觉回归

在启蒙视阈下如何把心甘情愿在"铁屋子"里慢慢堕落灭亡的麻木民众改造为具有新人格的一代新人，新文化知识分子群体有不同的真知灼见。陈独秀发表在《青年杂志》上的《敬告青年》一文中提倡青年应该具有的"六义"，其中四条包含有"进取、务实、开放"的新人格精神："进步的而非保守的""进取的而非退隐的""世界的而非锁国的""实利的而非虚文的"。由此可以看出，陈独秀想把进步的、世界的、实利的价值取向都尽量融入这种进取、有活力、昂扬向上的新型人格的塑造中去。自此为起点，陈独秀开始持续批评揭露中国民众因循守旧的保守型人格精神，针对青年群体普遍存在骄矜阴柔性格的现象，他在《今日之教育方针》文中直截了当地批评道："余每见吾国曾受教育之青年，手无缚鸡之力，心无一夫之雄；白面纤腰，妩媚若处子；畏寒怯热，柔弱若病夫；以如此心身薄弱之国民，将何以任重而致远乎？"陈独秀认为，要想彻底改变民众这种怯懦柔弱性格，必须深入学习欧洲与日本国民浸润到骨髓里那种在竞争中虽鲜血淋漓却仍然百折不挠的"兽性主义"，"晰种之人，殖民事业遍于大地，唯此兽性故；日本称霸亚洲，唯此兽性故"。

中国传统民众向来把孔儒伦理学说中的"中庸之道"奉为处世圭臬，稳重与保守经常杂糅到一起。日本人很是揶揄中国民众这种不思进取的无为性格，讥讽国人尤以"屈从强有势力者"为多，因此认为中国想要达到并实现"民权"与"自由"并存的进步文明时代为期尚早，"若夫触世界之潮流，促醒其迷梦，使知国家为何物，民权为何物，自由为何物，其日尚远也！"对此，陈独秀痛心疾首地认为，日本人的言论固然可恶，但是明显存在的国民劣根性又岂能不默默承受？"日人此言，强半属于知识问题者，犹可为国人恕。惟其'屈从强有势力者'一言，国人其何以忍受？然征诸吾人根性，又何能强颜不承？"陈独秀认为，民众这种故步自封的腐朽落后的保守观念正是阻碍社会奔向现代文明时代的罪魁祸首，如要中国早日跨入世界强国行列，就必须以坚毅不挠的热血精神彻底克服国民人性中的劣根性，"吾人而不以根性薄弱之亡国贱奴自处也，计惟以热血荡涤此三因，以造成将来之善果而已"。随后，陈独秀继续在《新青年》文中以欧美、日本等资本主义强国教育实例为鉴，痛斥因循守旧的青年不思进取，白白浪费了大好年华，"英、美、日本之青年，亦皆以强武有力相高：竞舟角力之会，野球远足之游，几无虚日，其重视也，不在读书授业之下。故其青年之壮健活泼，国民之进取有为，良有以也。而我之青年则何如乎？甚者纵欲自戕以促其天年，否亦不过斯斯文文一白面书生耳！"几番痛快淋漓的痛斥后，心平气和的陈独秀为旧青年如何转化为20世纪的新青年指明了前进方向："倘自认为20世纪之新青年，头脑中必斩尽涤绝彼老者壮者及比诸老者壮者腐败堕落诸青年之做官发财思想，精神上别构真实新鲜之信仰，始得谓为新青年而非旧青年，始得谓为真青年而非伪青年。"

陈独秀对旧青年的批判以及对新青年的倡导得到了志同道合者的遥相呼应。李大钊在《〈晨钟〉之使命——青春中华之创造》一文中极力倡导进步青年永无止境的进取精神，"青年之字典，无'困难'之字，青年之口头，无'障碍'之语；惟知跃进，惟知雄飞，惟知本其自由之精神，奇僻之思想，锐敏之直觉，活泼之生命，以创造环境，征服历史"。在这里，李大钊提出了改造旧中国为"青春中华"的美好愿望。为此，他循循善诱鼓励风华正茂的青年要"惟知跃进，惟知雄飞"，"与境遇奋斗，与时代奋斗"，共同致力于"青春中华之创造"。关于东西方文化的区分及优劣论争问题，李大钊认为两种文化地理环境与文化背景以及生活依据等因素的差异，我国"静的文明"在西方"动的文明"面前暂时处于劣势，我们应奋起直追，尤其是风华正茂的青年更要积极发挥动的精神，接受西洋文明之长处，创造属于我们自己动的文明。"吾人认定于今日的世界之中，非创造一种动的生活，不足以自存。吾人又认定于静的文明之上，而欲创造一种动的生活，非依绝大之努力不足以有成。故其希望吾沈毅有为坚忍不挠之青年，出而肩此重任。……若而青年，方为动的青年而非静的青年，方为活泼泼地之青年，而非奄奄待死之青年。"

　　然而让人悲观的是，随着时间的流逝，先驱者呕心沥血为之奋斗的启蒙之路非但没有取得石破天惊的效果，却渐渐陷入沉寂的矛盾之地了。李大钊 1918 年在刊于《新青年》上的《新的！旧的！》一文中详细地描述了启蒙不尽如人意的现状："国人今日的生活，全是矛盾生活；中国今日的现象，全是矛盾现象。举国的人都在矛盾现象中讨生活，当然觉得不安，当然觉得不快，既是觉得不安不快，当然要打破此矛盾生活的阶级，另外创造一种新生活，以寄顿吾人的身心，慰安吾人的灵性。矛盾生活，就是新旧不调和的生活；就是一个新的，一个旧的，其间相去不知几千万里的东西，偏偏凑在一处，分立对抗的生活。这种生活，最是苦痛，最无趣味，最容易起冲突；这一段国民的生活史，最是可怖。"到了第二年初，面对社会上愈来愈强烈的讥讽与非难，陈独秀对国家革新的希望都抱以悲观的态度："本志经过三年，发行已满三十册；所说的都是极平常的话，社会上却大惊小怪，八面非难，那旧人物是不用说了，就是咕咕叫的青年学生，也把《新青年》看作一种邪说，怪物，离经叛道的异端，非圣无法的叛逆。本志同人，实在是惭愧得很；对于吾国革新的希望，不禁抱了无限悲观。"鲁迅也感受到了他们处于"无物之阵"的寂寞与无奈，"他们正办《新青年》，然而那时仿佛不特没有人来赞同，并且也还没有人来反对，我想，他们许是感到寂寞了……""启蒙式精神改造"在现实生活中陷入低潮的原因很多，或许新文化知识分子想要一次性彻底从根本上解决政治问题的理想化思维模式占了很大的诱因。如果重回起点，我们会从陈独秀刊于《新青年》第一卷第五号的《一九一六》文中发现个中端倪："自吾国言之，吾国人对此一九一六年，尤应有特别之感情，绝伦之希望。盖吾人自有史以讫一九一五年，于政治，于社会，于道德，于学术，所造之罪孽，所蒙之羞辱，虽倾江、汉不可洗也。当此除旧布新之际，理应从头忏悔，改过自新。一九一五年与一九一六年间，在历史上画一鸿沟之界：自开辟以讫一九一五年，皆以古代史目之，从前种种事，至一九一六年死；以后种种事，自一九一六年生。吾人首当一新其心血，以新人格，以新国家，以新社会，以新家庭，以新民族。必追民族更新，吾人之愿始偿，吾人始有与晰族周旋之价值，吾人始有食息此大地一隅之资格。青年必怀此希望，始克称其为青年而非老年；青年而欲达此希望，必扑杀诸老年而自重其青年，且必自杀其一九一五年之青年而自重其一九一六年之青年。"

　　在严酷的事实面前，忧国忧民的现代知识分子清醒地认识到：必须从根本上改变人们的封建思想，实现人的价值观念的更新，而这一切仅仅依靠政治革命来改变中国的命运难以实现预期的目的。于是，一批率先觉醒的知识分子便试图砸碎眼前这个令人窒息的"铁屋子"，开始对中国民众进行精神启蒙，他们在重估传统价值的同时，把矛头指向传统文化重要组成部分的家族文化，对家族文化的反思与批评成为20世纪上半叶政治革命与思想革命关注的焦点。中国现代作家对家族制度及伦理道德都表现出了足够关注的热情。他们在理论上无一例外地对它们——给予了彻底的否定，同时又提出了重建的设想，以"个人本位"代替"家族本位"，以"幼者本位"代替"祖先崇拜"，颠覆男尊女卑的传统秩序以实现男女平等和女性的真正解放，"这既是现代知识分子的家庭理想，也是他们反叛家族文化的价值标尺"。

1919年，正值新文化运动波澜壮阔之际，鲁迅先生发表了一篇著名杂文——《我们现在怎样做父亲》。文章的本意"是想研究怎样改革家庭"，"尤想对于从来认为神圣不可侵犯的父子问题，发表一点意见"。在这篇文章中，鲁迅以进化论为思想武器，阐明了他在父子关系问题上的自然主义立场："我现在心以为然的道理，极其简单，便是依据生物界的现象，一、要保存生命；二、要延续生命；三、要发展生命（就是进化），生物都这样做，父亲也就是这样做。"文章的最惊世骇俗之论，莫过于"父子之间没有什么恩"这一断语："饮食的结果，养活了自己，对于自己没有恩；性交的结果，生出子女，对于子女当然也算不了恩。"

周作人根据生物自然的规律，认为父母与儿女之间并不存在报恩还债，"报本返始"，他痛斥了传统家庭中长者与幼者之间的不合理关系，反对父母一味要幼者牺牲的悖谬行为："父母生了儿子，在儿子并没有什么恩，在父母反是一笔债。……在自然规律上面，的确是祖先为子孙而生存，并非子孙为祖先而生存的，所以父母生了子女，便是他们（父母）的义务开始的日子，直到子女成人才止。"儿子对父母并没有什么债要还，相反，"父母倒是还债——生他的债——的人……至于'恩'这一字，实是无从说起，倘说真是体会自然的规律，要报生我的恩，那便应该更加努力做人，使自己比父母更好，切实履行自己的义务——对于子女的债务——使子女比自己更好，才是正当办法"。明确表示试图颠覆传统的道德主义。鲁迅同样从生物界保存、延续、发展生命的进化规律要求父亲，认为父母"所生的子女，固然是受领新生命的人，但他也不永久占领，将来还要交付子女，像他们的父母一般"。他并进而振聋发聩地指出，传统的父子关系的误区在于"长者本位与利己思想，权利思想很重，义务思想和责任心却很轻，以为父子关系，只须'父兮生我'一件事，幼者的全部，便应为长者所有。尤其堕落的，是因此责望报偿，以为幼者的全部，理该做长者的牺牲"。这样"不但败坏了父子间的道德，而且也大返于做父母的实际的真情，播下乖剌的种子"。

胡适则一反传统父母在儿女面前居功和期望回报的心理，面对年幼的儿子，他深情写道："树本无心结子/我也无恩于你/但是你既然来了/我不能不养你教你/那是我对人道的义务/并不是待你的恩谊/……我要你做一个堂堂正正的人/不要做我的孝顺儿子。"显示出了与传统伦理不同的新型父子关系，他注意的是父对子的责任与义务，而不是对子辈权利的剥夺。其实，父母即使为儿女做出了牺牲，也属于人之常情，没有任何可以自夸的必要。张爱玲在谈及父母之爱时说："环境越艰难，越显出父母之爱的伟大。父母子女之间，处处需要牺牲，因而养成了克己的美德。自我牺牲的母爱是美德，可是这种美德是我们的曾祖先遗留下来的，我们的家畜也同样具有的——我们似不能引以为自傲。本能的仁爱只是兽性的善。"作为一般动物都具有的本能，而人更没有权利拒绝，老与少之间正当开阔的路应是："老的让开道，催促着，奖励着，让他们走去。路上有深渊，给自己走去；老的也感谢他们从我们填平的深渊上走去。"鲁迅从人的价值意义的角度肯定了"后起的生命，总比以前的有意义，更近完全，因此也更有价值，更可宝贵；前者的生命，应该牺牲于他"。由此，"五四"启蒙知识分子颠覆了长期禁锢人们思想的长幼有序的传统观念，并试图在传统封建伦理道德的废墟上建立全新的自然主义基础上的"幼者本位"的新型父子关系。

表现在作品中，"父"的形象千篇一律，仅仅是一个僵硬的顽冥不化的阻碍社会前进的绊脚石。"子"此时成了光明的使者，肩扛黑暗的闸门，打碎封建家族的枷锁，在众声喧哗之中，寻找与世界共时发展的道路。打碎了笼罩在父子关系上最后一层神圣的外衣后，"子"们一反往日温顺的面目，肆无忌惮地向"父"们发起一次又一次猛烈的进攻，甚至重新燃起儿时那个"弑父"的念头。

潜在的危险被发现后，作家们陷入对家族文化多重意蕴的深入理性思考。

传统的伦理道德之所以受到五四新文化先锋的普遍唾弃，原因之一就是它包含着很多违背自然、否定自然的因素，诸如"郭巨埋儿""老莱娱亲"以及"割股尝秽"等所谓"孝行"。不过这些所谓"孝行"不但今天我们看来不近人情，就在当时也不曾为真正的大儒所赞赏。包括鲁迅在内的启蒙思想家、新文化运动主将引入进化论并以自然主义取代道德主义的初衷，当然不是要把人的存在还原为动物的存在乃至生物的存在，而是要通过对旧文化的批判与反思，缔造出一种更符合人性并能使中华民族自立于世界民族之林的新文化。进化论在人类社会的逻辑延伸即是"强权公理"，这与启蒙思想家、新文化运动主将大力提倡的"公理战胜强权""幼者本位"的主张明显抵触。传统的伦理讲"父慈子孝"，并把重点偏在"子孝"上，并不是不讲"父慈"，而是"父慈"如同"虎毒不食子"一样，基本上已经固化为人的一种本能，无须过多的文化与道德渲染。而且古人提倡的"报恩"，其主体主要是在子女，也就是说，它主要是让子女从自我本位出发，"老吾老，以及人之老"，形成一种"鳏寡孤独废疾者皆有所养"的超越功利束缚的合理文化氛围。

激进的五四新文化运动落潮后，启蒙思想家、新文化运动主将一反往日针对封建伦理的彻底决裂，笔下或隐或现的是对"父慈子孝"的向往。到了抗战年代，现代作家们竟把往日"弃之如敝屣"的家族文化敬奉为凝聚全民族一致抗战的精神源泉。体现在本时期作品中，我们更多看到的是人文主义的自觉回归。作家们同时超越了传统的道德主义和"五四"的自然主义，在全面把握文化和自然关系的基础上重新诠释了父子关系。

## 二、反叛与归依之间

虽然中国近代知识分子已经看透器物改进与制度改良不能从根本上解决中国现实的内忧外患问题，但是自上到下的国人仍然生活在一叶障目、夜郎自大"天朝帝国"的虚假镜像中。针对此时中国真实的状况，鲁迅有过犀利透彻的叙述："中国大约太老了，社会上事无大小，都恶劣不堪，像一只黑色的染缸，无论加进什么新东西去，都变成漆黑。可是除了再想法子来改革之外，也再没有别的路了。"

正是基于对历次变革失利进程的深邃省察与深度反思，五四新文化知识分子才致力于对国民精神的改造。陈独秀在《爱国心与自觉心》一文中首先指出爱国心、自觉心与国家的关系："国人无爱国心者，其国恒亡，国人无自觉心者，其国亦殆。二者俱无，国必不国。"在对二者分别阐释的同时，指出中国民众与欧美人士对国家认知与态度的巨大差异。素有忠君爱国传统的中国人把国家看作"与社稷齐观"，认为"此国家，此社稷，乃吾君祖若宗艰难缔造之大业，传之子孙，所谓得天下是也"。但是为"缔造大业""得天下"前赴后继纷纷倒下的普通民众，实际上并"无丝毫自由权利与幸福"。与中国人截然不同的是，欧美人士仅仅把国家看作"为国人共谋安宁幸福之团体"，"其目的在保障权利，共谋幸福"。陈独秀认为，当前中国最大的隐患，"非独在政府"，而是民众没有真正认识到自己的权利，"不知国家之情势而爱之者，如朝鲜人、中国人等皆是也"。对于孔孟儒学与民主共和的决然对立，陈独秀有着清醒而深邃的认知："孔教与共和乃绝对两不相容之物，存其一必废其一，此言愚屡言之。张、康亦知之，故其提倡孔教必剖共和，亦犹愚之信仰共和必排孔教。……因此，主张尊孔，势必立君；主张立君，势必复辟。理之自然，无足怪者。"

鲁迅在《老调子已经唱完》一文中把传统文化比喻成"老调子",社会总是在进步,但是"老调子"总是唱不完,原因在于"自己为中心的人们,却决不肯以民众为主体,而专图自己的便利,总是三番四复的唱不完,而国家却已经被唱完了"。鲁迅目睹过封建军阀"一面制礼作乐,尊孔读经","而一面又坦然地放火杀人,奸淫掳掠"的悲惨景象,深刻地了解他所深恶痛绝的"老调子将中国唱完,完了好几次,而它却仍然可以唱下去"。如果听任"老调子"一个一个唱下去,中国的现状永远不可能会改变。另外,陈独秀也敏锐地观察到传统经济体制与孔孟儒学之间的密切联系:"现代生活以经济为之命脉,而个人独立主义,乃为人格独立,与经济学上之个人财产独立,互相证明,其说虽乃至不可摇动。而社会风纪,物质文明,因此大进。中士儒者,以纲常立教。为人子为人妻者,即失个人独立之人格,复无个人独立之财产。父兄畜其子弟,子弟养其父兄。……《坊记》曰:'父母在,不敢有其身,不敢私其财。'"由财产与人格独立的关系推断出中国与西方民众人格独立境遇大相径庭的根源:"人格之个人独立既不完全,财产之个人独立更不相涉,鳏寡孤独有所养之说,适与个人独立之义相连。西洋个人独立主义,乃兼伦理经济二者而言,尤以经济上个人独立主义为根本也。"这一点,可以在 20 世纪 30 年代家族小说"初离复归"模式一见端倪。

(一) 对传统文化的反叛

五四新文化知识分子关于传统文化激烈的反叛指向,大都源于自身独特的个人经历与选择。面对西方先进文明犀利强势烛照下传统孔儒文化凸显的劣势与不堪,曾经的孔门忠诚子弟,在深受刺激进而愤然反叛的同时,又会常常不经意间忆起幼年求学时代的黑暗与阴郁。深受孔儒学说熏陶的鲁迅在这方面有过切骨的感受,他在《华盖集·忽然想起(五)》中叙述自己小时候在长辈们的再三教诲下,"很遵从读书人家的家教。屏息低头,毫不敢轻举妄动。两眼下视黄泉,看天就是傲慢,满脸装出死相,说笑就是放肆"。国内新式学堂的求学经历让他们清醒而深刻地认识到中国依然积贫积弱的根源所在,背井离乡去异国求学时对故土的疏离更是斩断了他们背叛原有秩序后心理上的羁绊。"他们丧失了传统文人与'乡土'或'地方'的联系和'亲切感',因而在感觉上成了传统秩序的流放者。尽管他们实际上与这个秩序存在着难以摆脱的联系,但他们却是以一种完全游离于这个秩序的叛逆者的心态展开批判的。……无论是孤独,还是自卑,都已不是偶然的个别的情绪,而是一种普遍性的态度,一种意识形态,一种整整一代知识者所共有的生活方式。"

　　五四新文化运动中，"覆孔孟，反伦常"的启蒙知识分子敏锐地发现："在整个世界上，家庭经常是社会的基础，但在中国，家庭成了整个社会，因此，我们可以说中国的社会，就是中国的家族。"正是家国之间这种唇齿相依的关系才使现代知识分子直接把批判封建专制传统的矛头对准了家族制度与封建伦理，而袁世凯和张勋复辟帝制也不约而同地利用"尊孔"作为政治道具，把孔子的伦理学说作为理论支撑，故而启蒙知识分子同时对家族制度及孔子忠孝节义发起了猛烈的进攻，陈独秀明确指出："孔子之道，以伦理政治忠孝一贯，为其大本，其他则枝叶也。故国必尊君，如家之有父。"吴虞更是大声呼吁，进一步深挖出家族制度与专制主义的异形同构关系："君主既掌政教之权，复兼家长之责，作之君，作之师，且作民父母，于是家族制度与君主政体遂相依附而不可离。儒教徒之推崇君主，直驾父母而上之，故儒教最为君主所依凭而利用。此余所以谓政治改革而儒教家族制度不改革，则尚余此二大部分专制，安能得真共和也！"

　　家族制度与封建专制制度之所以唇齿相依，关键在于忠和孝之间的同构关系。"孝悌"作为"仁"之本，其重要的内容便要"修身、齐家、治国、平天下"。"孝者，所以事君也；悌者，所以事长也；慈者，所以使众也。"（《大学》）"夫孝，始于事亲，中于事君，始于立身。"（《孝经·开宗明义章第一》）历代统治者之所以大力提倡孝道，根本目的即是要臣民们以对己父亲之孝效忠自己，"移忠作孝"。人们只要对父母尽孝，就不会犯上作乱，于是便有求忠臣于孝子之门的论断。"盖孝之范围，无所不包，家族制度之与专制政治，遂胶固而不可分析"，"夫孝之义不立，则忠之说无所附，家庭之专制既解，君主之压力亦散；如造穹隆然，去其主石，则主体坠地"。既然启蒙知识分子一针见血地指出家族制度与家族伦理是专制主义存在的依据，"皮之不存，毛将焉附"，那么，在一致声讨专制、呼唤民主的新文化运动中，釜底抽薪，猛烈地攻击孝道，试图摧毁旧家族，当然更是聪明之举。

　　家族制度在"五四"前后遭受无情的抨击当然不仅是因为它充当了专制主义存在的基石，更重要的是它对人的解放、人的独立、人的束缚与限制，成为渴望早日与西方国家共时发展的启蒙知识分子的鸡肋，食之无味，弃之可惜！

　　于是在现代社会生活中步履蹒跚的封建伦理，日益暴露出它的局限与不足："一曰损害个人独立自尊之人格；一曰窒碍个人意思之自由；一曰剥夺个人法律上平等之权利；一曰养成依赖性戕贼个人之生产力。"而家族制度的幽魂——"三纲五常"作为现代民主、自由和平等思想的天敌更是受到启蒙者的质疑。"儒者三纲学说，为一切道德政治之大原：君为臣纲，则民于君为附属品，而无独立自主之人格矣；父为子纲，则子于父为附属品，而无独立自主之人格矣；夫为妻纲，则妻于夫为附属品，而无独立自主之人格矣；率天下之男女，为臣，为子，为妻，而不见有一独立自主之人者，三纲之说为之也。"故而想要在中国真正实现现代西方的自由、平等、独立，当然必须与传统的伦理观念彻底决裂。

"易卜生主义"最初是清末民初由林纾依据他人口译将《群鬼》改写成名为《梅孽》的小说发表而流传到中国的。鲁迅曾经在《文化偏执论》等文章中以"瑰才卓识，以契开迦尔之诠释者称"盛情赞誉易卜生，陆镜若以"莎翁之劲敌""剧界革命之健将"为引介绍了易卜生的《玩偶之家》《卜爱而夫》等大量剧作，引起了"五四"知识分子群体的密切关注。其中，影响最为深远的是胡适的《易卜生主义》，他敏锐地抓住了易卜生剧作的写实精神以及对社会的冷峻批判："易卜生把家庭、社会的实在情形都写出来，叫人看了动心，叫人看了觉得我们的家庭、社会原来是如此黑暗腐败，叫人看了觉得家庭、社会真正不得不维新革命：这就是易卜生主义。"而这种冷峻批判现实的写作方式正是"五四"知识分子群体所梦寐以求的战斗武器。同时，胡适还针对性地介绍了"易卜生主义"的"个性主义"倾向："易卜生的戏剧中，有一条极显而易见的学说，是说社会与个人互相损害。社会最爱专制，往往用强力摧折个人的个性，压制个人自由独立的精神。等到个人的个性都消灭了，等到自由独立的精神完了，社会自身也没有生气了，也不会进步了。"而这正是"五四"知识分子所奋力呐喊极力倡导的攻击黑暗社会的最有力的武器，"易卜生主义"特有的"写实主义"与"个人主义"因为高度契合"新文化运动中追求民主与自由的精神与宗旨"，从此在中国广泛流行。

胡适在《易卜生主义》中明确说出束缚个人自由的封建家庭的四大罪恶："一是自私自利；二是依赖性、奴隶性；三是假道德，装腔作势；四是懦弱没有胆子。"他呼吁每个国民都要摆脱奴隶性，真正显示出自己的个性："个人若没有自由权，又不负责任，便和做奴隶一样，所以无论怎样好玩，无论怎样高兴，到底没有真正乐趣，到底不能发挥个人的人格。"易走极端的现代知识分子由对独立人格的倡导进而发展到对独立个人的推崇及对"服从多数的迷信"的不满，"一切维新革命，都是少数人发起的，都是大多数人所极力反对的。大多数人总是守旧麻木不仁的；只有极少数人，有时只有一个人，不满意于社会的现状，要想维新，要想革命"。他们也因此惊醒大多数"庸众"安于现状的迷梦而被孤立，或入"无物之阵"。鲁迅曾经对那种"个人的自大"表示赞赏："他们必定自己觉得思想见识高于庸众之上，又为庸众所不懂，所以愤世嫉俗，渐渐变成厌世家，或人民公敌。但一切新思想，多从他们出来，政治上、道德上的改革，也从他们发端。"其实，现代知识分子也意识到这种个人的自大和独异在家族本位的中国社会是很难实现的，所以他们提出要以个人本位主义取代家族本位主义。

郁达夫曾说："五四运动的最大成功，第一要算'个人'的发现。从前的人是为君而存在的，现代的人才知道为自我而存在了。"而为了自我的存在，旧的家族制度自然在被否定之列，进而"国家""民族"等一向被知识分子视为价值归依所弘扬的群体观念也因压抑个性而明确显露出它的局限来，在那个时代，他们对自我个性、独立自由的张扬已成为后人企望不及的水中之月："我们现在所要求的，是个解放自由的我，和一个人人相爱的世界。阶级、族界，都是进化的阻碍，生活的烦累，应该逐渐废除。"胡适深恶眼前这个摧残人的个性的社会："个人绝无做国民的需要。不但如此，国家简直是个人的大害。……国家总得毁去。这种毁坏国家的革命，我也情愿加入。"他明确表示赞成"最要紧的还是拯救自己"的个人主义。周作人更是大声宣称自己所说的人道主义就是"一种个人主义的人间本位主义"。陈独秀在回答钱玄同有关中国文字问题时指出："鄙意为今日'国家''民族''家族''婚姻'等观念，皆野蛮时代狭隘之偏见所遗留。"现代作家以其对束缚个性自由的群体观念的彻底否定显示出与传统决绝的勇气及对个性解放的积极倡导。

在个人本位取代家族本位，个人主义从群体中解放出来，基本上获得人的独立及自由后，现代作家在对旧家庭内部长幼关系深切体验的基础上，进一步倡导以幼者本位取代长者本位，以子孙崇拜取代祖先崇拜，试图实现平等观念的确立。

现代作家极力颠覆家族秩序与家族伦理是他们告别传统宗法社会迈向现代社会的开端。

（二）理性的反叛与旧家庭的阴影

中国现代作家在理性上以对家族制度与家族伦理的大胆彻底否定显示出反封建的战斗锋芒。但他们有来自封建家族的经历，家族文化早已渗入他们的骨髓和血液。故而即使在反抗旧家族制度最激烈的五四时期，犀利激昂地讨伐封建家族的檄文中也隐含一丝复杂，字里行间显示出在情感上对封建的家族伦理一定程度的认同。其间这些思想文化的激进先锋，在对待婚姻、女性、忠孝的态度上却首鼠两端。从客观上讲，他们虽然在理性上彻底反叛了封建文化传统，但在现实生活中仍然时时处处感觉到它们的存在，正所谓"剪不断，理还乱"。或许，激烈的反叛恰恰表明了他们还没有完全走出旧家庭的阴影。其实，这也说明多重意蕴的家族文化自有它得以世代相传的合理内涵。于是到了战乱频仍的20世纪三四十年代，渴望安定的天性使家族文化竟又成了他们灵魂的归依之处。

虽然胡适、鲁迅、郭沫若、茅盾、老舍等家庭专制的激进反叛者在接受包办婚姻方面各有各的不幸，而且他们也清楚地知道无爱的婚姻意味着什么，理想的婚姻又意味着什么，但他们却不约而同地默认了所谓"父母之命，媒妁之言"。

长期的求学生涯，现代爱情观的潜移默化，胡适对待婚姻的态度自然有一个变化过程。赴美留学之初，出于民族的自尊，胡适对西方的自由婚姻颇有微词："吾国顾全女子之廉耻名节，不令以婚姻之事自累，皆由父母主之……女子无须以婚姻之故献身于社会交际之中，仆仆焉自求其偶，所以重女子之人格也。西方则不然，女子长成即以求偶为事。……其能取悦于男子，或能以权驱男子入其彀中乃先得为偶，其木强朴讷，或不甘自辱以媚人者，乃终其身不字为老女。是故，堕女子之人格，驱之便自献其身以钓取男子之欢心者，西方婚姻自由之罪也。"但居美时日一长，其旧有的婚姻观念日渐变化："惟昔所注意，乃为国人造良妻贤母以为家庭教育之预备，今始知女子教育之最上目的乃在造成一种能独立之女子。国有自由独立之女子，然后可增进其国人之道德，高尚其人格。"字里行间胡适虽然始终最关心的是婚姻对于国家民族的影响，但我们仍然可以看出后来他更看重女子教育的意义，不过，母亲为他聘下的未婚妻偏偏不识一字。犹豫许久，胡适还是听从了母亲的安排："今日女子能读书识字，固是好事；即不能，亦未为一大缺陷。……伉俪而兼师友，固属人生一大快事。然夫妇之间，真能学问平等者，即在此邦亦不多得，况在绝无女子教育之吾国乎？"安慰母亲的话语里隐含的无奈与委屈，竟成了胡适后来猛烈抨击传统家族制度弊端最初的诱因。

喧嚣后的小屋异常冷清，木然的鲁迅面对母亲送给他的"礼物"——无辜的朱安，他无法拒绝这份无爱的婚姻固然出于对母亲的至孝之心，同时也表明在家庭利益面前，他个人生命意义的无足轻重。而许广平从知识女性退化成贤妻良母，固然有其个人的因素在内，但从另一个侧面也流露出鲁迅由来已久的对传统家庭结构的亲和。

处于传统与现代的转型时期，现代作家绝大部分饱尝了无爱婚姻的苦涩，他们或者默默品味着属于自己的苦果，或者冲破种种阻挠最终觅到感情的最好归宿。但相对来说，男人为了所谓的"孝道"，可以接受无爱的婚姻，但随后他们又可以去追求自己渴望的爱情。所以无论是对于男人抑或对于家族，他们永远都是最大的赢家，而真正不幸的永远是那些偏居一隅郁郁终生的女人！

五四新文化运动中，家族制度作为封建伦理道德中的一环，遭到彻底的抨击："家与国无分也；'求忠臣于孝子之门'，君与父无异也。……盖孝之范围，无所不包，家族制度之与专制政治，遂胶固而不可以分析。……夫孝之义不立，则忠之说无所附，家庭之专制既解，君主之压力亦散。"但随后，现代知识分子对于孝与忠的态度却发生了明显的变化，"移孝为忠"，尤其是在民族危机时期，"忠"已由封建时代的为君尽忠（这里国即是君）演化成为国尽忠（国即是国）。而为了国家牺牲个人乃至家庭的一切也已经成为一种共识。老舍借《二马》主人公表达出自己的孝忠观："个人的私事，如恋爱、孝悌，可以不管，只要能有益于国家，什么事都可以不管。"旅居美国的闻一多在家书中也明确表达了对传统孝忠的向往："男在此为国作事，非谓有男国即不亡，乃国家育养学生，岁靡巨万，一旦有事，学生倘不出力，更待何人？孝忠二途，本非相悖，尽忠即所以尽孝也。且男在校中，颇称明大义，今遇此事，犹不能牺牲，岂足以谈爱国？男昧于世故人情，不善与俗人交接，独知读书，每至古人忠义之事，辄为神往，尝自诩吕端大事不糊涂，不在此乎？"抗战烽火伊始，大批现代作家随即离开幽雅舒适的生活环境投身于民族战争之中，既是对"国家兴亡，匹夫有责"古训的自觉承继，也是在新时代把"忠"发扬光大的结果。

　　来自旧家庭营垒的鲁迅，犀利的笔触对封建伦理道德的抨击常常一针见血，为一般作家所难以企及，但在自己的家庭生活中，却是传统家族伦理的躬行者。虽历经"兄弟失和"，却终生仍盼望"兄弟怡怡"。巴金离家到上海的"第一件事就是回老家寻根祭祖，并为祠堂的破落而伤心，也可证明他在离开前对家庭的反抗并不激烈，不像他在回忆录里所渲染的那样。嘉兴之行后，兄弟俩把李家祠堂的情况向四川老家做了报告，不久，由四川老家寄去八十元，在三哥尧林的主持下重修了祠堂。到这一年的腊月，兄弟俩第二次回嘉兴代二叔做神主，祭扫祖宗牌位"。而对于以一己之力独力支撑"将倾之大厦"并为自己提供最无私帮助的有着父子般情怀的大哥尧枚，《灭亡》更是表达了巴金的矛盾情感："我为他写这本书。我愿意跪在他的面前，把书献给他。如果他读完以后能够抚着我的头说：'孩子，我懂得你了。去吧，从今后你无论走到什么地方，你哥哥的爱总是跟着你的。'那么我就十分满足了。"郭沫若求学海外，其目的也让人一目了然："作为郭家来说，最大的愿望即是儿孙读书有成，金榜题名，学而优则仕；由此而改换门庭，使郭家从封建社会'士农工商''四民说'中排名末尾的商人家庭，一跃而升为榜首的士大夫家庭。"虽然科举制度的废除使郭家的家族美梦成黄粱，但他们仍希望儿子读书成就一番事业，"这就是郭沫若大哥为什么一旦废科举，即成为启蒙先锋，郭家先后将三个孩子送去东洋留学的潜在原因"。而郭沫若成名后衣锦还乡时酣畅淋漓的《家祭文》更是把他隐藏在内心深处的光宗耀祖的家族观念暴露得一览无余："内则上而国府主席，党军领袖，下而小学儿童，厮役士卒；外则如敌国日本反战同盟之代表，于吾父之丧，莫不表示深切之哀悼。百三十日间，函电飞唁，香帛云集；屏联彩幛，绫罗耀目；骈词骊句，悱恻庄严，于此国难严重之期间，竟形成吾乡空前之盛典。乡人交慰，称为荣哀。呜呼，此固吾父之盛德彝行所应有之感兴，不孝等亦窃引以为慰，引以为荣。然有可哀者，乃此盛典之壮观，未能见及于吾父之生前，仅得饰吾父之身后。"郭沫若不吝笔墨地大肆渲染，除了"一朝天下知"的个人价值得以体现的因素外，接过世代相传的薪火，实现郭家几代梦寐以求的理想，奉献于逝者的灵前的家族观念更是其深层原因。

对家族文化的激烈抨击是现代作家对其中不适合现代社会的不合理成分的自觉摒弃，而随后对家族文化的情感认同也反映出他们对其中合理部分的眷恋和归依。如果抛弃尊卑贵贱的等级观念，"父慈子孝""兄友弟恭""男卫国女持家"作为一种传统美德，自有其延续千年的合理内涵，也将成为永远烛照我们中华民族前进的智慧之光。

### （三）创作中的矛盾

对家族文化理性思考上的反叛与情感无意识下的归依，语言层面上的激烈抨击与行为方式上的无奈认同所形成的情与理的矛盾和困惑，其实是由家族文化自身的复杂意蕴所致。作家对家族文化的游离态度在客观上造成了他们创作中的矛盾。这种矛盾既体现在作家对旧家庭的情感态度上，也表现在对其笔下人物不同的是非褒贬判断上。

作为新文化运动的激进先锋，现代作家对旧家庭与专制家长的批判是彻底否定的。在曹禺的笔下，旧家庭就是一口枯井、一座坟墓。在张爱玲的作品中，无论是姜公馆抑或是白公馆，都是一潭扼杀青春和生命的"绝望的死水"。巴金的感受更有代表性："那十几年的生活是一个多么可怕的梦魇！我读着线装书，坐在礼教的监牢里，眼看着许多人在那里挣扎、受苦，没有青春，没有幸福，永远做不必要的牺牲品，最后终于得着灭亡的命运。还不说，我自己所身受到的痛苦……那几十年里面我已经用眼泪埋葬了不少的尸体，那些都是不必要的牺牲者，完全是被陈腐的封建道德、传统观念和两三个人的一时任性杀死的。我离开旧家庭，就像甩掉一个可怕的阴影，我没有一点留恋……"面对旧家庭清醒的反思时，现代作家更多的是义无反顾的叛逆，但一旦置身于旧家庭的分崩离析时，爱恨之间，他们潜意识里更多的是眷恋与归依。洪灵菲在《流亡》中借主人公沈之菲之口把专制的父亲看作是坟墓中的枯骨，然而一旦来到这副"枯骨"的身边时，沈之菲矛盾情感中更多的却是一种天然的依恋："他觉得他的家庭一步步的近，他去坟墓一步步的不远。他恐怕这坟墓，他爱这坟墓。他想起他的父母的思想和时代隔绝，确有点像墓中的枯骨。他恐怕这枯骨，他爱这枯骨。他是这枯骨中孵出的一部分。"

和沈之菲感情相似的现代作家不乏其人。鲁迅的《朝花夕拾》里虽有对于"摧残人类天生的爱心的封建伦理、旧道德、旧制度的批判性审视"，但更多的却是在"弥漫着慈爱的精神与情调"里回忆"充满了个体生命的童年时代与人类文化发展的童年时代"。有着痛苦生命体验的张爱玲，对旧家庭表达的却是无法倾诉的悲凉。极端厌恶专制家长的她，很少在作品中描写父亲，但其"缺席父亲"作品深处却隐含着一个"寻父"主题。

究其原因，现代作家清醒地认识到旧家庭与专制家长给家人带来的伤害，因而怀疑并激进地讨伐。但受传统伦理文化长期的浸润，家庭早已经成为他们精神家园的归依之处，对父亲的态度也由崇父、弑父，又回到崇父。这种矛盾的情感不但表现在他们对旧家庭的游离徘徊态度上，也体现在他们作品中的家族叙事中。于是，现代作家在他们的作品中一面把专制的旧家庭看作让人窒息乃至于死亡的"铁屋子"，另一方面又时时流露出对它的眷恋、归依。

作为家族叛徒的"逆子"，虽然毅然决然地冲破了封建家庭的藩篱，但他们的思想和旧家庭仍然有着千丝万缕的联系。这些反叛旧家庭的"异端"，在对待整个家族的蛀虫——"败家子"的态度上，却和维护封建家族的正统卫道士表现出惊人的一致。同时，觉慧在与以克明、陈姨太为首的"捉鬼"迷信活动的斗争中，打的却是孝顺祖父的招牌；无独有偶，觉民在卖公馆的问题上，带着嘲弄的口气对克定说："五爸问得好！卖不卖公馆，跟我有什么相干！公馆又不是我出钱修的，不过我知道爷爷不让卖公馆，他的遗嘱上写得很明白。"大有"祖宗之法不可违"的遗风。这里，封建家族的叛逆者反倒成了封建家庭的正宗传人，显然表明了他们理智中反封建的激进与潜意识中对旧的伦理秩序的恪守和认同的矛盾。

新文化运动在应对具体的现实问题时游刃有余，却难以给人们提供长久的、稳定的观念信仰体系。五四新文化运动的迅速落潮，鲁迅"梦醒之后无路可走"的困惑，对为封建人肉宴席制造"醉虾"的忏悔，都说明了"五四"启蒙者有能力唤醒一部分启蒙者，却没有能力给这些被唤醒的人提供持续的价值支撑。"铁屋子"是砸碎了，可是你让那些逃出"铁屋子"的人去做什么呢？我们可以套用鲁迅"娜拉走后怎样"的句式提问：逃出"铁屋子"之后怎样？信仰在哪里？路在何方？五四新文化运动没有能力解决这一问题。

如何重建现代家族伦理，是现代作家乃至当代作家试图解决的文化难题。而现代作家在对觉新、瑞宣等为家族忍辱负重的长子形象的诠释及思考，在继承了鲁迅对家族文化旗帜鲜明的反叛的同时，也隐藏着对"父慈子孝""兄友弟恭""家庭和睦"的儒家理想家庭模式的深情向往。

# 第五章

## 文化传承视角下的现代文学图像

### 第一节 文学与文学图像

#### 一、书画同源对文学图像的影响

众所周知，不是所有的语言表达或文字文本都具有文学性质，但文学作为以语言文字为媒介的艺术，语言文字的形式和质料的特点，必然会潜在地影响甚至规定着文学的诸多特性，这正如大理石、青铜或黏土的质地必然会影响雕刻艺术的特性一样，是易于理解的。因此，若对文学进行追根溯源式的研究，就必须从探究语言文字的起源与性质开始。而中国传统的文字学——"小学"（包括音韵学、训诂学）长期以来就是附属于经学（大都可看作文学作品），为解经服务的。可见语言文字研究对文学研究的重要性。

语言文字起源学认为，语言先于文字，文字是语言（声音符号）的书面符号系统。文字的最早源头，可追溯到人类早期的口语与手势。在原始人最初试图表情达意、进行交际的过程中，身体肌肉的收缩迫使空气从肺部穿过声带发出声音这一动作，与伴随的面部表情与姿态手势，都是同时发生的自然身体反应，二者作为一个整体信号共同作用，才能保证最有效的人际沟通得以进行。实际上，即使在今天，手势、表情仍旧是有效口语交流的最重要条件——也许只要对比一下广播与电视、普通电话与视频电话的效果差异，就不难理解这种重要性。由于口语和表情、手势都是人体对某一情境的进行表达的自然身体反应，这就决定了它们从本性上来讲是难以分离的——倘若分离，必然有所缺憾。考虑到在西方长期存在的视觉中心主义传统，不难推想，在人类语言尚不发达的远古时代，表情、手势等可视信号很可能在当时的人类交往中还曾居于主导地位。出于对强大视觉的依赖性，当然还可能有长期保持或远距离传递信息等原因，人类的语言、手势逐渐衍化出了图画、文字等新的事物。当需要描写事物的时候，人就用手势在空中画图。如果当时人的手里恰好拿着一种有助于传递自己感情的东西，他就用手在墙壁上绘出代表野兽的最原始的符号。大量证据表明，最初人类的书写都是图画。正如文字出现很久之前人类头脑中早已有了物体形象的概念，字母出现很久之前人类就有了图画。正如一开始人类的言语都是一些下意识的声音和模仿声音一样，一开始人类的书写也是一些下意识的手势或符号以及所谓的视觉模仿。

文学语言是比科学语言更具原生态、本初性的语言，应该与文学艺术指向人类内心世界，天然追求内在的生命体验与心灵感悟（不同于科学指向外在客观世界，追求理解与掌握客观世界的结构与运动规律）有密切关系——现代人类心灵的种种欲望和悸动与原始人类不见得有多少本质性区别，那么原始人类表达与交流思想情感的许多基本模式仍旧适用于现代社会，同样可以使现代人感动得流泪或欢呼雀跃，尽管许多可以深刻撞击人类心灵的原始模式在现代社会被层层帷幕以"文明"的名义所遮蔽，但它们常常改头换面仍旧保存在文学之中，也正因为如此，文学语言在深层上面可以最大限度地保持它的原初状态，具有更多的绘画性。

由于文学原型的图画特征，所以我们看到文学作品常常会表现出一种返本（向绘画靠拢）的冲动，并且，如果文学作品越具有经典性，其中的文学原型往往感召力越大，激起的返本冲动越强烈。文学作品返本冲动的另一个表现是，经典作品，如果没有经典性的插图的话，那么具有艺术性的书法，尤其是作者的书法原迹，常常比那些工整规范的印刷本，更能让人怦然心动或沉醉其中，这是因为书法，尤其是中国的书法显然比印刷体更接近绘画，从而更具有原型意味。

## 二、书画异流对文学图像的影响

文字作为书面语言，一方面和图画具有同源关系，另一方面文字和图画还有明显的区别，那就是：文字还表示声音，还是人类口头语言的记录符号。而图画显然是纯视觉的艺术形式，并不直接诉诸听觉。原始图画要想成为文字，关键的必要条件就是与人类的原始声音（口语）形成固定的对应关系。

由于语言是人的抽象思维能力最直接的表现，那么，人的语言也随着人类理性思维的不断增强，而不断改变自己的状态，感性的东西越来越少，理性的东西越来越多，人类用来记录语言的文字，也变得越来越少图画特征，整体表现出由图画文字到象形文字，再到字母文字，不断抽象化、简略化的演变过程，人类心灵在精神王国中的任何抽象，都是由一定的时机促动，通过感官的激发而形成的，所以，任何语言也都是通过声音和感觉而形成的一种抽象。语言越原始，抽象的东西就越少，感性的东西则越多。汉语的演变史显然也符合上面的分析。

不过，文字表音的特点以及与理性思维的密切联系，虽然使其在历史演变中愈来愈远离图画本源，甚至在现代人类语言系统内出现了许多专业性很强、逻辑严密精确的科学语言，但人类语言的原初本性，毕竟不可能完全丧失，在人类精神为汲取向前力量而不断回顾遥望曾经的精神家园的过程中，人类语言的原初性含混性（图画性），显然会不断地彰显，并世代延续。这就是"有意味的形式"——文学。然而，文学毕竟又不是纯粹的图画组织，其原型意味是通过具有流动性质的声音符号——文字来表达的，这就使得文学实际上成为时间艺术，其优势在于：线性的叙事与明晰地表达可意识到的精神世界。相对而言，图像（尤其是图画），作为诉诸视觉的空间艺术，常与人类内心深处的具有原型意义的事物相关，具有恒定不变的性质。

由于人类的内在心灵世界与外在客观世界，都同时具有时间性和空间性、流动性和相对静止性，那么无论文学艺术还是图像艺术，都不可能完全凭借自身优势对表现对象进行完满表现，于是常常需要互补。而事实上，相当一部分作家确实在情不自禁地为自己的作品配插图或强烈希望他人能为自己的作品配上恰当的插图。

文学艺术与图像艺术的这种互补现象，显然是由两者相关又有差异的艺术性质导致的，但正是由于两者性质的差异，给希望游走在两者之间的艺术家们提出了挑战。中国文人固有追求兼擅"琴棋书画"的传统，但无论中外，真正能同时以画家闻名于世的文学家，并不多见。清代郑板桥诗书画皆佳，号为"三绝"，世人推重，原因是多方面的，但此类通才少见，应是重要的原因之一。尤其在强调"术业有专攻"的科学精神更为突出的西方社会，文学家兼擅美术的就更为难得，文学与绘画的互补功能往往得不到充分的发挥，更常见的是，西方文学理论家会努力地论证插图与文学作品的异质性与不相容性，这样就直接否定了两者互补的可能性。即使如此，西方的文学理论也不得不承认，文学如果能同绘画结合，就能够更好地表现作者的精神世界，只不过他们坚持认为，由于艺术媒介的差异明显，文学家能否有效地跨越这种鸿沟，是非常可疑的。

## 三、文学与文学图像的辩证关系

不难看出，文字图画的同源异流深刻地影响了文学与图像之间的关系：一方面文学竭力在保持图画原型的特质，另一方面，文字的理性力量不断地将文学牵引向失却诗意的现代荒原。于是，文学与图像间的距离越来越远。在西方现代文学表现主义、意识流、存在主义、超现实主义等流派的作品中，可以清晰地看到：文学与精神分析学、存在主义等心理学、哲学思潮紧密缠绕在一起，不分彼此；在作者舞动的理性之刀下，人类精神世界已无法保持完整和谐的画面，呈现出一种支离破碎的状态。在中国，宋元以来长期存在的繁盛的文人画传统，也衰微得成了空谷足音：文学与绘画兼长（如郑板桥那样可以在自己的画上题写诗文的文人类型）在现代中国几不可见。大量的文学不再承担精神家园的责任，在经济规律的支配下，崇尚自由精神的文学创作理性地转变成了旨在换取利益的流水线式机械性码字工作；各种充斥着商业气息的逼真的影视图像与先锋性的离散的形象同时汹涌而来，让人目迷五色，应接不暇。当然，图像艺术和文学艺术的这种在现代社会的巨变，从现代生活汲取了许多营养，也并不见得总是破坏的象征，但古典主义的图像被分解，传统的文学诗意被挤压，显然延长了两者的沟通距离。应该特别注意的是，图像与文学的这种现代性巨变，一方面是一个不断演进的过程，另一方面总还有部分艺术家坚守着传统主义的信条。

具体来看，结合历史与现实、理论与艺术实践，我们可以发现图像与文学至少具有如下关系：

## （一）图像对文学的作用

### 1. 阐释作用

图像的直观形象性，有时候即使千言万语也难以说清，因此，经常用来具体展示语言所描述的对象，起到说明、阐释、印证、强调的作用，自然科学的书籍图像（如动植物外形、山川状貌、机械构造图等）大体都属此类性质。不过，文学类书籍图像，相当一部分也是用来图解文字文本的，但这种图解本身就包含着选择，因而具有强调意味。这类文学作品主要包括历史传记类、新闻类等纪实性强的作品。对于人类来讲，"眼见为实"，只有看到的才是最可信的，而历史一旦过去，便不可能倒流，不可能让人们再次身临其境观察考证，在这种情况下，图像无疑就成了最佳代替品。于是我们看到：在中国近现代，为了让人们了解世界、传播新知与奇闻趣事，还出现了许多有影响的画报，这些画报上具有新闻性的绘画所配述的语言，往往类似散文小品，极富文学意味。在这类画报中，图画甚至已压倒文字，成为叙事的主体，其对于语言的阐释作用更为突出。民国时期是画报发展的鼎盛阶段。

还有一种与画报类似，但更具普及性、文学性的图文书是"连环插图"或"连环画"，其许多内容属文学名著，而主要阅读对象是少年儿童，它们的图像最主要也是用来图解文字内容的。由于这类图文书中，图像实际上已占据主要地位，图像叙事的独立性很明显，绘图者在对原始著作进行图解的过程中，个人的阐释和理解也非常突出，因此这类图文书，尤其是"连环画"，就往往被视为运用另一种艺术形式对原著进行的"改编"，从而被赋予"二次创作"的性质。

2. 延补作用

图像作为一种艺术语言，还有一种文字所不及的象征暗示作用，更方便表达更精微、不易察觉的可心悟而不可逻辑论证的某些精神意蕴。中国的哲人们很早就意识到，人世间有许多难以言传的东西，而这些东西可以通过"立象"的方法传达。很可能是这个原因，有些作家在文学创作中，常会情不自禁地自创插图、封面等图像。20 世纪 20 年代，《朝花夕拾》中鲁迅自绘的《活无常》插图，40 年代，张爱玲在《杂志》上为《金锁记》《红玫瑰与白玫瑰》《倾城之恋》《茉莉香片》等小说所绘的插图都属此类，这类与文本同时出现的图像，热奈特称之为"原创副文本"，在探求作者的深层创作心理方面，意义尤为重要。

3. 修饰作用

文学书籍中还有一类图像，绘制者的本意仅仅是为了美化装饰书籍，和书的内容没有什么直接关系。这种书籍图像许多属于图案画，在中国尤其是古代中国是不发达的，这可能和中国文人的重道轻技心态有关，因为和西方书籍装饰画类似的中国传统纹样，在民间日常生活中还是很普遍的，只不过没有被用于书籍装帧而已。装饰性的中国书籍图像，直到近现代才通过叶灵凤、闻一多等人，对中国书籍装帧产生影响（鲁迅则将中国传统纹样引入书籍装帧）。因此，书籍装饰画一般属于出版学的研究对象。但是，实际上即使是印刷文字的字体大小与类别，也可能蕴含着某些情感特征（比如宋体严肃、楷体活泼），所以那些看起来和书籍内容无关的装饰性插图，都包含特定时代的审美风格、社会心态。所以严格来讲，没有纯粹的装饰性插图，因为它们或多或少地在暗示或烘托文字文本的主题意蕴，我们把这种插图的作用称为修饰作用。

（二）文学对图像的作用

1. 提示作用。文字的抽象概括性规定了它不能穷尽一幅画的所有内容，但它确实可以直接简洁地明确引导我们对某一图像进行某一角度的理解。因此，图像的标题与解说就成了对图像的一种意义规定或意义提示，不能仅仅视之为意义的说明或揭示。由于图像接近事物的原生状态，观赏者可以从各个视角来理解它，因此在表达意义方面显然比文字具有更大的多义性和含混性（这是图像的优势也是它的不足），只有图像与文字的配合，人们才能具体地、指向明确地理解它的含义。

2. 分析作用。当然，有时候对于一幅画，我们可能找不到它的语言背景，那么，就只能靠后人对某一图像意义的猜测性阐释或强调来进行分析，比如古代岩画、中国出土的一些古代帛画等。分析作用和提示作用都是来解说图画的意义的，只不过提示作用多是作者的说明，而分析作用指的是后人的猜测。

3. 联结作用。文学作为时间艺术，具有突出的叙述功能，图画作为空间艺术，展示场景的能力突出。书中的插图以及连环画的图画，之所以能够在读者心中构成一个流畅连贯的故事，一方面是读者根据画面合理联想，另一方面还是因为伴随的文学语言——语言通过叙述功能将图画连接起来了。所以我们看到，一个儿童，即使他认识图画，还有必要请别人给他讲述，只有这样，儿童才能更完整地理解画面内容。

（三）文学与绘画的相辅相成

对于一部文学作品及其插图来讲，绝不是"诗中有画"或"画中有诗"那么简单。对于某一文学作品来讲，它的文字文本及其相关图像，是我们理解之旅赖以抵达作者心灵的两条铁轨，文学的文字文本优势在于历时性的叙事与逻辑性的思考，作为副文本的文学图像优势在于空间性的状物与象征性的隐喻。从极端的意义上来讲，所有的图像都存在于一定的语言背景之中（而这种和图像密切相关的最常见、最重要的语言类别就是文学语言），完全没有语言背景的图像是不存在的，也就更谈不上什么对图像的理解；而所有的语言，尤其是文学语言，又不可能脱离一定的场景、形象——图像，来进行叙事或思考，所以文学语言尤其强调形象性、典型性或意象性。文学的文字文本与图像，实际上就是文学自身营造的第二自然的时空因素与情理内核，两者有重叠有渗透，还可以在某种程度上相互替代，但绝不可能完全替代。仅从文学的文字文本或相关图像，我们很可能只是主要触摸了作者心灵的某一方面。两者相互借重，不仅是创作者得以充分敞示自我心灵的方式，也应是读者得以充分领略文学经典之正途。当然，可作为相关作品副文本的文学图像，还应该包括并非作者所描绘，但无疑具有副文本意义的图像。

应该承认，并不是所有的文字文本与相关图像都处于理想的和谐共生状态。由于对文学语言理解与驾驭能力的差异，由于对图像感悟与创作能力的差异，乃至由于特定时空对理解的客观制约，同一篇或一部文学作品可能存在不同的插图，而同一幅图像艺术品也可能存在不同的文字阐释，这在艺术史上本来就是非常普遍的现象。那么这些不同的插图或文字阐释，自然也就会有优劣高下之别，它们造成的图文关系自然也会有和谐与背离之分，和谐的图文关系自然地、相辅相成地共同构筑了作者的心灵世界，但那些即使有相互背离之嫌的图文，如果我们耐心探求的话，也很可能会发现它们从破裂、矛盾的意义上，构成一种特殊的相辅相成关系——相反相成。有些艺术幼稚的涂鸦、儿童的稚拙绘图，出现在某些书籍中，有时候还可以取得独特的艺术效果，原因也在于此。

## 第二节　鲁迅文学作品的封面与插图文化

　　鲁迅在第一代中国新文学家中，是对书籍的插图、封面等图像因素关注最多、论述最为精到的少数几人之一。仅张广福编著的《鲁迅美术论集》（云南人民出版社 1982 年版）中，收录鲁迅直接论述书籍封面、插图的文章就达 30 篇，书中鲁迅论述美术其他方面（具体为绘画、中国画、连环图画、漫画、外国版画、中国现代木刻六方面）的 133 篇文章，也往往和书籍的插图、封面有关，大多可以看作对新文学封面、插图的间接论述。在散文《阿长与山海经》《从百草园到三味书屋》中，鲁迅曾充满感情地回忆自己童年时期如何痴迷沉醉于《山海经》《二十四孝图》《西游记》《荡寇志》等书中的图画、绣像。1906 年，鲁迅在日本终止学医转治文学后，直到 1936 年去世，一直对文艺书刊的插图、封面为主的装帧艺术保持了高度热情，投入了大量精力，也取得了很大成就。1907 年夏，鲁迅为自编文艺杂志《新生》所选的插图（英国 19 世纪画家瓦支的油画《希望》）、1909 年为翻译之作《域外小说集》所设计的封面，在中国书籍封面还少有美术设计的清代末年，具有开风气的意义。其后，鲁迅不仅对自己著作或译作的封面、插图精益求精，而且还影响了一批青年美术家投身新文学的封面、插图创作中。由于对书籍插图的重视，鲁迅晚年甚至为推荐原书中的精美插图而翻译小说。1934 年、1935 年两年的时间里，鲁迅翻译了八篇配有苏联木刻家玛修丁插图的契诃夫小说。1935 年 11 月，鲁迅翻译果戈理的《死魂灵》已经面世，但鲁迅又发现了俄国画家阿庚的插画《〈死魂灵〉百图》，鲁迅认为阿庚的百图是最正确和完备的，于是自费出版。《〈死魂灵〉百图》"是鲁迅自费出版的画册中最大的一部文学书籍插图画册，竟比俄国或苏联出的《死魂灵》插图本还齐全，成为文学作品插图画册中的精品。这本画册和《引玉集》等画册在国际上的艺术画册书林中也是著名的"。小说集《呐喊》《彷徨》和散文集《野草》《朝花夕拾》是鲁迅前期文学创作成就的主要标志。

鲁迅重视自己著作封面、插图这类图像部分。不过，如果仅仅将书籍中的图像部分看作是对文字部分的装饰点缀，就无法解释为什么鲁迅会对封面、插图的要求达到近乎苛刻的程度。实际上，在鲁迅看来，书籍中像插画、封面这类图像因素，有其独立于文字之外的意义，有文字所不能替代的作用，不仅和文字能构成一种相互阐释的关系，还能和文字构成一种相互补充的关系。

鲁迅后期的创作成就，主要是几本杂文集：《而已集》《三闲集》《二心集》《南腔北调集》《伪自由书》《准风月谈》《花边文学》《且介亭杂文》《且介亭杂文二集》《且介亭杂文末编》。1933年上海青光书局初版的书信集《两地书》，1935年上海群众图书公司初版的诗文合集《集外集》，1936年1月上海文化生活出版社初版的小说集《故事新编》，都不纯粹为后期所作，但由于在1927年后出版，习惯上也都被看作后期作品。不过《两地书》《集外集》可以看作是广义的杂文，《故事新编》也具有明显的杂文风格。显然，杂文是鲁迅后期的创作重心。伴随创作重心的转移，鲁迅后期的这些作品集，在封面艺术上，也和早期的小说集《呐喊》《彷徨》、散文集《野草》《朝花夕拾》有了明显变化。

鲁迅曾亲自设计《呐喊》的封面，还为《朝花夕拾》的封面有过长达数月的探求和选择。但他对杂文集的封面，较为随意，热情不高。不刻意经营，导致鲁迅后期的杂文集封面，色彩基调既不是《呐喊》《彷徨》封面的具有冲击性的红色，也不是《野草》具有深邃神秘感的蓝色，也没有像《朝花夕拾》那样明亮跃动的黄色，除了《而已集》底色为浅淡黄色外，其余一律为空白。在这底色之上，是作者手书体或印刷体的书名和作者名，有时加一方印章。这种封面，优点是简洁，缺点是单调。从更深刻的意义上来讲，显示了鲁迅后期思想的某种彻悟和心态的通脱自由，达到了某种返璞归真的境地——由此也实现了对中国传统的某种回归，虽然鲁迅的这种回归很可能是无意识的（因为鲁迅至死都未放弃向传统文化宣战）——空白封面加上书名签条，这是中国传统书籍的封面形式，而鲁迅后期的杂文封面，与此有神似之处，只不过在书名的位置和书写方向上有所区别，更富有现代意味。

这种简洁或者单调的封面，所喻示的正是鲁迅后期的创作心态。鲁迅前期作品，无论《呐喊》的愤激、《彷徨》的苦闷、《野草》的决绝、《朝花夕拾》的温馨，都有一种理想的激情在。相应地，它们的封面也由红黑而蓝黄，色调醒目，各臻其妙。鲁迅后期的创作，理想的激情大为减弱。其创作的主要的目的之一，是维持自己的家庭生活。1926年前，鲁迅主要在北京教育部任职，虽说后期工资拖欠严重，但大体衣食无忧，他此期的创作，都不是为了稿费，而只是为了参与改造社会的一种激情与理想，因此精神是余裕的，情感是饱满的，内容是深切的，格式是特别的。1927年鲁迅定居上海之后，一方面没有了稳定的收入来源（初期的几年里，由蔡元培主持的大学院每月给予的特约撰述员津贴300元，但这是照顾性的，并不能给鲁迅的生活和心态带来足够的安全感），另一方面和许广平结合后，生活开支加大，不久还有了孩子，生活负担更重。因此，鲁迅上海时期的主要生活来源，就是稿费和版税收入。对此，鲁迅并不讳言，在定居上海前后与许广平和其他友人的通信中，鲁迅就多次谈到要通过"做文章"来生活的意愿。鲁迅的生活和经济收入，直接影响了鲁迅的后期创作。和《呐喊》书名的隶体风味、《野草》题名的夸张变形美术体、《朝花夕拾》题名的甲骨文笔致相比，鲁迅后期创作的封面设计，从题名本身而言，亦缺乏变化，可谓简约之至。

在鲁迅后期作品集的封面设计中，《而已集》风格最为鲜明，成就也最为突出。《而已集》是鲁迅后期创作的第一本杂文集。《而已集》记载了鲁迅最后一次思想转变的关键。1927年在广东的经历，彻底击毁了鲁迅先前的进化论思想，自然也使他失却了由进化论所带来的寄希望于未来的理想主义激情。鲁迅此后的文章，见解更为老辣通脱，而意气则明显消沉。广东的生活成为鲁迅后期心理上挥之不去的阴影。在浅淡黄色的封面上，左行横列的"鲁迅：而已集"几个字中，"鲁""而"的左上角，"集"字的木字底的竖线左下边，有三个三角形的阴影。这可以说是鲁迅心理阴影的投射。并且"鲁"字中间的一横变为火字底，出现了两个圆点，"集"字木字底的撇捺两画也缩小为两点，加上"："的两点，和"集"字下方作者另加的一个圆点，整个封面题字里，点画非常醒目。中国传统的书论认为：好的点画在一字之中，"如高峰坠石，磕磕然实如崩也"。可见，鲁迅承认中国书法的点画线条之间，具有传心写情之性质。那么，《而已集》封面题字中，点画的突出，显然和鲁迅当时理想的巨大失落（"如高峰坠石"）和心态颓唐、"思路因此轰毁"（"磕磕然实如崩也"）是密切照应的。鲁迅对于现代图画中的"点、线、面"之关系及其表现作用，是有所接触和了解的。《而已集》封面题字中的三组七个圆点，都处在题名的下方或右边的边缘，自然造成了一种"紧张感"和"动势"，这显然和鲁迅"在二七年被血吓得目瞪口呆"的心情相吻合。尤其是"集"字"木"下的三点，构成了一个倒立的三角形（"木"下竖画左边的阴影也构成了一个倒立的三角形），"以一点支撑的三角形会产生极不安定的紧张感"，这更加强了整个书面题名中的紧张感。

另外，"而已集"三个封面题字中的横画线和竖画线，排列整齐，呈锯齿形状，而锯齿形"是锋利、危险、毁灭的符号……西方传统绘画中用这一图形来表现悲剧杀戮场面也是实实在在的，不承认这一点，就是不承认历史，不承认规律"。而封底浅淡的黄色，又显示着一种缺乏生机的颓唐。整个封面的基调和书籍的内容很协调。

除《而已集》之外，鲁迅后期的杂文封面，根据它们与鲁迅早期作品封面的关系，基本上可以分为两类：一是《热风》系列；一是《华盖集》系列。《花边文学》是鲁迅生前出版的最后一本杂文集，它的内容和创作心态与《伪自由书》《准风月谈》非常接近，但封面有较大差别：宋体的红色书名和作者名竖排在白色封面正中，字的外面围了一个长方形的黑色花边。这个书名和封面的设计，鲁迅解释得很清楚："这一个名称，是和我在同一营垒里的青年战友，换掉姓名挂在暗箭上射给我的。那立意非常巧妙：一、因为这类短评，在报上登出来的时候往往围绕一圈花边以示重要，使我的战友看得头疼；二、因为'花边'也是银元的别名，以见我的这些文章是为了稿费，其实并无足取。至于我们的意见不同之处，是我以为我们无须希望外国人待我们比鸡鸭优，他却以为应该待我们比鸡鸭优，我在替西洋人辩护，所以是'买办'。"这无疑是鲁迅自己承认了自己这些文章"为了稿费，其实并无足取"，就是"花边文学"而已。但从封面设计来看，是很切合文集内容的——事实上，在《花边文学》中，也没有什么优秀的篇章。结合其内容，《花边文学》的封面设计，可以看作《伪自由书》《准风月谈》封面的变体，可以划归为《热风》封面系列。

《集外集》收录了鲁迅1933年以前的诗文逸文56篇，鲁迅设计封面，居中题写书名。这个书名，字体笔画粗壮圆润，没有轻重疾徐的笔致变化，线条有金文的特色，拙朴可爱。很好地展示了集子的特色：收集了鲁迅早年许多有价值的作品。

《且介亭杂文》《且介亭杂文二集》《且介亭杂文末编》初版都在鲁迅逝世后的1937年，它们的封面采用鲁迅行书手迹，估计鲁迅没有完成封面设计，而是后人仿照鲁迅前几本杂文集构思而成。具体来讲，三本书封面格式完全一致，都是空白底色，居中竖行行书手写体书名，下面是一枚红色的篆字"鲁迅"印章。显然，它们承袭的都是《热风》封面系列的风格。因此，这三本书的封面设计，更多的是一种纪念意义，并没有特别考虑到和书籍内容的关系。不过，客观地讲，这三本集子中有许多优秀之作，它们多为回忆性的叙事记人散文（如《忆韦素园君》《忆刘半农君》《关于太炎先生二三事》《因太炎先生而想起的二三事》）或文艺评论性文章（如《拿来主义》《叶紫作〈丰收〉序》《田军作〈八月的乡村〉序》《〈中国新文学大系〉小说二集序》《白莽作〈孩儿塔〉序》）。

书信集《两地书》的封面设计属于另外一种类型。1933年，《两地书》初版前，鲁迅写信专门交代出版商说："《两地书》请觅店刻三个扁体字（如《华盖集》书面那样），大小及长，均如附上之样张……"这样，《两地书》的封面书名字体不仅和《华盖集》一致，而且也都是横排在封面上方。虽然两者还有一些细节差别（如"华盖集"题名之上有用拉丁字母拼写的作者名，而《两地书》封面上的题字却都被一个长方形所围了，等等），但《两地书》的封面版式是《华盖集》系列的（还包括一本和《华盖集》封面基本一致的《华盖集续编》，只是后者多了一枚刻着"续编"的红色印章），和《热风》系列的封面差别显著。

封面的相似暗示了《两地书》和《华盖集》《华盖集续编》的诸多相似性：在创作时间上，《两地书》的大部分篇章和《华盖集》《华盖集续编》中的杂文写作时间一致；内容上来讲，多是鲁迅在北京"女师大风潮""三一八惨案"中支持学生、与政府及"正人君子"们论战和斗争的产物；从心态上来讲，虽受到压迫而不甘屈服。而封面书名的扁形宋体字，展现的正是一种被压迫而本性不变的意蕴。也许从更深处来讲，鲁迅可能认为没有《华盖集》《华盖集续编》中的种种"华盖运"，也就没有《两地书》中的相濡以沫，反之亦然。因此，《两地书》和《华盖集》《华盖集续编》分别表现的其实是鲁迅当时心态隐秘与显在的一体两面，鲁迅给它们设计相似的封面，是再合适不过的了。它们封面风格的差异之处也和此相关：《华盖集》作者的署名以拉丁字母拼写并放在书名的上方，两者中间是两个醒目的圆点——冒号，这使得此封面更具现代气息，有一种张扬之美（图案中居于中心的圆点，具有放射力，给人以动感）；《两地书》的作者署名和出版社则分别以宋体字放在书名的上下方，并且这些题名都被围在方框内，这使得封面更具传统气息（方框恰如传统书籍的书名签条），有一种内敛之美（方框"它所存在的双重对称轴，形成稳定坚固及纯正的理性特征"）。另外，《两地书》封面上的题字和方框都是墨绿色，这也是鲁迅特意选择的，鲁迅当时给出版者明确要求："书面的样子今寄上，希望完全照此样子，用炒米色纸绿字印，或淡绿纸黑字印。"换句话讲，鲁迅指定用黑、绿或两者混合色（墨绿）来装饰封面。原因可能是绿色的魅力就在于它的自然美，显示了大自然的生生不息……加黑给人沉着、冷静的感觉。《两地书》作为鲁迅在人到中年后的与恋人间的通信集，一方面有鲁迅重新燃起的青春热情与新生的喜悦，另一方面又有中年鲁迅特有的沉稳与冷静。墨绿色的字体正是鲁迅这双重心态的最佳展示。另外，从色度上来讲，绿色的注目性、易见度都不高，对人的刺激性不大。这和《两地书》内容的平凡、毫无刺激性，也很一致。

《故事新编》是鲁迅后期出版的一部小说集，它当年是作为巴金所编的"文学丛刊"

之一，1936 年 1 月由上海文化生活出版社出版，装帧设计为"文学丛刊"统一的格式。封面为棕红底色，左上方横排着宋体的书名和作者名，设计简洁工整，显示了作为丛书封面的整齐划一性。不过，封面与书中的小说也就没有什么特别关系，在此不再论述。

## 第三节　张爱玲文学作品对文学图像的颠覆

现代文学家中，张爱玲的自绘插图数量，应该是首屈一指的。张爱玲的散文集《流言》是中国现代文学史上唯一一部作者自绘大量插图、凸显个人风格的散文集——初版于 1944 年 12 月的《流言》集中有 23 页插图和张爱玲照片 3 幅。不仅如此，张爱玲的《倾城之恋》《金锁记》《红玫瑰与白玫瑰》等 8 篇小说最初在 1943 年、1944 年的《杂志》《万象》上发表时，也配有作者自绘的 24 幅插图。另外，张爱玲还为胡兰成、苏青、弟弟张子静等人的散文绘制过多幅插图。尽管贬褒不一，但张爱玲的自绘插图的确实一开始就引起了众多读者的注意和议论。

图像伴随了张爱玲写作生涯的始终。张爱玲喜欢给自己的文字配图的倾向很早就有所表现，据说她 8 岁时，就曾写过一篇类似《乌托邦》的小说，并自绘有插画多帧（《天才梦》），也曾给以前在天津时的一个玩伴写信，"写了三张纸，还画了图样"（《私语》）。9 岁时，张爱玲的一幅漫画在《大美晚报》刊出，还得到了 5 元稿费（《童言无忌》）。由于对美术的爱好，张爱玲也曾一度考虑是否将美术作为终身事业。1944 年 8 月初版、9 月再版，1946 年 11 月增订版的小说集《传奇》的封面，要么是张爱玲自己设计，要么是炎樱设计、张爱玲临摹，单从张爱玲对这三个封面极富诗意的警句式解说词中，就不难发现，文学图像在张爱玲文学世界中的重要地位。而在堪称张爱玲绝笔之作的散文《对照记》中，张氏家族的 54 张照片更是成了文章的叙事主干和有机组成部分。在中国现当代文学史上，比张爱玲更具美术素养与绘画水平的人很多，无论是现代的李金发、闻一多、叶灵凤、苏雪林、艾青、汪曾祺、丰子恺，还是当代的冯骥才等人，他们大都受过美术专门训练，有些还以绘画名世，但没有一个像张爱玲这样将图像与自己的文学创作紧密联系在一起。

可以说，在突出图像的叙事功能方面，没有哪一个现代作家比张爱玲走得更远。

现存最早的张爱玲自画像刊登在 1937 年张爱玲的母校——圣玛丽女校校刊《凤藻》上，题名为《算命者的预言》。《算命者的预言》是包括张爱玲在内的 30 多名同学的卡通画，具有毕业纪念的性质，张爱玲是这些卡通画的作者。张爱玲又实在是一个俗人，现存最早的张爱玲画作是刊登在 1936 年 12 月上海圣玛丽女校《国光》杂志第四期上的一幅漫画《某同学之甜梦》，一个中学女生在睡梦中兴致盎然地试穿各种时髦的皮鞋、美发、梳洗，身上还堆积着无数美元。当我们翻看张爱玲的小说，尤其是散文的时候，不难发现张爱玲对日常世俗生活细致入微的体察与津津乐道的喜悦，这确实揭示了张爱玲精神世界的一个侧面。

张爱玲显然不仅仅有世俗的一面，如果这样的话，她和同时代的苏青与略早一些的张恨水也就没有什么差别了——尽管张恨水和苏青都是张爱玲喜欢的现代作家，张爱玲的《半生缘》（原名《十八春》）等一些作品风格情调也很接近张恨水的《啼笑因缘》等小说，但无论张恨水的《啼笑因缘》还是苏青的《结婚十年》，与张爱玲的大多数小说相比，显然还是显得过于直露、浅薄与呆滞了，缺乏张爱玲小说那种能将人心带到辽远境地的灵动浩荡之气。

张爱玲本是一个极世俗的敏感女孩，只是不幸的童年经验激发了其女性潜意识中的隐秘因素，使其人其文都带上了浓厚的神巫倾向与斑斓灵光。这种由常态女性向神巫式女性的演变过程，便是张爱玲小说的重要主题，而且其叙述语言与叙事结构的神话色彩也很突出。

现实生活中的张爱玲有奇装炫人的嗜好。在《流言》集中有篇很长的散文《更衣记》，叙述了清代至民国 300 年间的服装（主要是女装）的变化，并配有 5 组插图，约占《流言》集插图总数的 1/5，显示了张爱玲对服装的浓厚兴趣。热衷服装自然显示了张爱玲的世俗一面，但张爱玲同时写道："时装的日新月异并不一定表现活泼的精神与新颖的思想。恰巧相反。它可以代表呆滞；由于其他活动范围内的失败，所有的创造力都流入衣服的区域里去。"这对我们进一步理解张爱玲的清代服装照怎样变成了《流言》封面那幅面孔空洞的女性，无疑也具有启发意义：张爱玲的服装嗜好，其实正是她心灵挫伤的表现，而心灵挫伤又导致了面容呆滞空洞、精神封闭自恋的神巫倾向。

《传奇》增订版封面上那幅古装仕女图本来是典型的商业性世俗消遣品，它原是晚清著名海派画家、《点石斋画报》主绘者吴友如所绘的《海上百艳图》里的一幅《以永今夕》。吴友如的画风是后来鸳鸯蝴蝶派封面女郎、月份牌女郎，乃至 20 世纪二三十年代叶灵风等人的唯美或摩登女郎的重要艺术源头。"在传奇里面寻找普通人，在普通人里寻找传奇。"这句初版《传奇》的扉页题词，概括了《传奇》集中小说的主题与艺术特色，它的情调与《传奇》增订版封面颇为一致：既世俗又玄远。实际上《传奇》初版封面那浓稠且不留半点空白的孔雀蓝，神秘情调也就很突出。

神话与世俗叙事、日常生活最大的差别之一是前者常伴随着神秘仪式，由于神话所传达和经验的事物属于非日常化的世界，只有通过特定的仪式，才能打破现实世界与神灵世界的藩篱。典型的例子是其成名作《沉香屑第一炉香》与《沉香屑第二炉香》。

神话仪式本质上是为了激发原始思维并将潜意识释放出来，原始思维混同了主客观世界并形成泛灵论，潜意识则提供了神话原型或神话母题，这两者都是神话的基本特征。从这个意义上看，神话仪式不仅存在于张爱玲小说的首尾部分，还存在于行文之中。

神话作为一种仪式性文本，决定了它的另一基本特征——象征。象征在表达方式上是一种语言现象，即一般文学象征；在思维方式上是一种心理现象，即形象思维；在存在方式上，则是一种文化现象，主要存在于神话、仪式中。张爱玲小说中许多物象具有明显的神秘象征性，说它们神秘，是因为它们往往具有暗示性、预言性与灵异性。从文本与现实的关系来看，张爱玲的小说与散文时有一语成谶的例子，比如有人就认为《沉香屑第一炉香》中葛薇龙对乔琪乔飞蛾投火般的爱情与现实中不久发生的"张胡恋"相似："有一点使我大吃一惊的，是薇龙的恋爱观，在情感旅程上的颠沛流离，怎么奇迹似的，不久应验到张爱玲本身与胡兰成的一段罗曼史上？张爱玲本来就是带一点第六感、灵异气质充沛的异人，为什么在《沉香屑第一炉香》成篇时，也犯下了元稹《遣悲怀》里所哀叹的：'昔日戏言身后事，今朝都到眼前来'的谶语？"其实从潜意识上来看，葛薇龙对乔琪乔的迷恋可能说明了张爱玲内心中的阿尼姆斯形象就是乔琪乔式的聪敏、有经验但不负责任的男人，而胡兰成恰是这类男人的典型。在小说的内部叙述中，不少看似不经意的写实性描述，也与人物的性情与命运息息相关。唐文标曾将《金锁记》与《沉香屑第一炉香》认定为与《聊斋》相似的"现代鬼话"，实际上这应该是张爱玲有意创造的"奇幻的境界"（《沉香屑第一炉香》语）。更具体一些，像《沉香屑第一炉香》中梁太太第一次出场时绿色面网上的绿宝石蜘蛛、《沉香屑第二炉香》中愫细与其姐姐靡丽笙那白得发蓝的小蓝牙齿、《倾城之恋》中胡琴的声音以及流苏房间的镜子与蚊香、《金锁记》中的月亮、《心经》中的玻璃门与倾盆大雨、《小艾》中不断出现的猫、《红玫瑰与白玫瑰》结尾像鬼一样怯怯地向振保走去的绣花鞋，都是具有神秘色彩的物象，多与古代巫术相关并具有强烈的暗示性。这自然使得张爱玲那些看似琐屑写实的描述，不断闪现出灵光而变得扑朔迷离起来。

张爱玲小说的语言常使用其原始意义，如《倾城之恋》的"倾城"，《金锁记》的"金锁"，《创世纪》《心经》《浮花浪蕊》这些小说题目，都不能按照日常的意义来理解，它们在张爱玲笔下的意义都与其原始义相关："倾城"确实是毫不夸张指倾覆了一座城；"金锁"则就是黄金的枷锁而非儿童的饰物；"创世纪"暗指人类的失乐园；"心经"就指人心之经纬；"浮花浪蕊"则指女主人公四处漂泊的踪迹。张爱玲这种语言返祖现象，一方面具有陌生化的美学效果，更重要的是激活了语言初期曾具有的"符咒"特征。

原始语言是人类理性初现时的思维工具，由于此期人类的自我意识尚不发达而更多地依赖潜意识与直觉理解世界，因此原始语言更多地保留了人心和世界的神性一面与本真状态。当张爱玲在创作中不断使用语言的原始意义的时候，自然使用了人类童年时期的原始思维，从而使得她的文本带上了神话色彩。张爱玲的散文题目《私语》《更衣记》《道路以目》《有女同车》《双声》《对照记》，都有语言返祖的倾向："更衣"更是衣服的变更；"以目"就是观看；"对照记"就是对着照片记述往事。张爱玲曾说自己喜欢文字的神秘韵味，文字返祖应该就是她创造这种韵味的手段。

## 第四节　丰子恺漫画打开现代文学的新大门

丰子恺是现代文学史上一位个性鲜明的重要散文家，1940年，日本著名汉学家吉川幸次郎在译介《缘缘堂随笔》时就称赞丰子恺"是现代中国最像艺术家的艺术家"，并推崇丰子恺"像艺术家的直率，对于万物的丰富的爱，和他的气品，气骨"，认为："如果在现代要找寻陶渊明、王维那样的人物，那么，就是他了吧。他在庞杂诈伪的海派文人之中，有鹤立鸡群之感。"在新时期以来的大陆散文研究中，丰子恺也在现代散文名家之列。但作为文学家的丰子恺，其奇特之处还在于：他首先是一个漫画家、美术家。尽管丰子恺并非中国现代漫画最早作者，但"漫画"一词却主要由于他的绘画创作才在中国被广泛承认并获得了相对明确的艺术定位，因此，丰子恺一般也被视为中国漫画艺术的开创者或鼻祖。民国时期，"子恺漫画"因其巨大的影响，还几乎成为中国漫画的代称。另外，从丰子恺的人生经历来看，他先是凭借1925年发表在文学研究会刊物《文学周报》上的漫画受到关注，并进一步依靠1925年、1926年间先后由文学周报社和开明书店印行《子恺漫画》而成名。丰子恺还因此开创了以漫画装饰文学书衣的先例。在文学创作方面，直到1931年1月，丰子恺最早的散文集《缘缘堂随笔》才出版，并奠定了其现代散文家的地位。终其一生，丰子恺创作出版的漫画集，要远比散文集为多，而丰子恺在中国现代美术史或漫画史上也被视为"久负盛名的老前辈"。

作为颇有成就的文学家，丰子恺与鲁迅、闻一多、叶灵凤、艾青、张爱玲等人相比，后者虽有美术爱好与素养，但无疑美术成就远低于其文学成就。因此，从兼擅文学与美术的角度来讲，丰子恺在中国现代文学史上不仅是独特的，还可以说是唯一的。而一个更为引人注目的现象是，丰子恺的众多代表性漫画，大都与一定的诗文相配合，如《子恺漫画》《漫文漫画》《护生画集》《漫画阿Q正传》《漫画林家铺子》《周作人丰子恺儿童杂事诗图笺释》等，都是如此。而丰子恺同时还经常给亲友或自己的文学作品绘制大量的插图，如俞平伯的诗集《忆》（朴社1925年版）就有丰子恺的漫画插图18幅，叶绍钧的童话集《古代英雄的石像》（1931年开明书店版）共有童话9篇，而丰子恺的插图则多达20幅。20世纪50年代初，儿子丰华瞻翻译了《格林姆童话全集》（10册），丰子恺为其所配插图达到了346幅。丰子恺为自己的作品插图则更具热情，如短篇童话《猫叫一声》就配有图画25幅，童话集《博士见鬼》（上海儿童书局1948年版）也配图17幅，其他配较少量插图的文章与文集更是不胜枚举。显然，丰子恺的漫画与文学创作是难以分割的，两者共同构建了丰子恺的艺术世界。

尽管丰子恺很清楚，纯粹的文学与绘画是两种不同性质的艺术，但丰子恺仍旧认为，他的随笔与漫画并无本质差别，只是表现方式的不同。这种画不仅描写美的形象，又必在形象中表达出一种美的意义。也可说是用形象来代替了文字而作诗。所以这种画的画题非常重要，画的效果大半为着有了画题而发生。在谈到自己的漫画创作时，丰子恺更是这样表示：我往往要求我的画兼有形象美和意义美。我的作画不是作画，而仍是作文，不过不用言语而用形象罢了。既然作画等于作文，那么漫画就等于随笔。

不难发现，丰子恺的绘画观念，和强调"画中有诗"的中国文人画传统很相似。当然，丰子恺的写意漫画所受的更直接影响首先是竹久梦二，其次是蒋谷虹儿。丰子恺在其散文《我的苦学经验》《绘画与文学》中详细讲述了自己如何从学习西洋绘画最终转向漫画创作的过程，以及在这个过程中，竹久梦二的毛笔漫画对自己的关键性诱导与示范作用。实际上，竹久梦二不仅与陈师曾是同时期的画家，而且在创作诗趣漫画上也很相似。以前的漫画家，差不多全以诙谐滑稽、讽刺、游戏为主趣。竹久梦二则摈除此种趣味而专写深沉严肃的人生滋味。使人看了慨叹人生，抽发遐想。故他的画实在不能概称为漫画，真可称为无声之诗。而作为竹久梦二来讲，他身上所具有的东洋画风实际上就是中国传统绘画在日本的支流，因为日本的传统绘画本来就是在中国画影响下而产生的。因此丰子恺所受的竹久梦二画风的影响，也仍可以溯源到中国传统文人画传统——当然，这中间也已融入了许多西洋画风格了。

应该说，无论陈师曾还是竹久梦二，中西融合的毛笔漫画只是他们绘画活动的次要方面，陈师曾更多的作品还是中国传统的写意花卉画与山水画，而竹久梦二更著名的绘画则主要是具有浓郁日本风格的朦胧忧郁的美人画。丰子恺只是撷取了他们那些更随意的融合中西画风的简笔画创作，然后融合了自己的生活感悟将之发扬光大，并最终形成了自己独特的艺术世界。尽管丰子恺在文学与绘画相结合、反映当下现实生活、汲取西方画技法等方面，可能要比陈师曾与竹久梦二等师辈走得更远，但是那种文画结合、凸显个人性灵情趣的画风，无疑是和中国文人画传统紧密联系着的。文人画传统不仅在内容上提供丰子恺漫画的诗意，而且在形式上使得文字与形象、文学与绘画紧密连接在一起了。

由于子恺漫画与传统文人画的历史渊源，使得丰子恺的漫画具有浓郁的抒情性，因此丰子恺的漫画也被称为抒情漫画，或者感想漫画。不管称呼有何不同，但实际上都强调了丰子恺绘画中的诗意。而丰子恺漫画受到人们的广泛推重，主要也是这方面的原因。

从清末一直到中华人民共和国成立前，除丰子恺之外，处于中国漫画界的所有重要漫画家，包括何剑士、张聿光、马星驰、钱病鹤、沈伯尘、但杜宇、黄文农、张光宇、鲁少飞、叶浅予、蔡若虹、廖冰兄、华君武、丁聪、沈同衡、米谷、张乐平等人，无不是以讽刺性漫画家为主要身份。而对于像鲁迅、张爱玲这类没有受过专业美术训练但爱好美术且具有较高美术素养的文学家来讲，要么为了思想启蒙，要么由于生活的经济压力，种种原因使得他们更看重便于精神沟通与改善生存困境的文学创作，绘画美术只是这些作家兴之所至、偶尔为之的创作，因此不可能像丰子恺那样进行大量的漫画创作——丰子恺早年没有像鲁迅、张爱玲那样的精神打击，成年后也生活安定幸福，既没有过多的生活压力，也没有鲁迅、张爱玲那样的超人气质与神巫倾向。因此，具有良好的艺术感觉与文化修养的丰子恺，有条件同时也乐意过一种艺术化的日常生活，并与朱光潜、朱自清、俞平伯、叶圣陶、郑振铎、马一浮等具有纯正文化趣味的文人同气相求、往来酬酢，其乐融融，乐此不疲。因此，对于丰子恺来讲，漫画是与友人的情感交流工具或自我情感的抒发，是有意为之的结果，因此其诗情虽然是个性化的，但往往与潜意识无关，或者说，丰子恺的诗情是日常化的，不像鲁迅与张爱玲那样，直指人性的隐秘之处。

而对于鲁迅与张爱玲来讲，他们的美术创作虽然很少，都往往是在文学创作之时或文学创作之余，在内在情感驱使下无意间创作的结果，但正是由于无意性，恰恰暴露了他们在文学创作时的深层心理状态，因此更具有深刻性。因此，我们常看到鲁迅与张爱玲自己创作的封面或插图等文学图像，含义隐晦且不富有逻辑性，难以理解但往往具有一种神秘的魅力，令人迷惑而又欲罢不能。因此鲁迅与张爱玲的文学图像，往往联系着他们各自的深层创作心理，并与他们作品中那些最深层的意蕴相互呼应。他们的文学图像与他们的作品显示了中国现代作家精神世界最深刻的某些方面。而丰子恺的漫画，至少对于那些具有相当艺术素养，尤其是相当传统文化素养的文人来讲，显然是熟悉并容易亲近的。从这个意义上来讲，丰子恺漫画在当时的流行，实际上代表了民国时期在欧风美雨冲击下中国现代文人们对中国传统文化的回望姿态，以及对传统精神家园的某种回归。因此，我们也就容易理解，为什么俞平伯、朱光潜等人会对丰子恺本人及其漫画创作赞赏有加了。

在现代文学史上还有一类作家，如闻一多、叶灵凤、李金发、艾青等人，他们像丰子恺一样都受过专门的美术训练，也曾为许多新文学书刊做过封面插图一类的文学图像，也具有较为明显的文人习气，但是他们仍没有像丰子恺那样创造出文画融合无间的诗意艺术世界。这其中的重要原因之一是，他们都专修的是西洋美术，对中国的传统文人画往往持批判的态度。

总之，丰子恺的随笔散文与漫画所构成的艺术空间，在现代文学史上具有独特性，而连接其散文与漫画的情感内核则是具有浓厚传统色彩的文人诗意。这种诗意既不像鲁迅、张爱玲那般具有现代深刻性，也不像闻一多、艾青、叶灵凤、李金发那样更多地关注着外界生活而驳杂不纯，从而显示出一种较为纯正的相对传统的文人趣味。

# 第六章
# 文化传承视角下的我国现代文学发展

## 第一节　传承科学书写的文学特征

中国文化讲究实用理性、经世致用，这种文化精神影响至今。即使对抽象的领域，人们也要将其实用化。抽象的"科学"概念亦发生着类似的演变。而当这种实用理性进入中西文化交流与传播的领域，我们会惊讶地发现西方意识在中国传播的过程中，或多或少会被中国文化精神所浸染，使得一些译名的内涵发生较大变化，或者说受到中国文化的独特阐释，这是一种不争的历史文化现象。科学与中国现代文学的研究，或从科学知识、方法来研究；或从科学主义、思潮来探讨；或从科学与传统的关联来分析；或从观念史下手专门梳理科学的观念，但是没有与中国现代文学相联系；或者是个案研究等。这些成果，整体上缺乏对现代文学史的科学观念的演变、科学与传统实用理性以及科学关键词的来龙去脉的梳理，更没有关注科学救国这一文学现象。

就"科学"而言，其在中国现代文学史之中，属于比较热门的研究领域。但是学界对中国现代文学科学内涵及其文学史意义的研究也未能尽如人意。就整体而言，通过梳理发现中国现代文学中科学的西化内涵并不多，主要继承了中国传统科学概念的特征，中国作家把西方科学作为自然观或世界观的内涵演变为人生观，这种中西科学意识的整合与结缘，体现出从"科学人生观"到"革命人生观"的演变。在此逻辑上，中国现代作家不仅写作科学问题文学，还提倡和履行"为人生"的而非"为科学"的实验主义文学观。正因为这种实用理性文化思维的持续浸染，在中国现代文学史中，"科学"不只是异于西方的自然观而表现为人生观，还异于西方的背景而表现为直接服务于国家、政治。故此，中国现代文学史中存在着一种异于西方的"科学救国"的文学现象。简言之，"科学"在中国现代文学的演变折射了中国传统的经世致用精神的"中体西用"式的传承。而中国现代科学史亦与中国现代文学史相呼应，同样具有"科学救国"的历史潮流，它将"科学"这样本质为追求真理、扩展人类知识视野的求知行为与"救国"这样宏大的实用目标相联系，是与"为科学而科学"的科学精神相背离的，体现了中国人重视"利用厚生"经世致用的文化特质。

## 一、中西"科学"词源内涵

### （一）汉语"科学"的词源

1. 汉语"科学"的出处

关于"科学"一词的最早出处，正文为 12 卷、1993 年出齐的《汉语大词典》，冯天瑜的《新语探源——中西日文化互动与近代汉字术语生成》（中华书局 2004 年版）以及金观涛、刘青峰的《观念史研究：中国现代重要政治术语的形成》（法律出版社 2009 年版）皆认为古汉语"科学"典出人称龙川先生的南宋陈亮《送叔祖主筠州高要簿序》"自科学之兴，世之为士者往往困于一日之程文，甚至于老死而或不遇"。但是，有的学者通过对文渊阁《四库全书》所收《龙川集》，以及对多个繁体字版本的《龙川文集》《陈亮集》中该文的考察，认为陈亮该文中没有出现"科学"一词，其词所在处皆为"科举"。根据扎实的史料考证，最早使用"科学"一词可追溯至唐末的罗衮：文渊阁《四库全书》所收《文苑英华》的第九百四十六卷载入唐末罗衮的《仓部柏郎中墓志铭》："近代科学之家有柏氏仓部，府君讳宗回字几，圣祖士良忠州司马，父嵩毛诗博士赠国子司业，君踵父学开元礼。咸通中，考官第之尚书落之，不胜压屈，因罢，取家荫出身选为州县官。"经与明朝刻印的《文苑英华》同名单行本以及中华书局 1966 年的影印本比照，确认文渊阁《四库全书》的该处抄录无误，故此确证古汉语"科学"一词典出于此，乃"科举之学"之意，即应对科举考试的学问。稍晚则有南宋叶适的《同安县学朱先生祠堂记》："今夫笺传衰歇，而士之聪明亦益以放恣，夷夏同指，科学冒没，浅识而深守，正说而伪受，交背于一室之内，而不以是心为残贼无几矣。"其中的"科学"依然指科举之学。明清时期，"科学"一词出现较多，如明朝唐顺之的《稗编·广科学以弭盗》、明朝俞汝楫的《礼部志稿》、清高宗敕撰《续通典》（卷二十二）、黄训编《名臣经济录》（卷二十六）等文皆出现意指科举之学的"科学"一词。例如明朝唐顺之编纂的《稗编》中收录了《广科学以弭盗》一文，该文题目和正文都包含"科学"一词："唐末，进士不第，如王仙芝辈唱乱；而敬翔、李振之徒，皆进士之不得志者也。盖四海九州之广，而岁上第者仅一二十人，苟非才学超出伦辈，必自绝意于功名之涂，无复顾藉。故圣朝广开科学之门，俾人人皆有觊觎之心，不忍自弃于盗贼奸宄。"此文可谓蕴含了古汉语"科学"（科举之学）的大致文化内涵，即学而优则仕的精英意识、实用理性与朝廷的用人、安抚手段，与现在通行的来自西方的含义"自然科学"不可同日而语。

既然"科学"乃科举之学，那么必须弄清楚"科举"的内涵。它与荐举制不同，根据《辞源》的"科举"词条："隋文帝废九品中正制，改由诸州岁贡三人。至炀帝乃置进士等科。唐代科目多至五十余，故曰科举。其后宋用帖括，明清用八股试士，亦沿科举之称。自科举行而荐举渐废。至光绪三十一年明令废科举。"有意思的是，《辞源》没有"科学"词条，但我们还是要回到"科学"。该词义为科举之学，"学"乃学问，那么"科"意指为何？它与现代"科学"词义有牵连的是如下几种含义：或者意为品类、等级，如《论语·八佾》："射不主皮，为力不同科，古之道也。"或者是课程、科目、业务分类，如《孟子·尽心上》："夫子之设科也，往者不追，来者不拒。"或者是修养门类，如孔门四科（德行、政事、言语、文学）。或者是开科取士的条例名目，根据《辞源》记载《文选》的《博弈论》："设程试之科，垂金爵之赏。"古时分科取士，以所设科目而言，有博学鸿词科、经济特科等。同一科目中以等级而言，进士为甲科，举人为乙科。以开科年岁而言，有甲子科、乙丑科之类。所谓"科"，即科目，乃开科取士的名目，唐制取士之科，有秀才、明经、进士、俊士、明法、明字、明算等，见于史者五十余科，又有大经小经之目，故称科目。明清虽仅一科，仍沿称科目故此，"科举"为"分科目而举"之意，古汉语"科学"为"科举之学"，故内在地蕴含着"分科之学"的意思。而根据汉代许慎的《说文解字》，"科"，"从禾从斗，斗者量也"，所以"科学"一词取"测量之学问"之义为名，与西方的"科学"词义有相关之处。只不过，中国古代的"分科目而举"的科目除了"明算"与自然科学有关外，其他皆为道德文章、宗经言志之学，与西方的"科学"相去甚远。毕竟"科举制主要是为朝廷培养、选拔符合儒家意识形态官僚的制度，它与单纯求知的关系并不那么大"。

换言之，从唐朝至近代，"科学"都作为"科举之学"的简称。"科学"一词虽在古代汉语典籍中偶有出现，但大多指"科举之学"。

2. 汉语"科学"的相近词

根据有的学者考证，文渊阁《四库全书》记载，乾隆五十五年（1790）奉敕编纂的

《钦定千叟宴诗》第二十五卷中有一段关于钦天监西洋人那永福的记述："欧逻巴州西天西意达里亚（欧洲西边的意大利），臣所栖六城环以地中海，高墉架海横天梯，人有医、治、教、道四科学，物有金刚、珊瑚、哆啰珠、象犀。"此文中的"四科学"似既可解作"四门科学"，又可解作"四科之学"。因此，将这里的"科学"解作"分科之学（discipline）"似无不当，即使说它已带有"近代科学（science）"之意也并非毫无道理，而且，更值得注意的是这个概念不是中国人提出的，而是西方人提出的，西方没有科举制度，那永福有西学背景，故此不以"科举之学"含义来使用"科学"一词。

根据冯天瑜的研究，与西方"science"略相接近的，有"质测"一词，此为明末清初的学者方以智在《通雅·文章薪火》中所创。在该文中他把知识分为"质测""通几""宰理"三大部类："质测"指自然科学；"通几"指深究万物之理的学问，近于哲学；"宰理"指政治教化一类的社会知识。方以智的儿子方中通对"质测"有所诠释："物有其故，实考究之，大而元会，小而草木蠡蠕，类其性情，征其好恶，推其常变，是曰'质测'。"只是这个具有"实验科学"意蕴的词语，并没有普及开来。另一个包含"科学"意味的古汉语词语是"博物"，如"博物通人，知今温古"（孔颖达《礼记正义·序》）等。有学者指出，"儒生对知识的兴趣主要用'博物'来表达。在'博物'的名目下，可以包容视为科学技术知识的大量内容"。"1850年以前，介绍西方科技知识大多冠以'博物'之名"。

在中国古代，隐含"科学"意味而又影响甚大的古汉语词汇则是"格致"。《大学》有云："欲诚其意者，先致其知。致知在格物。物格而后知至，知至而后意诚。""右传之五章，盖释格物、致知之义……所谓致知在格物者，言欲致吾之知，在即物而穷其理也……至于用力之久，而一旦豁然贯通焉，则众物之表里精粗无不到，而吾心之全体大用无不明矣。此谓物格，此谓知之至也。"朱熹注曰："致，推极也。知，犹识也。推极吾之知识，欲其所知无不尽也。格，至也。物，犹事也。穷至事物之理，欲其极处无不到也。"换言之，"格物致知"不是为了研究自然界的知识，不是为了科学发展，而是为了"修身、齐家、治国、平天下"，是人的道德对事物的善恶精粗的选择与理解，或者说人依靠认识具体事物之理来理解道德之理，故此对"众物之表里精粗无不到"，是为了"吾心之全体大用无不明"，故此才有"物格而后知至，知至而后意诚，意诚而后心正，心正而后身修，身修而后家齐，家齐而后国治，国治而后天下平"的说法。这体现了以格物致知为手段，以修身为本，以治国平天下为指归的道德架构与逻辑链条。

尽管如此，"格致"一词在宋朝之前出现甚少，有学者曾用网上文献库检索了从先秦两汉到魏晋南北朝的重要儒学文献，发现"格物""致知"这两个词语仅仅出现在《大学》之中，而"格致"一词并未出现。这足以表明，在宋以前，"格物""致知"在经典文献中并非常用词。到了宋朝以后，宋明理学虽然很重视道德，但是也从宇宙秩序推导出儒家伦理的合理性，从常识外推的"穷理"活动表现出与科学认知某种相近的性质，故此程伊川提倡"格物穷理，非是要穷天下之物，但于一事上穷尽，其他可以类推"，朱熹主张"格物致知只是一事，格物以理言，致知以心言"。到了1633年出版的《空际格致》一书中，"空际"意谓"自然"，"空际格致"是"自然科学"的较早表述，也可以说此处含"科学"之意的"格致"二字连用，是"格致"一词的较早甚至最早表述，这又是西方人创造的一个先例（与那永福使用"科学"相似）。由于晚清西方科学技术科学知识被更大规模地引进，"格致"一词被普遍使用指称"科学技术"。

3. 汉语"科学"的明确

明末清初以来，中国人对"格致"的功能理解从穷理、经世，到狭隘化为制造，因此或者扩大"格致"的意义，使其涵盖穷理、经世以及西学各个方面，或者放弃"格致"，另选新词来对应西方科学技术，这个新词就是"科学"。而且从词性来看，"科学"作为一个名词来指称"science"是更合理的，"格致"只是一个动词，更接近"研究"之意。有意思的是，有学者根据数据库的统计分析指出，1895年以前，中国知识分子几乎毫无例外地用"格致"指涉西方的"science"，"科学"取代"格致"的突变点是1905年。从此，"科学"成为"science"的唯一译名，"格致"一词迅速消失，这不仅因为日本早在19世纪70年代将"science"译为"科学"，20世纪初大批留日学生将大量日译西方新语带回中国；还因为1905年科举制度废除，使得中国人清除了以指涉"科举"的"科学"来翻译"science"的心理障碍。更因为"科学"一词保留了其原初文化内涵的精英意识、实用理性，切合中国人的传统文化心态，培养、选拔人才的方式变了，但是传统文化心态的转型是一个漫长的时期，不可能一下子就实现全面改变甚至全盘西化的。因为"转型"不等于"变种"，作为文化遗留与集体无意识的传统文化心态虽然"见异思迁"，但是"迁"的主要是知识系统，而非心理精神系统，具有"新知识，旧伦理"的转型结构。甚至新知识也并非全新，中国的新知识系统又具有某种与儒家论证方式类似的结构，这种思维方式成为接受马列主义的前提。换言之，"科学"取代"格致"并不是语言幻觉，而是意识形态由儒家更替为马列主义在语言上留下的印痕。

如上所述，意大利人那永福在"分科之学"或"近代科学"的意义上使用"科学"一词，只是没有普及开来。而把"science"翻译为"科学"并传播开来的则是日本人。

根据有关学者考证，日本平安时代曾引进中国的科举制（但 10 世纪以后废弃），使得"分科举人之学"概念流传日本德川后期，兰学家接触欧洲自然科学等学科，很自然地以"分科之学"一类短语加以表述，1832 年出版的解剖学书籍中，已经出现解剖学是医学的"一科学"的提法；后来西周于 1874 年《明六杂志》刊登《知说四》一文明确使用"科学"一词，并且指出其方法是"归纳"和"演绎"的统一。然而依据日本学者铃木修次的研究，与西周同时期，"科学"一词已经普及，故此他把福泽谕吉刊行于明治五年（1872）的《劝学篇》中提到的"一科一学"当作"科学"一词诞生的出发点，由于当时日本早已废除科举几百年，故此"科学"意义相对单纯，明确指"分科之学"。

## （二）西方"科学"的内涵

但是"科学"这个词与西方的"science"内涵并非对等，因为后者不只是"分科之学"那么简单。

### 1. 西方的"science"是一种思维方法

"science"这个词在 14 世纪时成为英文词，其最接近的词源是法文"science"、拉丁文"sciemia"——知识（knowledge）。其早期用法相当广泛，它意指知识，是思考上的认知，用来描述一些知识或技能。此外，一直到 19 世纪初，它还可以专指某些学科。但自 17 世纪中叶以后，它的词义发生明显变化，通常指的是有规则、方法的观察与命题，有关任何深奥的学科。后来，"science"的"通过学习而得的知识"的意涵，已经包含了理论层面的方法与论证，指的是一种知识或论证，而不是一种学科。而在 18 世纪末，它仍然指方法学和理论上的论证，而由于对"自然"（nature）观念的改变，使得"方法"与"论证"的概念被专门用于"外在世界"，而"science"的意涵已完全被视为"对自然做有方法的理论研究"，注重"实验"（experiment），在"经验"（experience）领域（如形而上学、政治、社会，以及特别与"art"有关的内在情感生活等）所应用的理论和方法则不被视为科学，"scientific"（科学的）、"scientificmethod"（科学方法）、"scientifictruth"（科学事实）变成专指自然科学（naturalscience）里的有效研究方法。从此，一个学科是否为科学的重点已不在于它是否具有理论和方法，而在于它的研究方法与研究对象是否具有客观性。

故此，在这个意义上，《不列颠百科全书》把"science"（科学）定义为"涉及对物质世界及其各种现象并需要无偏见的观察和系统实验的所有智力活动。一般说来，科学涉及一种对知识的追求，包括追求各种普遍真理或各种基本规律的作用"。《不列颠百科全书》和《简明不列颠百科全书》的词条"科学理论"都没有涉及社会科学，而《简明不列颠百科全书》的词条"科学史"也对社会科学只字不提。正因为如此，有学者指出"科学的"含义为"理论的、客观的、实证的；特别会用在表示自然科学方法及其成果的场合"，或指出"科学"这一字眼在英语中已被限制在自然科学的范围之内，因而暗示着一种在自然科学才有的方法上和权利上的竞争。这应该是对科学特性的一种合理表述。

比较起来，中国《辞海》中的"科学"词条是耐人寻味的：

科学是"运用范畴、定理、定律等思维方式反映现实世界各种现象的本质和规律的知识体系。社会意识形态之一。按研究对象的不同，可分为自然科学、社会科学和思维科学，以及总括和贯穿于三个领域的哲学和数学。按与实践的不同联系，可分为理论科学、技术科学、应用科学等。科学来源于社会实践，服务于社会实践。它是一种在历史上起推动作用的革命力量，在现代，科学技术是第一生产力。科学的发展和作用受社会条件的制约，现代科学正沿着学科高度分化和高度综合的整体化方向蓬勃发展"。

可以说《辞海》的这个"科学"解释体现了鲜明的中国文化特色：其一，注重有用的结果而不注重探索的过程，所以科学被解释为一种"知识体系"而非西方的"对知识的追求"。西方到了 17 世纪，随着"自然科学"的威望日渐提高，"science"的形容词形式"scientic"（意为创造知识的）便取代了"sciential"或者"scientific"以及其他异体词汇，当时，公认"science"即科学是指创造知识而不是知识本身，于是科学时常与研究相等同，意味着一种过程的存在而不是静态的学说。其二，注重科学的现实作用，要求科学"反映现实世界"（而非西方的"物质世界"），来源于社会实践，服务于社会实践，是在历史上起推动作用的革命力量，而非注重纯粹研究与求真，不注重对物质世界及其各种现象进行无偏见的观察和系统实验。其三，注重科学的社会意识形态功能，而不注重科学是一种智力活动，是无偏见的客观的对知识的追求，对普遍真理的追求。这种"科学"观念可以说与原来"科举之学"所蕴含的中国的实用理性、经世致用、不重视纯粹知识的文化特征存在着千丝万缕的联系。正如有的学者指出的那样，中国科学技术"过于讲究实用而轻视理论的探讨，则使科技在经历一定的发展之后很难跃入新的水平"，例如天文学陷入应用政治学的轨道而未能进入哲理推理和科学抽象的殿堂；传统数学以实用为前提，成了天文、农业、赋税、商业的附庸，重计算，轻逻辑，始终没有形成严密的演绎体系，未能进一步以抽象的符号形式来表示各种量的关系与变化，长期滞留在借助文字叙述各种运算的阶段上，妨碍了数学发展成为纯理论性的独立科学；传统农学局限于经验，农业基础理论科学始终没有得到健康的发展，无法完成自身体系的完整性；至于各个技术领域中的一系列发明、创造，更往往"言其所当然而不复求其所以然""详于法而不著其理"，大大地影响了技术的进步。概言之，中西文化差异表现在科学技术方面，中国文化属于注重实用、经验的技术型文化，西方文化属于注重抽象、实验的科学型文化；中国古代有四大发明，但这些技术都是经验技术，是人们长期在生产实践中发明的，不是像西方一样在科学理论或原理的基础上推导出来并发明的技术。西方科学相对发达，中国科学相对落后，原因之一盖在于此。

2. 西方的"science"是一种世界观

在中世纪的欧洲，科学（science）原来叫自然哲学（naturalphilosophy），即研究自然界的学科，是旨在诠释自然界的哲学原理和根据的综合性学科，主要属于"四艺"（算术、几何、音乐、天文）的范畴，与数学关联甚深，到 16、17 世纪，课程分类开始调整，以反映数学日益加强的重要性，而各门综合性科学也趋向于按主题统称为自然哲学。这种分类体系在科学革命期间依然在使用，之后一直沿用到启蒙运动时期。自然哲学包括了我们今天所说的自然科学，例如牛顿就被认为是数学家和自然哲学家，其他在这些领域做出重大科学发现的重要科学家大多也是自然哲学家。

到了启蒙运动之后，科学作为一种自然观或世界观，更注重"自然"，当时"理性、自然、自然法都植根于当时描述世界的科学模式"，对自然界的研究被看成是与道德哲学、认识论和本体论研究息息相关的思想上的探索，几次重大的科学转变改变了普通欧洲人对宇宙的概念，使得教会也逐渐容忍与神创世界观对立的科学（自然）世界观的存在，也促进了把物质世界的自然法则数学化和把世界历史化的趋势，"所有这一切反映出揭示支配世界体系的法则的普遍冲动……"大多数科学家认为，他们的成功将促进人类进步和启蒙的总体目标，为人类提供征服世界的知性工具。因此，西方科学史奠基人乔治·萨顿指出，科学是"人的心智逐步征服自然的历史"。

而西方科学之所以能够描述世界、探索世界和征服世界，基于如下的自然观或世界观：《圣经》教导我们大自然是真实的、有价值的，大自然并非一位神，它只不过是被造之物，《圣经》极力反对神化大自然，而大自然的非神化是科学研究的关键性的大前提，要是大自然是人类崇拜的对象的话，将它剖开研究是不虔诚的举动。若世界充斥着精灵和魔力，人唯一应有的反应是向它祈求或避开它。

从上可知，西方科学主张主客二分、神与自然（宇宙）的对立，但"中国人的倾向是否认我与世界、心与身、神和宇宙之对立"，主张主客一体，天人合一。正是这样的自然观（世界观）体现了中国科学乃至文化思维的两大特征：其一，是重视综合而轻视分析，西方科学注重分析，在研究一个具体事物或事物的某一局部时，总要把它从错综复杂的联系中分离出来，独立地考察它的实体和属性。中国传统科技则截然不同，它重综合，重从整体上把握事物，重事物的结构、功能和联系。它在研究任何具体事物时，总是居高临下，俯视鸟瞰，把它放到一个包容着它的更大的环境系统之中。换言之，西方科学向来是强调实体（如原子、分子、基本粒子、生物分子等），而中国的自然观则以关系为基础。其二，因为天人合一的自然观，使得中国人的科学以人生道德或道理为归宿，而不以抽象提炼科学理论为归宿。中国贤哲大量"对于自然界的敏锐观察和新颖见解，结果总是一致地导向对人心的启迪，落脚到告诉人们某种社会人生的哲理"。儒家这种崇尚政治人伦之"道"、崇尚天地万物通"理"而轻贱具体科学知识和生产技艺的趋向，将千千万万儒门学者挡在了自然科学的门外。换言之，中国科学重视人生观，而非自然观或世界观。

## 二、中国现代文学的科学书写

1923 年，胡适在《科学与人生观》序言中公开声明："这三十年来，有一个名词在国内几乎做到了无上尊严的地位；无论懂与不懂的人，无论守旧和维新的人，都不敢公然对他表示轻视或戏侮的态度。那个名词就是科学。这样几乎全国一致的崇信，究竟有无价值，那是另一问题。我们至少可以说，自从中国讲变法维新以来，没有一个自命为新人物的人敢公然毁谤科学的。"

既然科学具有如此伟力，那么我们就很有必要梳理"科学"在中国现代文学史的用法和审美表现，看看中国是否形成西化意义的"科学"主流。

### （一）从"科学人生观"过渡到"革命人生观"

通过梳理，我们发觉科学的西化内涵并不多，现代文学或现代中国的"科学"主要继承了中国传统科学概念的特征。由于重视实用、经验的技术型文化及其思维，中国知识分子把西方科学作为自然观或世界观的内涵演变为人生观。从现代中国的"科学"一词运用情况的统计分析亦是如此。20 世纪头几年，除了个别言论之外，"科学"一词基本上是价值中立的，它与道德价值呈二元分裂状态。这是因为当时广大从事新政的绅士认识到儒家伦理是他们统治乡村、参与政治的正当性根据，他们必须坚持对儒家伦理的认同。为了在引进西方科技和政治经济制度（新政的内容）时不冲击儒家伦理，就必须把科学技术、西方政治经济制度看成与道德伦理无关，这样使得他们在尽可能保持原有权力结构不变的前提下，在公共领域引进西方社会制度，显示出一种中西二分的二元论心态。只不过这种中西二元分裂的知识结构在中国是不稳定的，它的稳定与否取决于它所指导的改革能否实现中国社会的现代转型，但是现代知识分子却从清廷腐败无能及其后对传统的滥用中受到极大的刺激，以传统的急功近利心态去反政府、反传统，故此 1905 年以后，无论是海外革命派、改良派，还是国内从事新政和推动立宪的绅士，纷纷采用科学指涉"science"，是与社会普遍观念和官方意识形态的巨变直接有关的。1915 年，新文化运动因绅士公共空间失败而引发，新知识分子抛弃中西二分的二元论意识形态，其后果是重返将知识系统和人生观整合的一元论。换言之，西方的科学再次与中国传统的科学人生观结缘。

只不过，这种中西科学意识的整合与结缘，体现出从"科学人生观"到"革命人生观"的演变。有学者根据庞大的数据库统计"科学"一词在《新青年》每卷中使用的总次数及其含义，发现"科学"一词的使用次数分布明显有三个高峰：第一个高峰是第二卷，第二个高峰是第六、七卷，第三个高峰是季刊。"在第一个高峰中，'科学'一词的意义主要是指实用技术、分科之学和反对迷信三种，最多的含义为实用以及和有关国力强弱的技术。第二个高峰出现在 1918 至 1921 年间，'科学'主要具有分科之学（社会科学）、实用技术、反对迷信这几种意义，使用次数最多的是分科之学，其中社会科学占了相当比重。第三个高峰是 1922 至 1925 年，这时'科学'只剩下社会科学与马列主义两种主要成分，实用技术和反迷信的成分都大量减少。"中国的科学主义之所以不同于西方的科学主义，正因为"它存在着中国特有的、用现代常识理性建构新道德意识形态的隐形模式"。从以上的统计中可见，"科学"一词的反迷信意义大量减少，这意味着中国的现代常识理性已形成。它本身就具有抑制迷信的功能，以科学人生观为核心的知识系统可以接受用同一词汇"科学"来指涉理论知识和实用技术。随着"阶级"和"阶级斗争"成为最普及的术语，另一些新词如"工业""生产"和"生产力"也凸显出来，成为现代科学知识体系的一部分。

## （二）异于西方的文学现象

正因为这种科学—实用理性传统思维模式的浸染，在中国现代文学史中，"科学"不只是异于西方的自然观而表现为人生观，还异于西方的背景而表现为服务于国家、政治。故此，中国现代文学史中存在着一种异于西方的"科学救国"的文学现象。

### 1. 中国现代文学作家的背景

这些科学专业背景除了自然科学，还包括某些含有自然科学要素的专业如经济学、心理学、金融学、美术学等，这也是他们进行"科学救国"书写的前提之一。我们有必要从重要文学社团入手进行勾勒。

（1）《新青年》作家群的科学背景：

胡适　美国康奈尔大学农科，后入哥伦比亚大学学哲学。

鲁迅　南京矿务铁路学堂；日本仙台医学专门学校。

周作人　南京江南水师学堂管轮班；日本东京法政大学，后入立教大学，由于近视改习土木工程学。

蔡元培　德国莱比锡大学研究心理学等。

钱玄同　日本早稻田大学学习音韵学与文字学。

陈独秀　日本东京高等师范学校速成科。

（2）创造社作家科学背景：

郭沫若　日本九州帝国大学医科。

郁达夫　日本东京第一高等学校医科，后入东京帝国大学经济学部，获经济学硕士学位。

成仿吾　日本冈山第六高等学校二部（理工类），后入东京帝国大学造兵科学枪炮制造。

田汉　留学日本，先学海军，后入东京高等师范学校学教育。

（3）语丝社作家科学背景：

鲁迅、周作人、钱玄同同上。

林语堂　毕业于上海圣约翰大学，后赴哈佛大学，转赴德国莱比锡大学研究语言学，获哲学博士学位。

刘半农　先入英国伦敦大学，后入法国巴黎大学专攻语音学。

（4）新月派作家科学背景：

胡适（同上）。

徐志摩　美国克拉克大学社会系学习银行（金融）学，后入英国剑桥大学研究政治经济学并获得硕士学位，其间受到爱因斯坦"相对论"的影响。

闻一多　美国芝加哥大学美术学院、科罗拉多大学专攻美术。

朱湘　南京工业学校。

陈西滢　英国爱丁堡大学、伦敦大学，获得政治经济学博士学位。

（5）左联作家科学背景：

阿英　上海中华工业专门学校土木工程。

洪深　美国俄亥俄州立大学陶瓷工程专业，后入哈佛大学专攻文学和戏剧。

夏衍　浙江省立甲种工业学校染织科，日本福冈明治专门学校电机科。

艾青　杭州国立西湖艺术学院绘画系，赴法勤工俭学，专攻绘画。

欧阳予倩　日本明治大学商科。

林伯修　东京第一高等学校、京都帝国大学经济科。

（6）京派作家科学背景：

林徽因　宾夕法尼亚大学学习建筑，耶鲁大学戏剧学院学舞台美术。

朱光潜　英国爱丁堡大学、伦敦大学学习心理学等，法国巴黎大学、斯特拉斯堡大学学习法国文学。

这些具有科学专业背景的作家几乎都选择"弃科从文"，呼吁科学救国，其"先天下之忧而忧，后天下之乐而乐"的士大夫文人心态一点也不比具有文科专业背景的作家弱。而究其原因，鲁迅的说法具有代表性：

我还记得先前的医生的议论和方药，和现在所知道的比较起来，便渐渐悟得中医不过是一种有意的或无意的骗子，同时又很起了对于被骗的病人和他的家族的同情；而且从译出的历史上，又知道了日本维新是大半发端于西方医学的事实。

因为这些幼稚的知识，后来便使我的学籍列在日本一个乡间的医学专门学校里了。我的梦很美满，预备卒业回来，救治像我父亲似的被误的病人的疾苦，战争时候便去当军医，一面又促进了国人对于维新的信仰。我已不知道教授微生物学的方法，现在又有了怎样的进步了，总之那时是用了电影，来显示微生物的形状的，因此有时讲义的一段落已完，而时间还没有到，教师便映些风景或时事的画片给学生看，以用去这多余的光阴。其时正当日俄战争的时候，关于战事的画片自然也就比较的多了，我在这一个讲堂中，便须常常随喜我那同学们的拍手和喝彩。有一回，我竟在画片上忽然会见我久违的许多中国人了，一个绑在中间，许多站在左右，一样是强壮的体格，而显出麻木的神情。据解说，则绑着的是替俄国做了军事上的侦探，正要被日军砍下头颅来示众，而围着的便是来赏鉴这示众的盛举的人们。

这一学年没有完毕，我已经到了东京了，因为从那一回以后，我便觉得医学并非一件紧要事，凡是愚弱的国民，即使体格如何健全，如何茁壮，也只能做毫无意义的示众的材料和看客，病死多少是不必以为不幸的。所以我们的第一要著，是在改变他们的精神，而善于改变精神的是，我那时以为当然要推文艺，于是想提倡文艺运动了。

无论是医学救国还是文学救国，其内核都是"救国"，只不过医学救国是更实在的救国（救治病苦，促进维新信仰），文学救国是更深入的救国（改变国民精神）。故此，无论是学医还是从文，都沾染着中国经世致用的传统精神。既然如此，原来的"弃医从文"（弃科从文）也好，后来的"以文言科"也罢，都不过是这种经世致用精神在风云变幻时代的透露罢了。

所谓"以文言科"，不过反映出中国人的道德文章的心态："科学这个东西，是一个文章上的特别题目""把科学家仍旧当成一种文章家"；以及实用理性心态："科学这个东西……就是功利主义"。正因为如此，保有这两种心态的人文社会科学领域的作家学者尤其拥护科学，例如陈独秀、鲁迅、胡适、郭沫若就是其中的重要代表。更有甚者，"由于科学成了新文化运动的'理想类型'，处于新文化潮流中的人们往往不再去考究科学的内涵，而是将各种正面的价值和肯定的理念都往科学概念上黏附"，"造成了科学概念的漫漶与变异"，却也体现出一种典型的实用理性心态。

2. 中国现代文学作家的思想

正是在科学—实用理性的意义上，中国现代作家的科学救国思想，可谓百花开放。

（1）提倡西方科学的救国功能。"近代欧洲之所以优越他族者，科学之兴，其功不在人权说下，若舟车之有两轮焉。""最近德意志科学大兴，物质文明，造乎其极，制度人心，为之再变。"

（2）提倡以科学精神改造中国。"本科学的精神，为社会的活动，以创造少年中国"，必须"本科学的精神"去"草一个具体的改造中国的方案"。"敢说老实话攻击社会腐败"，敢于以个人对抗社会，爱自由过于面包，爱真理过于生命，但又是能"保卫社会健康的卫生良法"，是"救世的良药"，最终有利于"社会、国家的健康"，有利于社会的改良和进步。

（3）提倡科研建国。例如郭沫若曾宣称，他1924年到日本原来是想"进此地的生理学研究室里埋头做终身的研究"，认为这是"最理想的生活""我们把纯粹的自然科学的真理作为研究的对象……把自己的一生献给真理的探求，我们于自然科学上必能有所贡献，我们大汉民族的文明或者能在20世纪的世界史上要求得几面新鲜的篇页"。

（4）鲁迅的科学救国思想。毋庸置疑，对科学救国理解最全面的还是学医学、矿务出身的鲁迅。

其一是从改革社会角度看科学救国。鲁迅指出："盖科学者，以其知识，历探自然见象之深微，久而得效，改革遂及于社会，继复流衍，来溉远东，浸及震旦，而洪流所向，则尚浩荡而未有止也……实益骈生，人间生活之幸福，悉以增进。""社会之事繁，分业之要起，人自不得不有所专，相互为援，于以两进。故实业之蒙益于科学者固多，而科学得实业之助者亦非鲜。"

其二是从拯救资源角度看科学救国。鲁迅指出中国的煤炭资源地位与资源作用，中国是"世界第一石炭国！石炭者，与国家经济消长有密切之关系，而足以决盛衰生死之大问题者也"，并对中国的资源被外国势力觊觎垂涎争夺感到忧虑。鲁迅对这种愚昧或贪婪的行径深表愤怒，对中国的科技现状表示忧患，并一针见血地剖析其深层原因："凡是因迷信以弱国，利身家而害群者；虽曰历代民贼所经营养成者矣，而亦惟地质学不发达故。"最后指出防止资源被瓜分的救国之途："救之奈何？曰小儿见群儿之将夺其食也，则攫而自吞之，师是可耳。夫中国虽以弱著，吾侪固犹是中国之主人，结合大群起而兴业，群儿虽狡，孰敢沮者，则要索之机绝。乡人相见，可以理喻，非若异族，横目为仇，则民变之祸弭。况工业繁兴，机械为用，文明之影，日印于脑，尘尘相续，遂孕良果。"并且呼吁"豪侠之士，阿阿以思，奋袂而起"。

其三是从振武兴兵角度看科学救国。鲁迅在《科学史教篇》中大力宣扬："人必以科学为先务，待其结果之成，始以振兵兴业也。"鲁迅以1792年的法国大革命中欧洲联军进攻法国为例，说明科学振武兴兵的巨大作用。当时的科学家用简易方法制作火药，铸造刀剑枪械，利用柔皮术制履，使得"俄顷间全法国如大工厂也"。故此，"法国尔时，实生二物，曰：科学与爱国"。鲁迅对此大为感慨："故科学者，神圣之光，照世界者也，可以遏末流而生感动。时泰，则为人性之光；时危，则由其灵感，生整理者如加尔诺，生强者强于拿破仑之战将云。"另外，鲁迅也指出到中国探险的科学家探出矿藏正如拥军千万："一文弱之地质家，而眼光足迹间，实涵有无量刚劲善战之军队"，因中国是"第一石炭国"，除了影响经济消长之外，"盖以汽生力之世界，无不以石炭为原动力者，失之则能令机械悉死，铁舰不神"，"石炭能分握一方霸权，操一国之生死"。

其四是从医学角度看科学救国。在《呐喊·自序》中鲁迅讲述其学医救国的梦想："我的梦很美满，预备卒业回来，救治像我父亲似的被误的病人的疾苦，战争时候便去当军医，一面又促进了国人对于维新的信仰。"后来虽然遭遇幻灯片事件，弃医从文，但是他依旧像医生一样冷静地研究、批判国民性以求改造中国拯救中国。在此，鲁迅的学医救国和如医生般救治国民性的理想，饱含着中国传统"上医医国"的精神特征。鲁迅虽然"弃医从文"，但同时具有"医"的思想与"文"的精神，其对国民劣根性的深思和对黑暗社会的鞭挞，都是对中国病态社会与文化的一种"精神治疗"，深具中国传统的"上医医国"的责任感与大视野。

3. 中国现代文学作家科学救国的类型

在科学—实用理性的意义上，"科学救国"作品的主题类型，可谓丰富多彩。

第一种类型是表达报国无门与科学忧患。在另一方面，作家们却表现了另一种科学忧患意识。第二种类型是经济建设角度的科学救国。有学者指出，一些表达"科学"的新词如"工业""生产""生产力"也凸显出来，成为马列主义者现代科学知识体系的一部分。直到当前，中国人在使用"科学"这一词汇时，仍包含着技术、先进生产力等在西方"science"中没有的含义。换言之，科学就词汇意义而言都与经济建设有关。正因此，有些中国现代文学作品表达这一主题就并非无中生有。第三种类型是以科学来尚武救国。第四种类型是"先救国，科学才有救"，体现了科学独立性之难。

实际上，"科学救国"并不仅是现代中国的一种文学现象，还是现代中国的一种历史现象，这两种现象在西方都是匮乏的。"科学救国"思潮在现代中国的演化，展现了学术（科学）与政治的一种关系：学术（科学）在中国大多数时候总是作为工具被利用，不能显现其本来面目；"科学救国"将"科学"这样本质为追求真理，拓展人类知识视野的求知行为与"救国"这样宏大的实用目标相联系，是与"为科学而科学"的科学精神相背离的，体现了中国人重视"利用厚生"经世致用的文化特质。可以说，科学救国的历史现象是科学救国文学现象的一种根基或者呼应，它们同样体现了实用理性、经世致用的中国作风和中国气派。至今，科学学术在某种程度上蜕变为人际关系学，其与实用理性的复杂牵连依然令人深思。

作为观念史的"科学"以实用理性贯穿中国现代文学。它或者蕴含了汉语的科学—实用词源，或者展示了中国现代作家的科学—实用身份，或者彰显了中国现代作家的科学—实用思想（功利意识、经世致用），或者描绘了中国现代文学的科学—实用形态（为人生，为革命，为救国，为功利）。换言之，西方的科学到了中国被归化，以西方遮蔽传统，与西方貌合神离，中国传统文化的实用功利主义因素被中国现代作家改造为现代西方的科学理性。但是，中国现代作家这种"六经注我"的方式，有着积极意义。

首先，西方科学进入中国，肯定会受到中国文化环境（染缸）的熏染或影响，这种碰撞摩擦是文化接受的必然程序。任何文化的交流都存在着选择、接受、疏离与更新的过程，而这恰恰表现了中国文化传统的主体性与选择性。

其次，"皮毛改新，心思仍旧"，具有中国传统实用理性的中国人在运用西方科学时，有意无意地将其归化，所谓"中学为本，西学为用"，此乃几千年经世致用、实用理性思想所决定的，难以摆脱。这时虽然传统被遮蔽，但是传统作为底蕴，维护了社会文化的相对稳定性与独特性，延续了传统顽强的生命力，避免了社会的急剧变化、分裂与混乱。由于每个群体都追求永存于世，所以都倾向于尽可能地隐藏变化，并把历史看成一种没有变化的持续。

再次，"皮毛改新，心思仍旧"，即中学为里（心思），西学为表（皮毛），以西方科学遮蔽中国传统，从而使西方获得了合理化的生存表象，也就是说为学习西方扫清了心理障碍，也为学习西方提供了契机，避免故步自封。但是中国现代文学又并非单纯地学习西方，而是重功能轻义理，对"科学"如此，对"理性""民主""个人"皆如此。

最后，显示了中国现代作家非常独特的科学教化色彩。中国现代作家在宣扬与书写科学时，有意无意地形成了一种"先生意识"，所以将"科学"美其名曰"赛先生"。如有的学者所言，来到中国，由"赛因斯"的音译而成为汉语文化的"赛先生"；中文"先生"的基本定义是"老师"，并且潜藏着"师道尊严""劳心者治人"式的权威与神圣。而这样的先生意识是与权威意识、精英意识和话语权力息息相关的，其重心依旧是实用理性。

我们梳理中国现代文学科学内涵演变及其文学史意义，并非简单比较中西异同，而是揭示中国本质与西方表象的辩证关系，以一种辩证的眼光来反思，探寻科学的复杂性。故此，"科学"在中国现代文学的演变折射了中国传统文化的经世致用精神对它的深刻影响，这是难以忽略的事实。正因为如此，所以在中国现代作家所受的影响之中，"意的方面则纯是中国的，不但未受外来感化而发生变动，还一直以此为标准，去酌量容纳异国的影响"。此语可谓至理名言。

# 第二节　解构伪人文主义

要梳理西方人文主义，首先要对人文主义的中西词源进行探讨。

根据现有资料，五四时期最早运用西方意义上"人文"一语的作家大概是李大钊，他于 1916 年 8 月 15 日在《晨钟报》创刊号发表《"晨钟"之使命》，内有"所谓'青年德意志'运动者，以一八四八年之革命为中心，而德国国民绝叫人文改造"之言论。比较集中地使用"人文主义"概念的当推学衡派，例如胡先骕 1922 年 3 月在《学衡》第 3 期发表译作《白璧德中西人文教育说》，内含"适合于人文主义""人文主义之哲人""今日人文主义与功利及感情主义正将决最后之胜负"等语。而 1922 年 8 月梅光迪发表的《现今西洋人文主义》、1923 年 7 月吴宓发表的译作《白璧德之人文主义》、1924 年徐震堮发表的译作《白璧德释人文主义》，从题目就能判断学衡派对"人文主义"的推崇（有趣的是，反学衡派的作家如鲁迅、茅盾等人却对"人文主义"概念只字不提）。虽然"人文主义"一语在中国出现较晚，"人文主义"一词的翻译最早不知出自何人，但与之相关的词语翻译如"个人主义""人道主义""人文科学"则最早是由深受中国传统文化影响的日本人组合古代汉语用以翻译西方思想的，并在中国广为传播，史称"日源汉字新语"或"日制汉语"（日本人称之为"新汉语"）。换言之，这个词语的翻译深受汉语文化思维影响。从词源上说，汉语"人文"出自《易经》的"文明以止，人文也。观乎天文，以察时变，观乎人文，以化成天下"。此处的"人文"指的是礼教文化。而人文主义却是对西方文化中"humanism"一词的翻译，英语"humanism"是从德语"humanismus"翻译而来（1808 年由一位德国教育家根据拉丁文词根"humanus"杜撰），该德语词最早在 15 世纪末由意大利的学生所创，指当时教古典语言和文学、法律的先生所教的课程。最初词语形式是"humanitatis"源出于"humanitas"，意指人性修养；而中西人文主义虽在字面上甚合，但内涵就很难说，差异较大。这不仅有翻译的差异，更有深层的理解或语境的差异，"正如其他一些抽象名词一样，一旦译成了汉语以后，人们对它们的理解往往绝对化了，或者根据中国的特殊文化背景，衍生了与原意有所出入甚至背离的含义"。这是汉语文化思维与西语文化思维的差异所致。

那么，何谓西方人文主义（精神）？

西方权威的《简明不列颠百科全书》指出："凡重视人与上帝的关系、人的自由意志和人对于自然的优越性的态度，都是人文主义。从哲学上讲，人文主义以人为衡量一切事物的标准……重视人的价值。"

然而，对西方人文主义进行详细说明和缜密论证的还数英国著名学者、牛津大学副校长阿伦·布洛克的《西方人文主义传统》一书。该书雄辩地指出人文主义产生于欧洲文艺复兴时期，人文主义是"一个思想和信仰的维度"，"人文主义的中心问题是人的潜在能力和创造能力"，以及"对人的经验的价值和中心地位"即"人的尊严"的坚持。

人文主义大致有两个特点：注重个人主义与宽容。

面对具有如此特点的人文主义，中国现代文学在一定程度上解构了西方人文主义。

因为从总体上言，如阿伦·布洛克的《西方人文主义传统》书名及内容所示，"人文主义"是"西方"的一种源远流长、影响甚巨的"传统"，但中国缺乏这一传统。

中国现代文学的发展趋势可以印证这一说法。

　　中国现代文学的"人文启蒙"或人文主义是以西方"人文启蒙"为旗帜，以中国传统文化精神（合群、务实）为内核的中国式"启蒙"。所以，在经历了晚清与"五四"的个人主义、人文启蒙受挫之后，知识分子纷纷转向集体主义、武力救国的理论倡导，它充分体现了儒家哲学的功利思想与务实态度及杀身成仁精神。而这种"士"的使命配上"侠"的临危受命、除暴安良、快意恩仇的品格风范，使得中国现代文学充满着"力感"性质，也使得中国现代作家极具"战士"气质（或"侠士"气质）。特别是当文学上的暴力叙事与社会上的暴力革命形成直接的对应关系时，广大中国现代作家也因其强烈的民族拯救意识，而发生了由"诗人"到"战士"的身份转变。

　　就创作实践而言，从晚清陈天华的《狮子吼》、冷血的《侠客谈·刀余生传》等，到五四时期的郭沫若的《一只手》、蒋光慈的《少年漂泊者》等，到20世纪30年代叶圣陶的《倪焕之》、胡也频的《光明在我们的前面》、蒋光慈的《咆哮了的土地》、洪灵菲的《大海》、茅盾的《虹》等，到40年代陈铨的《狂飙》、老舍的《国家至上》等，都批判了个人主义个性意识，倡导集体主义政治功利意识。而就理论主张而言，例如晚清汹涌澎湃的民族救亡思潮，五四后期至40年代的反思"五四"甚至"反五四"思潮，其实都是以政治化的集体主义理念消解个人主义的。后期创造社如成仿吾的《从文学革命到革命文学》、冯乃超的《艺术与社会生活》、毛泽东的《在延安文艺座谈会上的讲话》、陈铨的《五四运动与狂飙运动》等文都有相关主张。

　　简言之，暴力革命的存在使得从生活到制度，从政治到文学，从人物到主旨，都是集体主义的，而非个人主义的。

　　与西方人文主义相反，中国现代文学以一种"偏狭不容异见"的心态"把自己的价值和象征强加于人"。

　　中国现代文学中也存在一点西方人文主义的色彩，至少五四初期比较浓厚。这从周作人的《人的文学》、胡适的《易卜生主义》、陈独秀的《文学革命论》等的理论文章，鲁迅、郁达夫、叶绍钧、凌叔华等的小说，郭沫若、汪静之、徐志摩、闻一多、冯至等的诗歌，周作人、冰心、朱自清、林语堂等的散文，田汉、丁西林等的话剧，以及学衡派、新月派、浅草沉钟社等坚持文学审美独立地位的文学社团都可略见一斑。中国在欧战结束后，民主主义的文化停滞退后，只不过政治启蒙并未如一般论者所言完全放弃人文主义、人文启蒙，只是以政治启蒙来为人文主义、人文启蒙清除前进道路上的障碍，转向新的人文主义形态即革命人文主义。这是启蒙心理转向的目的，否则中国现代作家就缺乏作家（文人）特征，而完全蜕变为政客。

或者说，中国现代作家否定人文主义、人文启蒙这种手段，并不意味着否定人文主义、人文启蒙的目的。相反，中国现代作家以政治启蒙来为人文启蒙清除前进道路上的障碍，而这才是政治启蒙的指归或曲折追求。简言之，在革命的同时，不放弃人文主义的追寻。以上人文主义还或多或少带有西方人文主义色彩。但是，随着时代风云的变幻，这种以政治启蒙来实现人文启蒙目的的人文主义精神，已经突破启蒙精英的原先设想，不再是西方原有的人文主义精神。

## 第三节　重构现代文学的人文主义

在解构西方人文主义的同时，中国现代文学又在一定程度上以另一种方式重构了中国式的人文主义。

首先应该"立人"。这里的"立人"，主要不是立"个人"，而是立"集体之人"，或曰立民族文化精神。推崇"尚武"的文化精神与生命强力，改造中国人的国民劣根性，以重建中国人的精神与中国文化。梁启超、鲁迅、陈独秀、沈从文、萧军、丘东平等都曾注目于此，特别是20世纪40年代的战国策派。无论是陈铨的"尚战"，雷海宗的"尚兵"，还是林同济的"尚力"，都竭力反思中国文化与精神的"右文"传统，大力寻找与吸收中国传统与外国文化（欧日为主）的"尚武"思想，以"力"压"德"，以"力"新"德"，让"立人"与"立文化"并驾齐驱，以求民族自强。

而无论是阶级革命还是民族革命，都以人的解放为指归。普遍的人文主义逐渐窄化成"阶级人文主义"，但这却是从新的角度对这些人的精神、地位、价值进行全新诠释与肯定，对另一些人（资产阶级等）进行政治与人格定性。以阶级的革命人文主义置换、否定超阶级的人文主义，超阶级的爱、人性、理性与自由，归根结底，不过是传统的实用理性的现代演绎罢了。而从内涵而言，暴力启蒙重新对个性解放进行阐释，以暂时舍弃个性的方式来寻求个性解放，"要求广大进步作家，全面放弃不切实际的个性解放思想，无条件地加入救亡图存的时代洪流中去，并通过致力于建立民主国家而进行的武装斗争，真正去获取知识分子个性意识的终极解放"，这是一种"广义现代性的人文追求"。即是说，以"尚武"求"人文"，以"立国"求"立人"。

由上可知，从"弃医从文"到"弃文尚武"或"轻文重武"，从"人文启蒙"到"政治启蒙"，人文主义在中国现代文学的变化或淡化趋势，就如上述对"启蒙"的阐释一样。

中国现代文学人文主义的变化或淡化趋势，不仅真实地反映了中国现代文学的审美价值观，同时也深刻地印证了20世纪中国文学与社会政治之间难以分割的血缘联系。

即使是中国当代文学也与现代文学保持着密切联系，这种联系大致表现如下：一方面是观念的影响：其一是文学与政治关系紧密，文学作为社会政治的工具，丧失其独立性；其二是暴力理学，"存天理，灭人欲"，存我方天理，灭敌方之欲，以一种二元对立的斗争思维宣扬阶级斗争、民族斗争的激情与狂热，以理性之名行非理性之实。

另一方面则为叙事模式的影响：或者是血色浪漫模式，如《红旗谱》中一个团的荷枪实弹的军警居然进不了学校大门，而十几个青年学生竟能冲破重重包围，如入无人之境，几天里两次突围进城去购买粮食却毫发无损，浪漫到严重失实的地步；或者是复仇模式，现代文学中的革命复仇、战争复仇与斗地主复仇，都不同程度地得到继承，例如《苦菜花》的暴力复仇就是证明；或者是革命启蒙导师模式，如《青春之歌》中革命启蒙导师与启蒙对象的关系就与胡也频的《到莫斯科去》《光明在我们的前面》如出一辙。故此，不能不说从梁启超把文学革新推崇为实现政治目的直接的根本的途径，到毛泽东把文学视为革命的重要一翼……几乎一个世纪，就其主流而言，文学都是作为工具的存在而服膺于政治使命。

故此，从总体上言之，如阿伦·布洛克的《西方人文主义传统》书名及内容所示，"人文主义"是"西方"的一种源远流长、影响甚巨的"传统"，但中国缺乏这一传统。既然如此，西方人文主义就很难在中国成为"根本"和"大地"，最多只是被嫁接的"枝丫"，或者是中国文化之树生长过程中所需的部分营养。

## 第四节 在传承与创新发展中建立我国现代文学的文化自信

我国现代文学是对社会主义文化的实践和对优秀传统文化的传承与创新，是在对优秀传统文化和社会主义文化认同的基础上建立起的文化自信。要想建立现代文学的"文化自信"，首先要正确认识现代文学与优秀传统文化的关系，然后再讨论现代文学对优秀传统文化的传承和创新。

在诸多著作、文章、政策性文件中经常可以看到"传统文化""文化传统"等字样，与现代文化是相对应的。优秀传统文化相对于现代文学可以划分为两个阶段：一个是五四运动前两千余年的民族文化，另一个是五四运动后的新传统文化。在我国近现代发展过程中曾有一段全面批判传统文化的阶段，即五四运动中的新文化运动，但立足当代回头重新看待五四新文化运动，其在吸收西方外来文化的同时，并没有完全抛弃传统文化，因为文化传统已经深植于国人血脉中。文化传统不同于传统文化，文化传统立足于传统，是文化萌发、发展、成熟、延续过程中没有形体，不可触摸的规律，它在黄河、长江流域萌发，于夏商周发展，在秦汉两朝成熟，曾经险些在五胡乱华、南北朝、元朝时断绝，终究顽强于唐、宋、明时再次崛起，是民族精神，传统文化是它的外在表现。因此从文化传统的角度上来看，现代文学是优秀传统文化的传承和创新，国人始终保持着文化传统，也始终对文化存在认同感，如何将认同感上升为自信，需要当代文学家讲好现代"中国故事"，在传承和创新中展现现代文学的世界观、价值观和人生观。

现代文学要将一切封建文化、资产阶级文化等旧形式文化改造成为人民需要的文化，因此，现代文学要建立在民族、科学的基础上，对传统文化和外来文化进行批判吸收，并进行符合现代的改造和创新。

早在20世纪三四十年代，延安解放区就开始了对传统文化、民族文化的改造，创造出的民歌、戏曲等文化艺术形式更贴近人民的文化需求。进入20世纪五六十年代，更多的工农兵作者投身文学创作和文艺创新工作中，《林海雪原》《红灯记》《铁道游击队》等一大批以我国革命历史故事为原型的文艺作品集中爆发，既呈现了革命时期的斗争精神也展示了当时的社会风貌，其中很多作品的叙事形式都与优秀传统文化有着紧密的联系，例如《红旗谱》中就采用了明清小说中常用的叙事形式，用民族文化的形式讲述革命时期的故事，既注重"阶级""革命""英雄"在特殊历史时期的塑造，又包含了"舍生取义""精忠报国"等传统文化精神，可见当时社会中对传统文化的重视程度很高。

20世纪80年代这一时期当时的文学界领军人物——周扬先生提出了古为今用、洋为中用系列方针，提出要批判地继承传统文化并进行创新的文学、文艺创作原则，为新时期现代文学发展提供思路和方向。受拨乱反正的影响，当时我国文学界回到了五四新文化时期的文学创作思路，将20世纪五六十年代忽略的对于人性与社会的思考重新列为创作话题，弥补了20世纪五六十年代文学的不足，将"革命叙事"形式的"中国故事"形式和内涵进一步扩充，将20世纪80年代的现代文学与20世纪五六十年代正式划分开。20世纪80年代，莫言的《红高粱》《檀香刑》，汪曾祺的《受戒》，阿城的《棋王》等优秀文学作品中明显可以看到受明清小说、儒释道等传统文化影响的痕迹，实现了文化传统在当代生活中的存在和意义。

　　另一批文学作品，如张炜的《柏慧》中则用文化传统对社会步入现代化过程中的弊端进行展现和冲击，充分表现出文化传统与现代社会相冲突的激烈，也充分表露作家的价值取向。可以说20世纪80年代文学作品中对传统文化的传承和创新不再局限于形式，而更多地关注内在，作家的目光从传统文化逐渐转向文化传统。

　　自进入21世纪以来，西方文化与中国文化的碰撞越来越激烈，冲击了民族文化的根基，也在一定程度上激活了民族传统文化。从流入我国的外国文学中可以挖掘到原本被我们忽略的传统文学形式，例如《聊斋志异》为代表的魔幻文学，帮助我们重新梳理传统文化中遗留下的文化遗产。近几年我国文学已经逐渐向回归现实、回归民族传统方向发展，这与吸收外来文化影响是同步的。当代作家们正在更深地从民族文化中汲取养分，也更多地接受西方影响，打通中西方文化壁垒，用"中国故事"讲述当代中国的社会风貌，在文化认同的基础上建立文化自信。

# 参考文献

［1］陈思和. 中国当代文学关键词十讲［M］. 上海：复旦大学出版社，2002.

［2］成卓华. 试论我国传统文化与现代文学的关系［J］. 青年文学家，2020（17）：20-21.

［3］传承中检精神　践行新时代中检文化——中检集团企业文化核心理念解析［J］. 质量与认证，2020（12）：53-55.

［4］邓凌月. 传承红色文化推动乡村振兴［N］. 经济日报，2020-12-01（011）.

［5］杜运威. 论江苏南闸民歌之文化价值、传承现状及发展策略［J］. 南京理工大学学报（社会科学版），2020，33（06）：14-20.

［6］冯天瑜. 新语探源——中西日文化互动与近代汉字术语生成［M］. 北京：中华书局，2004.

［7］付祥喜. 中国现代文学史料学发展历程与学科属性［J］. 社会科学文摘，2020（11）：104-106.

［8］付祥喜. 中国现代文学史料学发展历程与学科属性［J］. 中山大学学报（社会科学版），2020，60（04）：102-112.

［9］高金燕. 媒介融合视野下非物质文化遗产的传承与创新发展［J］. 西北民族大学学报（哲学社会科学版），2020（06）：132-139.

［10］郭利利. 传统武术非物质文化遗产的传承研究［J］. 文体用品与科技，2020（23）：1-2.

［11］哈迎飞. 儒教与中国现代文学［M］. 北京：商务印书馆，2013.

［12］何美霞. 庄子与现代文学关系研究综述［J］. 今古文创，2020（15）：29-30.

［13］黄婕. 论"文化自信"与中国现当代文学教学再出发［J］. 莆田学院学报，2018，

25（01）：103-108.

[14] 黄林非. 艺术与理性——以中国现代文学史为中心的考察［M］. 长沙：湖南大学出版社，2016.

[15] 解浩. 父子叙事书写与中国现代文学［M］. 郑州：郑州大学出版社，2018.

[16] 金观涛，刘青峰. 观念史研究：中国现代重要政治术语的形成［M］. 北京：法律出版社，2009.

[17] 雷蒙·威廉斯. 关键词——文化与社会的词汇［M］. 北京：新知三联书店，2005.

[18] 黎保荣. 影响中国现代文学的三个关键词［M］. 广州：暨南大学出版社，2017.

[19] 黎保荣. 中国现代文学研究形态专栏［J］. 晋阳学刊，2020（06）：65.

[20] 李怡. 词语的历史与思想的嬗变——追问中国现代文学的批评概念［M］. 成都：巴蜀书社，2013.

[21] 李永东. 中国现代文学研究的地方路径［J］. 当代文坛，2020（03）：120-126.

[22] 吕新旺. 文化传承视域下武术教程设计理念的体系性研究［J］. 湖北经济学院学报（人文社会科学版），2020，17（12）：155-157.

[23] 满建. 中国现代文学场馆实践教学探析［J］. 湖北第二师范学院学报，2020，37（10）：1-6.

[24] 彭昕玥. 地域文化在滨海县 G204 道路景观提升设计中的传承与演绎［J］. 现代园艺，2020，43（22）：96-99.

[25] 曲美潼. 现代文学中的女性身体书写对生命意识的超越——以丁玲、萧红、张爱玲为例［J］. 青年文学家，2020（18）：34-35.

[26] 王晓辰，王肖南. 中国现代文学的传播与接受——评《中国现代长篇小说的传播与接受研究》［J］. 中国广播电视学刊，2020（07）：133.

[27] 吴笑欢. 传承中华优秀传统文化，推进新时代校园文化建设［J］. 科教文汇（下旬刊），2020（11）：131-132+180.

[28] 夏雨红. 传承中华优秀传统法律文化［N］. 吉林日报，2020-11-30（004）.

[29] 徐佳怡，蒋维乐，赵兴杨. 传承与创新——现代园林与历史文化名园设计之借鉴与发展［J］. 现代园艺，2020（23）：122-123+125.

[30] 许晶. 坚持文化传承　打造智慧文旅生态圈［N］. 焦作日报，2020-12-09（A11）.

[31] 许祖华. 中国现代文学史简明教程［M］. 武汉：华中师范大学出版社，2019.

[32] 银元. 保护传承弘扬黄河文化需系统化推进［N］. 中国旅游报，2020-12-03

（003）.

［33］尹成君. 色彩与中国现代文学［M］. 北京：北京语言大学出版社，2014.

［34］原小平. 中国现代文学图像论［M］. 北京：新华出版社，2016.

［35］张春林，李群. 文化基因传承视角下历史文化遗址的理性开发——基于重庆磐溪"黑院墙"国立艺专遗址的研究［J］. 上海城市管理，2020，29（06）：88-96.

［36］张春岩. 马克思主义中国化进程中的文化传承与发展探究［J］. 佳木斯职业学院学报，2020，36（12）：38-40.

［37］张纯，姚婷婷. 弘扬中华优秀传统文化　培育文化自信［J］. 菏泽学院学报，2018（03）：58-62.

［38］张登林. "文化自信"与中国现代文学教学的几个问题［J］. 合肥师范学院学报，2017，35（01）：58-62.

［39］张蕊. 保护好传承好历史文化遗产［N］. 兵团日报（汉），2020-11-24（008）.

［40］赵宝新. 坚定文化自信，构建四位一体的文化传承创新保障机制［N］. 张家口日报，2020-11-28（003）.

［41］中国现代文学馆馆藏初版本欣赏［J］. 中国现代文学研究丛刊，2020（10）：2+261.

［42］钟海波. 现代文学接受中的误读现象探析——以现代小说接受为中心［J］. 华夏文化论坛，2020（01）：116-124.